中國語言文字研究輯刊

二二編

許學仁 主編

第**27**冊

清華簡中鄭國事類簡集釋
及其相關問題研究（下）

鄭榆家 著

花木蘭文化事業有限公司

國家圖書館出版品預行編目資料

清華簡中鄭國事類簡集釋及其相關問題研究（下）／鄭榆家
著 -- 初版 -- 新北市：花木蘭文化事業有限公司，2022〔民
111〕
目 10+192 面；21×29.7 公分
（中國語言文字研究輯刊 二二編；第 27 冊）
ISBN 978-986-518-853-5（精裝）
1.CST：簡牘文字 2.CST：研究考訂
802.08 110022451

ISBN-978-986-518-853-5

中國語言文字研究輯刊
二二編 第二七冊 ISBN：978-986-518-853-5

清華簡中鄭國事類簡集釋
及其相關問題研究（下）

作 者	鄭榆家	
主 編	許學仁	
總 編 輯	杜潔祥	
副總編輯	楊嘉樂	
編輯主任	許郁翎	
編 輯	張雅淋、潘玟靜、劉子瑄	美術編輯 陳逸婷
出 版	花木蘭文化事業有限公司	
發 行 人	高小娟	
聯絡地址	235 新北市中和區中安街七二號十三樓	
	電話：02-2923-1455／傳真：02-2923-1452	
網 址	http://www.huamulan.tw 信箱 service@huamulans.com	
印 刷	普羅文化出版廣告事業	
初 版	2022 年 3 月	
定 價	二二編 28 冊（精裝） 台幣 92,000 元	版權所有 · 請勿翻印

清華簡中鄭國事類簡集釋
及其相關問題研究（下）

鄭楡家　著

目次

上 冊

凡 例

第一章 緒 論 ……………………………………………1
　第一節 研究動機、目的 ………………………………1
　第二節 文獻探討 ………………………………………2
　第三節 研究方法及步驟 ………………………………13
第二章 〈鄭武夫人規孺子〉概述、集釋、釋文、釋義
　………………………………………………………………17
　第一節 〈鄭武夫人規孺子〉概述 …………………………17
　　一、形制、有無缺簡、簡序等問題 ………………17
　　二、篇題、內容簡介及價值 …………………………19
　第二節 〈鄭武夫人規孺子〉集釋 …………………………21
　第三節 〈鄭武夫人規孺子〉釋文、釋義 …………………169
第三章 〈鄭文公問太伯〉概述、集釋、釋文、釋義 ·175
　第一節 〈鄭文公問太伯〉概述 …………………………175
　　一、版本、形制、有無缺簡等問題 …………………175
　　二、篇題、內容簡介及價值 …………………………176
　第二節 〈鄭文公問太伯〉集釋 …………………………178
　　〔一〕～〔九〕 ………………………………179~198

中　冊

〔十〕～〔三十四〕 ……………………… 199~283

第三節　〈鄭文公問太伯〉釋文、釋義 ………………286

第四章　〈子產〉篇概述、集釋、釋文、釋義 ………289

第一節　〈子產〉篇概述 ……………………………289

一、形制、有無缺簡等問題 ………………………289

二、篇題、內容簡介及價值 ………………………290

第二節　〈子產〉篇集釋 ……………………………292

〔一〕～〔七十一〕 ……………………… 296~414

下　冊

〔七十二〕～〔九十三〕 ……………………… 419~471

第三節　〈子產〉篇釋文、釋義 ………………………473

第五章　〈良臣〉概述及其與鄭國相關之集釋、釋文、
　　　　　　釋義 ……………………………………479

第一節　〈良臣〉概述 ………………………………479

一、形制、有無缺簡等問題 ………………………479

二、篇題、內容簡介及價值 ………………………480

第二節　〈良臣〉與鄭國相關部分之集釋 ……………482

第三節　〈良臣〉與鄭國相關之原文、釋義 …………496

第六章　清華簡鄭國事類簡相關問題之研究 ………497

第一節　〈鄭武夫人規孺子〉相關問題之研究 ………497

一、先秦喪禮及〈鄭武夫人規孺子〉之喪葬相關
　　用詞 ……………………………………………497

二、〈鄭武夫人規孺子〉與相關文獻之對讀 ……507

三、〈鄭武夫人規孺子〉中所見鄭國之民主 ……508

第二節　〈鄭文公問太伯〉相關問題之研究 …………509

一、〈鄭文公問太伯〉開疆拓土部分與相關文獻之
　　對讀 ……………………………………………509

二、〈鄭文公問太伯〉所述良臣與相關文獻之對讀
　　……………………………………………………512

三、〈鄭文公問太伯〉所提諸君與鄭國世系研究 ·514

第三節　〈子產〉相關問題之研究 …………………517

一、〈子產〉篇思想、主張之研究 ………………518

二、〈子產〉篇中令、刑、賦稅之相關研究 ……526

小結 ……………………………………………………530

第七章　結　論 …………………………………………………533

參考文獻 ……………………………………………………………539

附　錄 ………………………………………………………………559

　　附錄一　〈繫年〉第二章與鄭國相關部分之集釋 ……559

　　附錄二　〈繫年〉第八章與鄭國相關部分之集釋 ……567

　　附錄三　〈繫年〉第十三章與鄭國相關部分之集釋 …576

　　附錄四　〈繫年〉第二十三章與鄭國相關部分之集釋 ·578

　　附錄五　鄭國世系 ………………………………………608

　　附錄六　音韻表 …………………………………………608

圖表目次

　　圖 2-1-1：十八支簡圖 ……………………………………… 19

　　圖 3-2-1：鄭桓公東遷相關地名示意圖 ………………224

　　圖 5-2-1：湖北襄樊團山 M1 出土之鼎銘文拓本 ………495

　　表 2-2-1：「毀」諸家訓讀異說表 ……………………… 34

　　表 2-2-2：「賢」諸家異說表 …………………………… 38

　　表 2-2-3：「女（焉）」諸家異說表 …………………… 38

　　表 2-2-4：「繡（申）」諸家異說表 …………………… 38

　　表 2-2-5：「區區」諸家異說表 ………………………… 45

　　表 2-2-6：「望」諸家異說表 …………………………… 45

　　表 2-2-7：「盈」諸家訓讀異說表 ……………………… 45

　　表 2-2-8：「於」諸家異說表 …………………………… 45

　　表 2-2-9：「君己」之「君」諸家異說表 ……………… 45

　　表 2-2-10：「緣」諸家訓讀異說表 ……………………… 51

　　表 2-2-11：「賵」諸家訓讀異說表 ……………………… 51

　　表 2-2-12：「與」諸家異說表 …………………………… 56

　　表 2-2-13：「卑」諸家異說表 …………………………… 56

　　表 2-2-13a：「　」諸家訓讀異說表 …………………… 60

　　表 2-2-14：「常心」諸家異說表 ………………………… 63

　　表 2-2-15：「　」諸家異說表 …………………………… 63

　　表 2-2-16：「女」諸家訓讀異說表 ……………………… 66

　　表 2-2-17：「　」諸家訓讀異說表 ……………………… 68

　　表 2-2-18：「　」諸家訓讀異說表 ……………………… 73

表 2-2-19：「 ![字] 」諸家訓讀異說表 ····················· 73

表 2-2-20：「 ![字] 」諸家訓讀異說表 ····················· 76

表 2-2-21：「 ![字] 」諸家訓讀異說表 ····················· 83

表 2-2-22：「 ![字] 」諸家訓讀異說表 ····················· 83

表 2-2-23：「 ![字] 」諸家訓讀異說表 ····················· 92

表 2-2-24：「 ![字] 」諸家訓讀異說表 ····················· 94

表 2-2-25：「 ![字] 」諸家訓讀異說表 ····················· 95

表 2-2-26：「女忍」中「女」諸家訓讀異說表 ·········100

表 2-2-27：「女忍」中「忍」諸家訓讀異說表 ·········100

表 2-2-28：「 鉎（重）」諸家異說表 ·····················112

表 2-2-29：「 斬 ![字] 」中「 ![字] 」諸家訓讀異說表 ······117

表 2-2-30：「上」諸家訓讀異說表 ·························118

表 2-2-31：「 ![字] 」諸家訓讀異說表 ·····················125

表 2-2-32：「 ![字] 」諸家訓讀異說表 ·····················125

表 2-2-33：「 ![字][字] 」諸家異說表 ·····················125

表 2-2-34：「思」諸家訓讀異說表 ·························130

表 2-2-35：「 ![字] 」諸家異說表 ·························130

表 2-2-36：「交」諸家訓讀異說表 ·························131

表 2-2-37：「 ![字] 」諸家訓讀異說表 ·····················137

表 2-2-38：「昔」諸家訓讀異說表 ·························137

表 2-2-39：「巽」諸家訓讀異說表 ·························138

表 2-2-40：「 ![字] 」諸家異說表 ·························138

表 2-2-41：「 ![字] 」諸家訓讀異說表 ·····················141

表 2-2-42：「 ![字] 」諸家訓讀異說表 ·····················143

表 2-2-43：「寧」諸家異說表 ·····························144

表 2-2-44：「埶」諸家訓讀異說表 ·························147

表 2-2-45：「幾」諸家訓讀異說表 ·························147

表 2-2-46：「 ![字] 臣」諸家訓讀異說表 ·················150

表 2-2-47：「⿻然」諸家訓讀異說表……………………156

表 2-2-48：「⿰⿰」諸家訓讀異說表 ……………156

表 2-2-49：「畜」諸家訓讀異說表………………………163

表 2-2-50：「乍」諸家訓讀異說表………………………163

表 2-2-51：「幾」諸家訓讀異說表………………………168

表 2-2-52：「趹」諸家訓讀異說表………………………168

表 2-2-53：「免」諸家訓讀異說表………………………169

表 2-3-1：林清源彙整之〈鄭武夫人規孺子〉中說話者、
　　　　　稱謂、指代對象等相關資訊表 ……………173

表 3-2-1：鄭國邊父、太伯一脈的世系………………182

表 3-2-2：「閔」諸家異說表 ……………………………186

表 3-2-3：「能」諸家訓讀異說表 ………………………191

表 3-2-4：「與」諸家訓讀異說表 ………………………192

表 3-2-5：「次」諸家異說表 ……………………………192

表 3-2-6：「所」諸家異說表 ……………………………197

表 3-2-7：「豫」諸家訓讀異說表 ………………………197

表 3-2-8：「⿰」諸家異說表 ……………………………203

表 3-2-9：「⿰」諸家訓讀異說表 ……………………203

表 3-2-10：「故」諸家訓讀異說表………………………209

表 3-2-11：「⿰」諸家訓讀異說表 ……………………213

表 3-2-12：「⿰」諸家訓讀異說表 ……………………214

表 3-2-13：「⿰」諸家訓讀異說表 ……………………214

表 3-2-14：「籔」諸家訓讀異說表………………………217

表 3-2-15：「⿰」諸家異說表 …………………………217

表 3-2-16：「兔」諸家訓讀異說表………………………221

表 3-2-17：「㛮」諸家訓讀異說表………………………221

表 3-2-18：「⿰」諸家訓讀異說表 ……………………225

表 3-2-19：鄭克鄮之年諸家異說表 ……………………231

表 3-2-20：「⿰」諸家訓讀異說表 ……………………232

表 3-2-21：「燊」諸家訓讀異說表 ························233

表 3-2-22：「竃」諸家訓讀異說表 ·······················233

表 3-2-23：「⬚」諸家訓讀異說表 ······················233

表 3-2-24：「⬚容社之處」中「⬚」諸家訓讀異說表
·····································237

表 3-2-25：「⬚」諸家訓讀異說表 ·······················241

表 3-2-26：「⬚」諸家訓讀異說表 ·······················242

表 3-2-27：「⬚」諸家訓讀異說表 ·······················250

表 3-2-28：「遺」諸家訓讀異說表 ·······················253

表 3-2-29：「⬚」諸家訓讀異說表 ·······················254

表 3-2-30：「⬚」諸家訓讀異說表 ·······················254

表 3-2-31：「⬚」諸家訓讀異說表 ·······················254

表 3-2-32：「東啟遺、樂」中「遺」諸家異說表 ·······256

表 3-2-33：「牢」諸家訓讀異說表 ·······················262

表 3-2-34：「疑」諸家訓讀異說表 ·······················262

表 3-2-35：「⬚」諸家訓讀異說表 ·······················262

表 3-2-36：「淂」諸家訓讀異說表 ·······················264

表 3-2-37：「武」諸家異說表 ·····························269

表 3-2-38：「⬚」諸家訓讀異說表 ·······················269

表 3-2-39：「⬚」諸家訓讀異說表 ·······················270

表 3-2-40：「⬚」諸家訓讀異說表 ·······················270

表 3-2-41：「⬚」諸家訓讀異說表 ·······················270

表 3-2-42：「康」諸家訓讀異說表 ·······················271

表 3-2-43：「方」諸家訓讀異說表 ·······················279

表 3-2-44：「⬚」諸家訓讀異說表 ·······················281

表 4-2-1：「虞」諸家訓讀異說表 ·······················297

表 4-2-2：「有事」諸家異說表 ··························300

表 4-2-3：「古」諸家訓讀異說表 ·······················304

表 4-2-4：「劫」諸家訓讀異說表 ·······················304

表 4-2-5：「⬚」諸家異說表 ····························304

表 4-2-6：「〔图〕」諸家訓讀異說表…………………………308

表 4-2-7：「〔图〕」諸家訓讀異說表…………………………312

表 4-2-8：「支」諸家訓讀異說表………………………………312

表 4-2-9：「政」諸家訓讀異說表 ………………………………315

表 4-2-10：「罘」諸家訓讀異說表………………………………315

表 4-2-11：「師」諸家異說表……………………………………316

表 4-2-12：「栗」諸家訓讀異說表………………………………316

表 4-2-13：「豈」諸家異說表……………………………………317

表 4-2-14：「進」諸家異說表……………………………………317

表 4-2-15：「〔图〕」諸家訓讀異說表 ………………………322

表 4-2-16：「弅」諸家異說表……………………………………327

表 4-2-17：「桼」諸家訓讀異說表………………………………327

表 4-2-18：「遝」諸家訓讀異說表………………………………331

表 4-2-19：「劫」諸家訓讀異說表………………………………333

表 4-2-20：「救」諸家訓讀異說表………………………………333

表 4-2-21：「〔图〕」諸家訓讀異說表…………………………337

表 4-2-22：「以」諸家異說表……………………………………339

表 4-2-23：「胼」諸家訓讀異說表………………………………340

表 4-2-24：「𤢤」諸家訓讀異說表………………………………343

表 4-2-25：「踹」諸家訓讀異說表………………………………343

表 4-2-26：「窜」諸家訓讀異說表………………………………347

表 4-2-27：「否」諸家訓讀異說表………………………………353

表 4-2-28：「貨」諸家訓讀異說表………………………………355

表 4-2-29：「蠱」諸家訓讀異說表………………………………356

表 4-2-30：「戾」諸家訓讀異說表………………………………358

表 4-2-31：「以」諸家異說表……………………………………360

表 4-2-32：「政」諸家訓讀異說表………………………………360

表 4-2-33：「酓」諸家訓讀異說表………………………………363

表 4-2-34：「遂」諸家訓讀異說表………………………………366

表 4-2-35：「者」諸家訓讀異說表………………………………366

表 4-2-36：「役」諸家異說表……………………………………368

表 4-2-37：「身以〔图〕之」中「〔图〕」諸家訓讀異說表‥370

表 4-2-38：「〔图〕福」中「〔图〕」諸家訓讀異說表‥‥‥371

表 4-2-39：「![图]」諸家訓讀異說表 ·····················373

表 4-2-40：「![图]」諸家訓讀異說表 ·····················375

表 4-2-41：「六正」諸家訓讀異說表 ·····················375

表 4-2-42：「![图]」諸家訓讀異說表 ·····················376

表 4-2-43：「![图]」諸家訓讀異說表 ·····················378

表 4-2-44：「拂」諸家異說表 ···························378

表 4-2-45：「![图]」諸家訓讀異說表 ·····················379

表 4-2-46：「絢」諸家訓讀異說表 ·····················382

表 4-2-47：「縰」諸家異說表 ···························382

表 4-2-48：「纚」諸家異說表 ···························383

表 4-2-49：「思」諸家訓讀異說表 ·····················383

表 4-2-50：「悟」諸家訓讀異說表 ·····················384

表 4-2-51：「勛」諸家訓讀異說表 ·····················387

表 4-2-52：「救」諸家訓讀異說表 ·····················387

表 4-2-53：「囂」諸家訓讀異說表 ·····················389

表 4-2-54：「固」諸家異說表 ···························393

表 4-2-55：「屯」諸家訓讀異說表 ·····················393

表 4-2-56：「蒸」諸家訓讀異說表 ·····················393

表 4-2-57：「弋」諸家訓讀異說表 ·····················394

表 4-2-58：「窐」諸家訓讀異說表 ·····················398

表 4-2-59：「憯」諸家訓讀異說表 ·····················399

表 4-2-60：「事」諸家訓讀異說表 ·····················404

表 4-2-61：「砫」諸家異說表 ···························405

表 4-2-62：「狡」諸家訓讀異說表 ·····················405

表 4-2-63：「婞」諸家訓讀異說表 ·····················408

表 4-2-64：「果」諸家訓讀異說表 ·····················411

表 4-2-65：「壃」諸家訓讀異說表 ·····················411

表 4-2-66：「![图]」諸家訓讀異說表 ·····················413

表 4-2-67：「![图]」諸家訓讀異說表 ·····················421

表 4-2-68：「斂」諸家訓讀異說表 ·····················421

表 4-2-69：「卷」諸家訓讀異說表 ·····················425

表 4-2-70：「單」諸家訓讀異說表 ·····················426

表 4-2-71：「馭」諸家異說表 ···························426

表 4-2-72：「⿰酉只」諸家訓讀異說表……………………426
表 4-2-73：「」諸家訓讀異說表……………………426
表 4-2-74：「」諸家訓讀異說表……………………428
表 4-2-75：「賆」諸家訓讀異說表……………………428
表 4-2-76：「者」諸家異說表……………………………429
表 4-2-77：「由」諸家異說表……………………………432
表 4-2-78：「」諸家訓讀異說表……………………432
表 4-2-79：「巻」諸家訓讀異說表……………………432
表 4-2-80：「班」諸家訓讀異說表……………………435
表 4-2-81：「羞」諸家訓讀異說表……………………435
表 4-2-82：「勿」諸家訓讀異說表……………………436
表 4-2-83：「晥」諸家訓讀異說表……………………436
表 4-2-84：「」諸家訓讀異說表……………………438
表 4-2-85：「」諸家訓讀異說表……………………440
表 4-2-86：「咸」諸家訓讀異說表……………………443
表 4-2-87：「縠」諸家訓讀異說表……………………443
表 4-2-88：「御」諸家訓讀異說表……………………443
表 4-2-89：「⿱谷心」諸家訓讀異說表……………………449
表 4-2-90：「」諸家訓讀異說表……………………450
表 4-2-91：「」諸家訓讀異說表……………………450
表 4-2-92：「」諸家訓讀異說表……………………450
表 4-2-93：「型」諸家訓讀異說表……………………454
表 4-2-94：「程」諸家異說表……………………………454
表 4-2-95：「臆」諸家訓讀異說表……………………457
表 4-2-96：「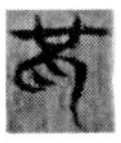」諸家訓讀異說表……………………457
表 4-2-97：「勛」諸家訓讀異說表……………………462
表 4-2-98：「勛」諸家訓讀異說表……………………466
表 4-2-99：「古」諸家訓讀異說表……………………466
表 4-2-100：「作」諸家訓讀異說表……………………467
表 4-2-101：「」諸家異說表……………………470
表 4-2-102：「復」諸家異說表……………………………470

表 4-2-103：〈子產〉與清華簡〈良臣〉人名對照表
　　　　　　‥‥‥‥‥‥‥‥‥‥‥‥‥‥‥‥‥472

表 5-1-1：〈良臣〉、〈祝辭〉形制表 ‥‥‥‥‥‥‥‥480

表 6-1-1：「諸侯死」之用語 ‥‥‥‥‥‥‥‥‥‥‥499

表 6-1-2：諸文獻中出現之「臨」‥‥‥‥‥‥‥‥‥502

表 6-1-3：諸文獻中出現之「小祥」‥‥‥‥‥‥‥‥505

表 6-1-4：諸文獻中出現之「三年之喪」‥‥‥‥‥‥506

表 6-1-5：〈洪範〉篇「稽疑」部分之決議過程、情況
　　　　　表 ‥‥‥‥‥‥‥‥‥‥‥‥‥‥‥‥‥508

表 6-2-1：文獻所載鄭國早期世系異同表 ‥‥‥‥‥‥514

表 6-2-2：昭公至厲公期間局勢之變化 ‥‥‥‥‥‥‥515

〔七十二〕乃敩（竄）辛道、僉語，

清華簡整理者：「敩」字從泉聲，從母元部，試讀為清母元部之「竄」。《書・舜典》「竄三苗于三危」，孔疏：「投棄之名。」即放逐。或即西周金文之「敩」。〔註627〕

馬楠：敩是鐘鎛銘文中常見的 （《集成》00045）字。應當為侵部字，試讀為「勘」，訓為犯而不校的校。而敩的賓語「辛道」、「僉語」和「巻單」、「相冒」、「榦樂」應當都不是人名，而是指行為。〔註628〕

徐在國：敩，乃「廩」字繁體，加「泉」是義符，表示倉廩就像泉水一樣不竭。簡文 ，可以分析為從向省，也可分析為「向」、「泉」共用偏旁，清華二・繫年 123向下部所從與「泉」上部形近，看做共用偏旁更好一些。簡文「敩（廩）」，讀為「禁」。「廩」、「林」二字通假的例證很多，詳參《古字通假會典》242頁。楚公家鐘中的「敩（廩）」就是讀為「林」的。因此，此字讀為「禁」，沒有問題。「禁」，禁止；制止。《易・繫辭下》：「理財正辭，禁民為非曰義。」《左傳・僖公三年》：「齊侯與蔡姬乘舟於囿，蕩公，公懼變色，禁之不可。」另，「乃敩辛道、僉語虛言亡實；乃敩巻（管）單、相冒、躷（韓）樂勅（飾）岂（美）宮室衣裘、好畬（飲）飤（食）酖（醬）釀。」大意是乃禁止辛道、僉語說假話，乃禁止管單、相冒、韓樂美飾宮室衣裘、沉溺飲食美酒。〔註629〕

王寧：辛道，「辛」即辛辣之意，「道」是言語，「辛道」謂辛辣之言，猶惡言。又疑「辛道」讀為「訊（誶）詢」，《集韻・去聲七・六至》：「諡、訊：告也、問也。或作誶。」又曰：「誶：《說文》：讓也。」《漢書・賈誼傳》：「母取箕帚立而誶語」，《集註》：「服虔曰：誶，猶罵也。張晏曰：責讓也。」《玉篇》：「誶，罵也。」《說文》：「詢，往來言也。」謂惡語往來相責罵。〔註630〕

〔註627〕清華大學出土文獻研究與保護中心編，李學勤主編：《清華大學藏戰國竹簡（陸）》下冊，頁142、143。

〔註628〕馬楠（清華大學出土文獻讀書會）：〈清華六整理報告補正〉，清華大學出土文獻研究與保護中心：http://www.ctwx.tsinghua.edu.cn/publish/cetrp/6842/2016041605294 0099595642/1 460755813610.doc，2016年4月16日。

〔註629〕徐在國：〈談清華六《子產》中的三個字〉，簡帛網：http://www.bsm.org.cn/show_article.php?id=2523，2016-04-19。

〔註630〕王寧：〈清華簡六子產釋文校讀〉，復旦大學出土文獻與古文字研究中心：http://www.gwz.fudan.edu.cn/Web/Show/2851，2016/7/4。

ee：飲似讀為「爽」，班固〈幽通賦〉「抗爽言以矯情兮」，「爽言」項岱曰：「過差之言」，「爽語」與「爽言」相類。《太平禦覽》卷八十四引《周書》「無擅制、無更創」，馬王堆帛書《經法·國次》、《十大經·正亂》作「擅制更爽」，（參蔡偉先生〈馬王堆漢墓帛書劄記（三則）〉），又〈殷高宗問於三壽〉簡20：「上下毋倉」之「倉」，郭永秉先生讀為「爽」。〔註631〕

王寧：飲當即「槍」之或體，亦作「搶」、「鎗」，讀「爽」可從，「爽語」即漢人所云之「爽言」，《漢書·敘傳上》載〈通幽賦〉：「抗爽言以矯情兮」，顏注：「爽，差也。謂二人雖舉言齊死生，壹禍福，而心實不然，是差謬也。」《風俗通義·十反》：「抗爽言以拒厚旨」，《校注》：「《文選·西京賦》注：抗，舉也。《爾雅·釋言》：爽，差也，忒也。」謂差謬無信之言，《國語·周語下》：「言爽，曰反其信」。〔註632〕

單育辰：〈子產〉中的「數」可讀為「禁」，「禁」即從「林」得聲，「廩」與「林」相通之例也多見。〔註633〕

孫合肥：從「辛道」至「好含（飲）飼（食）醬釀」皆為「禁」的內容。（暮四郎：簡帛網〈清華六《子產》初讀〉88樓跟帖，http://www.bsm.org.cn/bbs/read.php?tid=3344&page=9。）辛道：猶枉道。《論語·微子》：「直道而事人，焉往而不三黜？枉道而事人，何必去父母之邦。」〔註634〕

王瑜楨：數改隸定為數。但讀「禁」，季旭昇以為從文義來看，似乎不是很合理。數似乎可以讀「流」。數聲如「林」，「林」字的反切是力尋切，上古音屬來母侵部；「流」字的反切是力求切，上古音屬來母幽部，二字聲母相同，韻為幽侵旁對轉。「流」是古代五刑之一，把罪人放逐到遠方。辛道、管單等人的言行也足以惑世，所以流到遠方。簡25「數禦」，季旭昇以為可讀「領禦」。「飲語」解為「爽語」倒是頗為合理。「爽」，義為差失。「辛」為氏稱。〔註635〕

〔註631〕ee：簡帛研讀 » 清華六〈子產〉初讀（第60樓），簡帛論壇：http://www.bsm.org.cn/bbs/read.php?tid=3345，2016年4月23日。

〔註632〕王寧：〈清華簡六子產釋文校讀〉，復旦大學出土文獻與古文字研究中心：http://www.gwz.fudan.edu.cn/Web/Show/2851，2016/7/4。

〔註633〕單育辰：〈清華六《子產》釋文商榷〉，頁217。

〔註634〕孫合肥：〈清華簡《子產》簡19～23校讀〉，頁3。

〔註635〕王瑜楨：《清華大學藏戰國竹簡（陸）鄭國史料三篇研究》，頁455、456。

朱忠恒：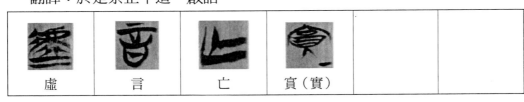隸定為斅，讀為「禁」可從。「斂」讀為「爽」說可從。「辛道」，從王寧說，謂辛辣之言，猶惡言。「乃禁辛道、爽語，虛言亡實；」意思是：於是禁止惡言、謬語，說假話不真實。〔註636〕

筆者茲將各家對「」、「斂」之訓讀表列於下：

表 4-2-67：「」諸家訓讀異說表

	訓　讀
整理者	斅讀「竄」：放逐
馬楠	斅讀「勘」：校
徐在國	斅，乃「廪」字繁體。「斅（廪）」，讀「禁」：禁止；制止。
單育辰、朱忠恒	「斅」讀「禁」
王瑜楨	斅改隸定為斆。斆讀「流」
季旭昇	「斅」讀「領」

表 4-2-68：「斂」諸家訓讀異說表

斂	訓　讀
ee、朱忠恒	讀「爽」
王寧	即「槍」之或體，亦作「搶」、「鎗」，讀「爽」：差
王瑜楨	解為「爽」：差失。

按：筆者從「讀禁，訓禁止」之說。

翻譯：於是禁止辛道、斂語

虛	言	亡	寅（實）		
虛	言	亡	寅（實）		

〔七十三〕虛言亡寅（實）；

清華簡整理者：「實」字有省變，與上「虛」字相對。〔註637〕

〔註636〕朱忠恒：《清華大學藏戰國竹簡（陸）集釋》，頁167。

〔註637〕清華大學出土文獻研究與保護中心編，李學勤主編：《清華大學藏戰國竹簡（陸）》下冊，頁143。

汪敏倩：斁指「竄」：放逐、驅逐。「虛言亡實」指阿諛奉承、講失實之言，不以誠實處事。〔註638〕

按：《漢語大詞典》：「虛言：假話、空話。《老子》：『古之所謂曲則全者，豈虛言哉。』《史記·遊俠列傳》：『由此觀之，竊鉤者誅，竊國者侯，侯之門仁義存，非虛言也。』」〔註639〕筆者從「宲讀實」之說。《漢語大詞典》：「亡實：不符合事實。《漢書·高帝紀下》：『虛言亡實之名，非所取也。』」〔註640〕

翻譯：（出現）假話不符合事實（之事）

乃	斁（竄）	迲（管）	單	相	冒
𢼱（韓）	樂	勅（飾）	岇（美）	宮	室
衣	裘	好	畬（飲）	飤（食）	酖（醬）
釀					

〔七十四〕乃斁（竄）迲（管）單、相冒、𢼱（韓）樂，【二十二】勅（飾）岇（美）宮室衣裘，好畬（飲）飤（食）酖（醬）釀，

青荷人：「乃斁迲單、相冒、𢼱樂」是勸君王勿沉于殺戮淫樂也。〔註641〕

清華簡整理者：「酖」字參看李學勤《文物中的古文明》（商務印書館，2008年，第330～334頁），在此讀為同在章母支部之「醬」，《說文》：「酒也。」《說

〔註638〕汪敏倩：《清華簡〈子產〉篇疏證與研究》，頁83。

〔註639〕《漢語大詞典》第8卷，頁820。國學大師：http://www.guoxuedashi.com/kangxi/pic.php?f=dcd&p=11976

〔註640〕《漢語大詞典》第2卷，頁299。國學大師：http://www.guoxuedashi.com/kangxi/pic.php?f=dcd&p=2043。

〔註641〕青荷人：簡帛研讀 » 清華六〈子產〉初讀（第115樓），簡帛論壇：http://www.bsm.org.cn/bbs/read.php?tid=3345，2017年2月9日。

文通訓定聲》：「按酒厚也。」〔註642〕

　　ee：「單」可讀為「緩嘽」，即古書常見「嘽緩」、「嘽咺」、「嘽嗳」之倒文。字應讀為「禁」，金文用其字為「大林鐘」之「林」，「禁」即從「林」得聲。〔註643〕

　　王寧：恭從止卷聲，當是「踡」之本字，「恭單」疑讀「捲戰」，《說文》：「捲，氣勢也。從手卷聲。《國語》曰：有捲勇。」，據段注字亦作「拳」、「攉」。「捲戰」謂負氣爭鬥，猶今言「打架鬥毆」。相冒，互相冒犯。臸，原整理者讀「韓」，非，當讀「燕」或「宴」，「燕樂」或「宴樂」乃恒語。末句原整理者於「釀」下斷句，疑非。此當作一句讀。〔註644〕

　　此心安處是吾鄉：醶疑讀為「旨」，即「旨酒」之「旨」，旨者，美也。從酉從覃。《說文》：醰，酒味長也。〈魏都賦〉：宅心醰粹，李善注：醰，美也。（參王念孫《廣雅疏證》，中華書局，23～24頁）總之這兩個從酉的字是酒的形容詞，套在簡文裡面，即：好飲食美酒。〔註645〕

　　王寧：醶從酉枳聲，當是「醯」之異構，「醯」、「枳」（頸尒切或舉綺切，並見《集韻·上聲五·四紙》）曉、見旁紐雙聲、同支部音近；「釀」字原字形作，下從酉，上面的部分當是從目襄聲，疑是訓「省視」之「相」的後起專字，故此字當分析為從酉相聲，原整理者釋「釀」可從，然其讀音非女亮切，而應如「襄」或「相」，在此疑當讀為「醬」，「醬」與「襄」、「相」精心旁紐雙聲、同陽部疊韻音近也。「醯」是酸味調料，「醬」是鹹味的調料，古書每連稱，如《儀禮·士昏禮》：「醯醬二豆，菹醢四豆。」《周禮·天官塚宰·醯人》：「凡醯醬之物，賓客亦如之。」《禮記·曲禮上》：「醯醬處內。」《史記·貨殖列傳》：「醯醬千坵。」等等均是。醯醬是古人的飲食佐料，求其美味也。「好飲食醯醬」謂喜歡追求美味的飲食。〔註646〕

〔註642〕清華大學出土文獻研究與保護中心編，李學勤主編：《清華大學藏戰國竹簡（陸）》下冊，頁143。

〔註643〕ee：簡帛研讀 » 清華六〈子產〉初讀（第0樓），簡帛論壇：http://www.bsm.org.cn/bbs/read.php?tid=3345，2016年4月16日。

〔註644〕王寧：〈清華簡六子產釋文校讀〉，復旦大學出土文獻與古文字研究中心：http://www.gwz.fudan.edu.cn/Web/Show/2851，2016/7/4。

〔註645〕此心安處是吾鄉：簡帛研讀 » 清華六〈子產〉初讀（第89樓），簡帛論壇：http://www.bsm.org.cn/bbs/read.php?tid=3345，2016年5月3日。

〔註646〕王寧：〈清華簡六子產釋文校讀〉，復旦大學出土文獻與古文字研究中心：http://www.

暮四郎：當標點、斷讀為：「乃歖（禁）辛道、猷（爽）語、虛言亡（無）實（實），乃歖（禁）耑單、相冒、軷樂、【二十二】勅（飾）芺（美）宮室衣裘、好酓（飲）飤（食）以（再）駢者，此胃（謂）由善臂（麗）耑。」看文義，從「辛道」到「虛言無實」，從「耑單」到「好酓（飲）飤（食）以駢者」，都是「歖（禁）」的對象。「由善臂（麗）耑（患）」中，「由善」指前文「子【二十】產用尊老先生之俊，乃有桑丘仲文、杜逝、肥仲、王子伯願，乃設六輔，子羽、子剌、【二十一】茷明、裨諶、富之攴、王子百」，「臂（麗）耑（患）」指前文「乃禁辛道、爽語、虛言無實，乃禁耑單、相冒、軷樂、【二十二】飾美宮室衣裘、好飲食以駢者」。〔註647〕

單育辰：〈子產〉簡 22＋23「禁」的對象為「辛道、猷語、虛言亡實」及「耑單、相冒、軷樂」等，馬楠認為：「歖的賓語『辛道』、『猷語』和『耑單』、『相冒』、『軷樂』應當都不是人名，而是指行為。」其言甚是。「耑單」可讀為「緩嘽」，從「芺」的「卷」為見紐元部，「緩」為匣紐元部，古音很近，「緩嘽」即古書常見「嘽緩」、「嘽咺」、「嘽嗳」之倒文，《列子・力命》「嘽咺」張湛注：「迂緩之貌。」「相冒」是相干犯、侵冒的意思。「軷樂」很可能是戲樂之義，但「軷」一時不知應讀為何字。〔註648〕

孫合肥：耑，讀倦。《說文》：「罷也。」單，讀台。單、台雙聲，故通用，台乃後起字。《尚書・泰誓》：「惟宮室台榭，陂池侈服，以殘害於爾萬姓。」孔穎達疏引李巡曰：「四方而高曰台。」冒，讀瑁。《說文》：「諸侯執圭朝天子，天子執玉以冒之，似犂冠。周禮曰：天子執玉，四寸。」此指美玉。軷，讀耽。軷，元部見紐；耽，元部端紐。二字古音相通。《尚書・無逸》：「惟耽樂之從。」孔安國傳：「過樂謂之耽。」《韓非子・十過》：「耽於女樂，不顧國政，則亡國之禍也。」〔註649〕

石小力：整理者釋作「釀」字原形作，嗳下部從酉，但上部與「襄」差距較大，釋「釀」不確，疑上部所從乃「鼎」之變形。〔註650〕

gwz.fudan.edu.cn/Web/Show/2851，2016/7/4。

〔註647〕暮四郎：簡帛研讀 » 清華六〈子產〉初讀（第87樓），簡帛論壇：http://www.bsm.org.cn/bbs/read.php?tid=3345，2016 年 5 月 3 日。

〔註648〕單育辰：〈清華六《子產》釋文商榷〉，頁 217。

〔註649〕孫合肥：〈清華簡《子產》簡 19～23 校讀〉，頁 3。

〔註650〕石小力（清華大學出土文獻讀書會）：〈清華六整理報告補正〉，清華大學出土文獻

王瑜楨：原考釋以為「恙（管）單」、「相冒」、「勬（韓）樂」是三個人，其實是比較合理的。「管」、「韓」、「相」為氏稱。「勑」讀「飾」。簡 7 說子產「不大宅域，不崇臺寢，不勑（飾）美車馬衣裘」，因此喜歡「飾美宮室衣裘」的人會遭到貶斥。〔註 651〕和即「枝」的初文，從木，「口」為指事符號。隸定可作「枳」，「只」為「枳」的部分截取分化字。酏釋醬、讀「釀」。〔註 652〕

朱忠恒：恙，從整理者讀為「管」，應指管樂器。《詩・周頌・有瞽》：「蕭管備舉。」單，可能也指樂器，比如單弦即曲藝的一種。管單，可能是指管弦樂器。相，或可讀為「鑲」，相、鑲，皆為陽部心母，音同可通。冒，讀為「瑁」，孫合肥說可從。鑲瑁，鑲戴美玉，指奢侈。勬，從王寧說，讀為「宴」或「燕」。「乃禁管單、鑲瑁、宴樂」意思是：於是禁止吹奏樂器、鑲戴美玉、宴樂。指反對沉迷於奢侈享樂。這裏與前文子產不大宅域，不崇臺寢，不飾美車馬衣裘等執政理念呼應。酏，讀為「旨」，美也，從「此心安處是吾鄉」說。讀為「釀」似不確。下部從酉，可推測與酒有關。，讀「醇」，亦從「此心安處是吾鄉」說，酒味醇厚。「飾美宮室衣裘、好飲食旨醇，」意思是：裝飾宮室衣裘，喜好飲食美酒。〔註 653〕

汪敏倩：「酏釀」指酒。「好舍飲酏釀」為喜好美食、喝酒。〔註 654〕

筆者茲將各家對「恙」、「單」、「勬」、「酏」、「」之說法表列於下：

表 4-2-69：「恙」諸家訓讀異說表

恙	訓　讀
整理者	讀「管」
ee、單育辰	讀「緩」
王寧	當是「蹳」之本字，「恙」疑讀「捲」
孫合肥	讀「倦」：罷
朱忠恒	讀「管」：應指管樂器。

研究與保護中心：http://www.ctwx.tsinghua.edu.cn/publish/cetrp/6842/20160416052940099595642/1 460755813610.doc，2016 年 4 月 16 日。

〔註651〕王瑜楨：《清華大學藏戰國竹簡（陸）鄭國史料三篇研究》，頁 457。

〔註652〕王瑜楨：《清華大學藏戰國竹簡（陸）鄭國史料三篇研究》，頁 459、462、465。

〔註653〕朱忠恒：《清華大學藏戰國竹簡（陸）集釋》，頁 168。

〔註654〕汪敏倩：《清華簡〈子產〉篇疏證與研究》，頁 85。

表 4-2-70：「單」諸家訓讀異說表

單	訓　　讀
ee、單育辰	讀「嘽」
王寧	疑讀「戰」
孫合肥	讀「台」
朱忠恒	可能指樂器

表 4-2-71：「馯」諸家異說表

馯	讀
整理者	讀「韓」
王寧、朱忠恒	讀「燕」或「宴」
孫合肥	讀「耽」。

表 4-2-72：「酻」諸家訓讀異說表

酻	訓　　讀
整理者	讀「醤」：酒
此心安處是吾鄉、朱忠恒	讀「旨」：美
王寧	「醯」之異構
王瑜楨	釋「醤」

表 4-2-73：「」諸家訓讀異說表

	訓　　讀
此心安處是吾鄉	醇：美
王寧	「釀」疑讀「醬」
王瑜楨	讀「釀」。
朱忠恒	讀「醇」：酒味醇厚

　　按：筆者從「恙讀管」之說。「馯」亦見於《十八年建信君鈹》：「大工尹馯（韓）峀。」〔註655〕《清華二・繫年 116》：「以復黃池之師。魏斯、趙浣、馯（韓）啟」〔註656〕宮室：房屋。《易・繫辭下》：「上古穴居而野處，後世聖人易之以宮室，上棟下宇，以待風雨。」「畬飲」亦見於《清華七・越公其

〔註655〕殷周金文暨青銅器資料庫：http://bronze.asdc.sinica.edu.tw/rubbing.php?11717。
〔註656〕先秦甲骨金文簡牘詞彙資料庫：http://inscription.asdc.sinica.edu.tw/c_index.php。

事33》:「王亦畬（飲）飤（食）之。」〔註657〕《清華七・越公其事46》:「弗予畬（飲）飤（食）。」〔註658〕筆者從「䡈讀韓、畬飤讀飲食、酬讀醬訓酒、讀釀」之說。

翻譯：於是禁止管單、相冒、韓樂，對於房屋衣裘裝飾美麗，（禁止）喜好吃喝酒釀酒

 以	 爰（遠）	 骿（屏）	 者		

〔七十五〕以爰（遠）骿（屏）者。

清華簡整理者：爰，讀為同在匣母元部之「遠」。骿，讀為「屏」。《禮記・王制》「屏之四方」，鄭注：「猶放去也。」者，在此訓為「也」或「焉」，參《古書虛字集釋》（第756～757頁）。或說「骿」字應釋「費」，「費者」為耗費之人。〔註659〕

暮四郎：釋作「爰」可疑，此字更近於「爯」。〔註670〕

王寧：「爯」當為稱譽、稱舉義，「屏者」則當是指摒棄前述「辛道」等各種不良行為的人。「乃斂（禁）辛道……以爯屏者」言禁止辛道等一系列不良行為，稱譽那些摒棄這些不良行為的人。〔註671〕又「爯骿」當讀為「稱㔦」，「稱」是稱舉，此為炫耀、誇耀意。「㔦」訓「大」。有人修飾華麗的宮室和衣裘，喜歡追求美味的飲食，以此來誇耀自己財大勢大，這種人會引起社會不安，故子產整飭之。〔註672〕

單育辰：「以爰（援）骿（病）者」，「爰」可通「援」，句義是說用來援助疲病的人。〔註673〕

〔註657〕先秦甲骨金文簡牘詞彙資料庫：http://inscription.asdc.sinica.edu.tw/c_index.php。

〔註658〕先秦甲骨金文簡牘詞彙資料庫：http://inscription.asdc.sinica.edu.tw/c_index.php。

〔註659〕清華大學出土文獻研究與保護中心編，李學勤主編：《清華大學藏戰國竹簡（陸）》下冊，頁143。

〔註670〕暮四郎：簡帛研讀 » 清華六〈子產〉初讀（第87樓），簡帛論壇：http://www.bsm.org.cn/bbs/read.php?tid=3345，2016年5月3日。

〔註671〕王寧：簡帛研讀 » 清華六〈子產〉初讀（第91樓），簡帛論壇：http://www.bsm.org.cn/bbs/read.php?tid=3345，2016年5月3日。

〔註672〕王寧：〈清華簡六子產釋文校讀〉，復旦大學出土文獻與古文字研究中心：http://www.gwz.fudan.edu.cn/Web/Show/2851，2016/7/4。

〔註673〕單育辰：〈清華六《子產》釋文商榷〉，頁212。

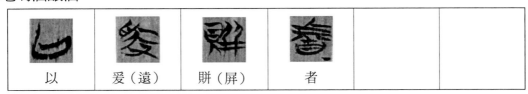

　　孫合肥：「䏶」字應釋「費」。「將子產用尊老先生之俊……以遠費者。」所說內容與《列子・楊朱》：「子產相鄭，專國之政三年，善者服其化，惡者畏其禁，鄭國以治。」相合。「將子產用尊老先生之俊……以遠費者。」意思是說：當子產起用才智超群之人做老師，尊敬愛戴他們，於是就有了桑丘仲文、杜逝、肥仲、王子伯願，又設立了六位輔相：子羽、子刺、蔑明、卑登、佁之支、王子百。禁不正之術、過失之言、虛誇不實之言；禁倦於台榭、賞美玉、悅於音樂、飾美宮室衣裘、好飲食美酒之事，遠離耗費之人。〔註674〕

　　王瑜楨：爰讀「遠」。䏶讀「屏」，即流放。「者」同「之」。「以爰䏶者」，意思是：因此把他們摒流到遠方。其中的「他們」一詞，包括上面爽語虛言，以及華衣美食的兩種人。〔註675〕

　　朱忠恒：爰䏶，從整理者說，讀為「遠屏」，遠離摒除之意。「者」訓為也或焉。「以遠屏者」意思是：用來遠離摒除（奢侈）。〔註676〕

　　汪敏倩：「䏶」釋為「費」，「費者」為耗資之人。「以爰䏶者」指對此類人有所懲罰，為「因此放逐這些耗資之人」之義。〔註6797x〕

　　筆者茲將各家對「![字]」、「䏶」、「者」之說法表列於下：

表 4-2-74：「![字]」諸家訓讀異說表

![字]	訓　　讀
整理者、王瑜楨	「爰」讀「遠」
王寧	「再」讀「稱」：稱舉，此為炫耀、誇耀意。
單育辰	「爰」通「援」
朱忠恒	「爰」讀「遠」：遠離

表 4-2-75：「䏶」諸家訓讀異說表

䏶	訓　　讀
整理者	1.讀「屏」：猶放去也 2.釋「費」：耗費

〔註674〕孫合肥：〈清華簡《子產》簡 19～23 校讀〉，頁 3。
〔註675〕王瑜楨：《清華大學藏戰國竹簡（陸）鄭國史料三篇研究》，頁 467。
〔註676〕朱忠恒：《清華大學藏戰國竹簡（陸）集釋》，頁 169。
〔註6797x〕汪敏倩：《清華簡〈子產〉篇疏證與研究》，頁 85。

王寧	讀「𢾾」：大
單育辰	讀「病」
孫合肥、汪敏倩	釋「費」
王瑜楨	讀「屏」：流放。
朱忠恒	讀「屏」：摒除。

表 4-2-76：「者」諸家異說表

者	訓
整理者	1.「也」或「焉」 2. 的人
王瑜楨	同「之」
朱忠恒	「也」或「焉」

按：「爰」亦見於《清華一·祭公 16》：「亡時爰（遠）大邦」〔註 678〕爰、遠皆「元」部可通，筆者從「爰讀遠」之說。遠：避開、離開。《左傳·昭公八年》：「叔向曰：『子野之言，君子哉！君子之言，信而有徵，故怨遠於其身。』」《孟子·梁惠王上》：「君子之於禽獸也，見其生，不忍見其死；聞其聲，不忍食其肉。是以君子遠庖廚也。」駢從並，「並、屏」皆「耕」部可通，筆者從「駢讀屏」之說。《王力古漢語字典》：「屏：除去。《詩·大雅·皇矣》：『作之屏之，其菑其翳。』」〔註 669〕又筆者從「者訓也」之說。

翻譯：以（使他們）避開除去（惡習）

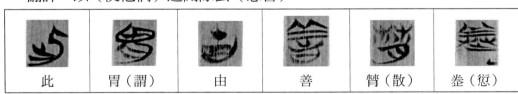

| 此 | 胃（謂） | 由 | 善 | 臂（散） | 𢙷（愆） |

〔七十六〕此胃（謂）由善臂（散）𢙷（愆）。

清華簡整理者：由，《小爾雅·廣詁》：「用也。」散，《公羊傳》莊公十二年「散舍諸宮中」，何休注：「放也。」愆，《書·大禹謨》「帝德罔愆」，孔傳：「過也。」〔註 670〕

易泉：「善」下一字疑讀作「靡」。由善靡愆，靡愆，即沒愆，無愆。由善

〔註 678〕先秦甲骨金文簡牘詞彙資料庫：http://inscription.asdc.sinica.edu.tw/c_index.php。

〔註 669〕王力：《王力古漢語字典》，頁 238。

〔註 670〕清華大學出土文獻研究與保護中心編，李學勤主編：《清華大學藏戰國竹簡（陸）》下冊，頁 143。

靡愆，似指遵從善道，無過錯。《詩・大雅・假樂》：「不愆不忘，率由舊章」之由、愆，與簡文同。〔註671〕

暮四郎：「瞖」字又見於上博六〈用曰〉簡19「其甚章」，應當釋寫為厴，讀為「靡」。巻，似當讀為「患」。〈孔子詩論〉有「（关／心）」字，學者們讀為「患」（白於藍《戰國秦漢簡帛古書通假字彙纂》，福州：福建人民出版社，2012年，第803頁）。「瞖（靡）巻（患）」可能是說消除禍患，與「由善」並列，結構也相同。《荀子・大略》：「害靡國家。」王念孫：「靡，滅也。」《荀子・富國》：「以相顛倒，以靡敝之。」〔註672〕

華東師範大學中文系出土文獻研究工作室：「散」當訓「放」，《禮記・樂記》「馬散之華山之陽」，鄭《注》：「散，猶放。」《公羊傳・莊公十二年》：「散舍諸宮中。」何《注》：「散，放也。」「放散罪人」，即謂放逐辛道、歛語、管單、相冒、韓樂等人之事。〔註673〕

王寧：此句當讀為「此謂由善靡捲」。《廣雅・釋詁四》：「由，用也。」《方言》十三：「靡，滅也」，即消滅、消除義。蓋有「辛道」等不良行為之人氣焰囂張，有危國家穩定，需治理之，故子產出臺了一系列禁令禁止這些不良行為。「由善」謂使用良善之人，「靡捲」謂消除兇惡之人的囂張氣勢。〔註674〕

青荷人：「善」下一字疑讀作「靡」。由善靡愆，靡愆，即沒愆，無愆。由善靡愆，似指遵從善道，無過錯。《詩・大雅・假樂》：「不愆不忘，率由舊章」之由、愆，與簡文同。由句子字體相配，讀散為失也，即：由善失愆。〔註675〕

孫合肥：瞖讀作「靡」。「此謂由善靡患」意思是說：這是任用賢良消除禍患。〔註676〕

郝花萍：由，遵從，遵照。如《詩・大雅・假樂》：「不愆不忘，率由舊

〔註671〕易泉：簡帛研讀 » 清華六〈子產〉初讀（第3樓），簡帛論壇：http://www.bsm.org.cn/bbs/read.php?tid=3345，2016年4月16日。

〔註672〕暮四郎：簡帛研讀 » 清華六〈子產〉初讀（第22樓），簡帛論壇：http://www.bsm.org.cn/bbs/read.php?tid=3345，2016年4月17日。

〔註673〕華東師範大學中文系出土文獻研究工作室：〈讀《清華大學藏戰國竹簡（陸）・子產》書後（一）〉，簡帛網：http://www.bsm.org.cn/show_article.php?id=2533，2016-04-25。

〔註674〕王寧：〈清華簡六子產釋文校讀〉，復旦大學出土文獻與古文字研究中心：http://www.gwz.fudan.edu.cn/Web/Show/2851，2016/7/4。

〔註675〕青荷人：簡帛研讀 » 清華六〈子產〉初讀（第106樓），簡帛論壇：http://www.bsm.org.cn/bbs/read.php?tid=3345，2016年12月15日。

〔註676〕孫合肥：〈清華簡《子產》簡19～23校讀〉，頁3。

章。」《論語・泰伯》:「民可使由之,不可使知之。」臂應釋讀作「靡」。《詩・
鄘風・柏舟》:「之死矢靡它。」毛傳:「靡,無。」由善靡愆,似指遵從善道,
無過錯。〔註677〕

陳偉武:散,當讀為「鮮」,《爾雅・釋詁下》:「鮮,罕也。」又:「鮮,寡
也。」張儒和劉毓慶指出:「古散、鮮通用。《禮記・月令》:『則穀實鮮落。』
王引之《經義述聞》:『鮮之言散也。』」〈子產〉簡文「由善臂(鮮)卷(愆)」
是說遵從善道,鮮少過失。〔註678〕

王瑜楨:「由」訓「從」,似乎更好。「由善」就是遵從好的人才的意見,指
遵從前面的四老、六輔等人的好的意見。〔註679〕卷音同「卷」,上古音在群紐
元部,「愆」在溪紐元部,二字韻同聲近,可以通假。「臂卷」讀為「散愆」,意
思是:放逐有罪過的人,指上面提到的辛道、管單、相冒、韓樂等四人。〔註680〕

朱忠恒:臂,從「易泉」說,讀為「靡」,卷,從整理者說,讀為「愆」,
過也。「此謂由善靡愆。」意思是:這就是所謂的用好的行為來消滅(不好的)
過失。〔註681〕

韓高年:「古之狂君……此謂由善散愆」,意思是說古代的狂妄之君,不肯
取法前聖善君,凡事自專,賢者無所用之,導致國家敗亡;而古之善君則恰好
相反,他們必定要取法先聖明君的禮法,並尊賢用賢以治國。子產治理鄭國,
也能「尊老」「敬賢」,盡訪名師,遍求良輔,通過多方求教來避免行政中的不
正之術、過失之言、虛誇不實,禁止了因沉迷於追求音樂、宮室、服飾、飲食
等物質享受而影響政治的行為。放奸佞,近賢者,最終達到了由接近善而去除
惡的目的。〔註682〕

汪敏倩:「由善臂(散)卷(愆)」指任用有能力的臣子,放逐犯錯的臣子。
〔註683〕

〔註677〕郝花萍:《清華大學藏戰國竹簡(陸)鄭國三篇集釋》,頁123。
〔註678〕陳偉武:〈讀清華簡第六冊小箚〉,《出土文獻》第十一輯,中西書局,2017年10
　　　　月。轉引自朱忠恒:《清華大學藏戰國竹簡(陸)集釋》,頁169。
〔註679〕王瑜楨:《清華大學藏戰國竹簡(陸)鄭國史料三篇研究》,頁469。
〔註680〕王瑜楨:《清華大學藏戰國竹簡(陸)鄭國史料三篇研究》,頁470、471。
〔註681〕朱忠恒:《清華大學藏戰國竹簡(陸)集釋》,頁170。
〔註682〕韓高年:〈子產生平、辭令及思想新探——以清華簡《子產》《良臣》等為中心〉,
　　　　《中原文化研究》,2019年03期,頁60。
〔註683〕汪敏倩:《清華簡〈子產〉篇疏證與研究》,頁85。

筆者茲將各家對「由」、「![字]」、「巻」之說法表列於下：

表 4-2-77：「由」諸家異說表

由	訓　　讀
整理者、王寧、朱忠恒	由：用
易泉、郝花萍、陳偉武、王瑜楨	由：遵從

表 4-2-78：「![字]」諸家訓讀異說表

![字]	訓　　讀
整理者、華東師範大學中文系出土文獻研究工作室、王瑜楨	讀「散」：放
易泉、郝花萍	讀「靡」：無
暮四郎、王寧、朱忠恒、孫合肥	讀「靡」：消除。
青荷人	1. 讀「靡」 2. 讀「散」：失
陳偉武	散，讀「鮮」：寡

表 4-2-79：「巻」諸家訓讀異說表

巻	訓　　讀
整理者、朱忠恒、王瑜楨	讀「愆」：過
暮四郎	讀「患」。
王寧	讀「捲」

按：《左傳·襄公三十年》：「不能由吾子。」杜預注：「由，用也。」《爾雅》：「靡，無也。」《詩·小雅·采薇》：「靡室靡家。」愆：過錯。《說文》：「愆，過也。」《左傳·哀公十六年》：「失所為愆。」筆者從「由訓用、䙴讀靡，訓無、巻讀愆，訓過」之說。

翻譯：這是說用好人（求）無過錯

子	產	既	由	善	用
聖					

〔七十七〕子產既由善用聖，

清華簡整理者：聖，《老子》王弼本十九章注：「才之善也。」〔註684〕

王寧：「由」與「用」義同。「由善用聖」即使用善良之人和賢明之人。

〔註685〕

郝花萍：由，與「用」同義。《尚書‧君陳》：「既見聖，亦不克由聖。」孔傳：「已見聖道，亦不能用之。」聖，德行高尚的人。《論語‧子罕》「子貢曰：固天縱之將聖，又多能也。」《孟子‧萬章下》：「伯夷，聖之清者也；伊尹，聖之任者也；柳下惠，聖之和者也；孔子，聖之時者也。」「由善用聖」是說子產選用官員的標準之一是所用之人必須有高尚的德行。〔註686〕

朱忠恒：「子產既由善用聖」意思是：子產已經選用善良和賢明的人。

〔註687〕

汪敏倩：「由善用聖」指（子產）任用有能力的臣子使得自己治理（鄭國）能達事無不通之境。〔註688〕

按：既：已經。《論語‧季氏》：「既來之，則安之。」《左傳‧莊公十年》：「既克。」另，筆者從「由訓用」之說。

翻譯：子產已經任用好人、聖人

班	羞（好）	勿（物）	眈（俊）	之	行

〔七十八〕【二十三】班羞（好）勿（物）眈（俊）之行，

清華簡整理者：班，《左傳》襄公十八年「有班馬之聲」，杜注：「別也。」即選擇分別。羞，讀為「好」；「好」或作「盯」，亦從丑聲。物，《周禮‧載師》「以物地事」，鄭注：「物色之。」〔註689〕

〔註684〕清華大學出土文獻研究與保護中心編，李學勤主編：《清華大學藏戰國竹簡（陸）》下冊，頁143。

〔註685〕王寧：〈清華簡六子產釋文校讀〉，復旦大學出土文獻與古文字研究中心：http://www.gwz.fudan.edu.cn/Web/Show/2851，2016/7/4。

〔註686〕郝花萍：《清華大學藏戰國竹簡（陸）鄭國三篇集釋》，頁124。

〔註687〕朱忠恒：《清華大學藏戰國竹簡（陸）集釋》，頁170。

〔註688〕汪敏倩：《清華簡〈子產〉篇疏證與研究》，頁86。

〔註689〕清華大學出土文獻研究與保護中心編，李學勤主編：《清華大學藏戰國竹簡（陸）》下冊，頁143。

無痕：「班羞勿畯」讀為「辨修物俊」似更好。〔註690〕

薛後生：如果按照整理者的意見似乎應該斷讀為：班（辨）羞物、俊之行。總感覺整理者把「物」解釋為與「辨」同樣的意思，句子不是太通順，還不如直接屬上羞讀。〔註691〕

王寧：《左傳・襄公三十一年》言子產從政，使公孫揮「班位貴賤能否」，「班」為分而布予，指「班位」，謂任命職位。「羞」是進獻義，這裡是推薦的意思。「俊」即相當於《左傳》的「能」，謂優秀的賢人；「勿」相當於「否」，謂不優秀的普通人，「畯（俊）」指優秀的賢良者；「行」是行列義，此指某一類人。「勿俊之行」是包括「勿之行」和「俊之行」，前者是普通的一類人，後者是優秀的一類人。此謂子產用人是優秀的、普通的都推薦使用，只是根據不同的情況分派不同的職位。〔註692〕

蔡一峰：讀「辨修物俊」。修，古有優異、美善義。《楚辭・招魂》：「娉容修態。」「辨修」、「物俊」同意連言，皆言辨別物色才俊美善之行。「班」通「辨」古書屢見。「羞」、「修」古並為心紐幽部。「羞」、「修」可互通。〔註693〕

青荷人：「班羞勿畯」讀為「辨修物俊」似更好。班，諸侯相見之次序之禮也，春秋左傳，鄭太子忽濟齊，但魯班後，太子忽報之以役；「俊」，過也。「班羞勿俊之行也」意會須講謙禮也。〔註694〕

郝花萍：班，指選擇分別，原整理者之說可從。《左傳・襄公十八年》：「邢伯告中行伯曰：『有班馬之聲，齊師其遁？』」杜預注：「夜遁，馬不相見，故鳴。班，別也。」物，選擇，觀察。與「班」同義。《左傳・昭公三十二年》：「計丈數，揣高卑，度厚薄，仞溝洫，物土方，議遠邇。」杜預注：「物，相也，相取土之方面遠近之宜。」《周禮・地官・載師》：「掌任土之灋，以物地

〔註690〕無痕：簡帛研讀 » 清華六〈子產〉初讀（第39樓），簡帛論壇：http://www.bsm.org.cn/bbs/read.php?tid=3345，2016年4月18日。

〔註691〕薛後生：簡帛研讀 » 清華六〈子產〉初讀（第79樓），簡帛論壇：http://www.bsm.org.cn/bbs/read.php?tid=3345，2016年4月29日。

〔註692〕王寧：〈清華簡六子產釋文校讀〉，復旦大學出土文獻與古文字研究中心：http://www.gwz.fudan.edu.cn/Web/Show/2851，2016/7/4。

〔註693〕蔡一峰：〈讀清華簡第六輯零箚（五則）〉，收入陳偉武主編：《古文字論壇（第二輯）—中山大學古文字學研究室成立六十周年紀念專號》，上海：中西書局，2016年11月，頁259。

〔註694〕青荷人：簡帛研讀 » 清華六〈子產〉初讀（第107樓），簡帛論壇：http://www.bsm.org.cn/bbs/read.php?tid=3345，2016年12月15日。

事授地職，而待其政令。」鄭玄注：「物，物色之，以知其所宜之事而授農牧衡虞使職之。」如此，「班」與「物」同義，「好」與「俊」同義，「班好物俊之行」可能是得子產授意去選拔德行高尚之人的一行官員。〔註695〕

王瑜楨：「既」，「已經完成」的意思，所以全句要斷讀為「既『由善用聖、班羞（好）勿（物）昳（俊）』之行」，意思是：子產已經完成「由善用聖、班好物俊」，即完成尋覓人才任職分憂，共同輔佐國政。「班」釋為「賜給職位」。「班羞（好）」，就是把職位賜給好的人才。「物色俊彥」應在「班羞」之前已經完成了，這裡說的是給他們職位。「物」釋為「職」。「物俊」的意思是：給優秀人才官職。〔註696〕

朱忠恒：「班好物俊之行」意思是：物色選拔優秀的賢良者一類人。「班好」與「物俊」同義並列。〔註697〕

汪敏倩：「班羞」指選擇優良之賢才。「班羞（好）勿（物）昳（俊）之行」指選擇優良的人，物色才德超卓的人為臣。〔註698〕

筆者茲將各家對「班」、「羞」、「勿」、「昳」之訓讀表列於下：

表 4-2-80：「班」諸家訓讀異說表

班	訓 讀
整理者、郝花萍	別，即選擇分別。
無痕	讀「辨」
王寧	為分而布予，指「班位」，謂任命職位。
蔡一峰	通「辨」。
青荷人	1. 讀「辨」 2. 班，諸侯相見之次序之禮
王瑜楨	賜給職位

表 4-2-81：「羞」諸家訓讀異說表

羞	訓 讀
整理者	讀「好」
無痕、青荷人	讀「修」

〔註695〕郝花萍：《清華大學藏戰國竹簡（陸）鄭國三篇集釋》，頁124。
〔註696〕王瑜楨：《清華大學藏戰國竹簡（陸）鄭國史料三篇研究》，頁472、473。
〔註697〕朱忠恒：《清華大學藏戰國竹簡（陸）集釋》，頁170。
〔註698〕汪敏倩：《清華簡〈子產〉篇疏證與研究》，頁87。

| 王寧 | 進獻，這裡是推薦的意思。 |
| 蔡一峰 | 修：優異、美善。修，通羞。 |

表 4-2-82：「勿」諸家訓讀異說表

勿	訓　　讀
整理者、無痕、青荷人	讀「物」
王寧	相當於「否」，謂不優秀的普通人
郝花萍	物：選擇，觀察。
王瑜楨	「物」釋「職」。

表 4-2-83：「畃」諸家訓讀異說表

畃	訓　　讀
無痕	讀「俊」
王寧	讀「俊」相當於「能」，謂優秀的賢人。
青荷人	讀「俊」：過。

按：班：排列。《韓非子·存韓》：「班位於天下。」《簡帛古書通假字大系》：「好與羞。《說命中》：『且惟口起戎出好（羞）。』」〔註 699〕「羞、好」皆「幽」部可通，筆者從「羞讀好」之說。《古文字通假字典》：「勿（物明wu）讀為物（物明wu）。郭店楚簡《尊德義》簡三六～三七：『上好是勿也，下必有甚焉者。』郭店楚簡《忠信之道》簡二：『至忠如土，化勿而不伐。』影本勿讀為物。」〔註 700〕《周禮》：「以物地事授地職，而待其政令。」「畃」從允，「允、俊」皆「文」部可通。筆者從「勿讀物，訓選擇、畃讀俊」之說。《異體字字典》：「俊：才智出眾者。《說文解字·人部》：『俊，材過千人。』《孟子·公孫丑上》：『尊賢使能，俊傑在位。』漢·趙岐·注：『俊，美才出眾者也。』」〔註 701〕

翻譯：排列好人、選擇才智超群之人的排行（依能任職，各得其所）

| 乃 | 聿（肄） | 參（三） | 邦 | 之 | 命（令） |

〔註 699〕白於藍：《簡帛古書通假字大系》，福建人民出版社，2017 年 12 月，頁 184。
〔註 700〕王輝：《古文字通假字典》，頁 590。
〔註 701〕《異體字字典》：https://dict.variants.moe.edu.tw/variants/rbt/word。

〔七十九〕乃聿（肄）參（三）邦之命（令），

清華簡整理者：肄，《說文》：「習也。」三邦，指夏、商、周。〔註702〕

王寧：「聿」當依字讀，《書‧湯誥》：「聿求元聖，與之戮力。」《傳》：「聿，遂也。」《釋文》：「聿，允橘切，述也。」《正義》：「聿訓述也。述前所以申遂，故聿為遂也。」《說文》：「述，循也。」此為遵循義。下簡25「聿參（三）邦之型（刑）」之「聿」同。〔註703〕

李學勤：「三邦」即夏、商、周。《左傳》叔向書信中說：夏有亂政而作《禹刑》，商有亂政而作《湯刑》，周有亂政而作《九刑》。就是〈子產〉所謂「三邦之刑」。〔註704〕

王瑜楨：![字]隸為「隸」，讀作「肄」。〔註705〕

朱忠恒：聿，從整理者讀「肄」，習也。「乃肄三邦之令，以為鄭令、野令，導之以教。」意思是：於是學習夏商周三代的律令，把它們作為鄭令、野令，教導老百姓。〔註706〕

劉光勝：「三邦之令」，特指三代聖王用以規範人們的行為而發佈的命令。張晉藩《中國法制史》說：「除了習慣法以外，夏王、商王的命令或指示也是一種重要法律淵源，而且法律效力高於其他法律形式。夏商兩代的王命，主要包括軍法命令性質的誓、政治文告類的誥、訓示臣民的訓等多種形式。」夏、商、周三代時期，用作法律形式的「令」，可能是指天子之「誓」、「誥」、「訓」等帶有強制約束力的文獻。〔註707〕

汪敏倩：「乃聿參邦之命」指於是學習夏商周三代的政令。〔註708〕

筆者茲將各家對「![字]」之訓讀表列於下：

〔註702〕清華大學出土文獻研究與保護中心編，李學勤主編：《清華大學藏戰國竹簡（陸）》下冊，頁143。

〔註703〕王寧：〈清華簡六子產釋文校讀〉，復旦大學出土文獻與古文字研究中心：http://www.gwz.fudan.edu.cn/Web/Show/2851，2016/7/4。

〔註704〕李學勤：〈有關春秋史事的清華簡五種綜述〉，頁81。

〔註705〕王瑜楨：《清華大學藏戰國竹簡（陸）鄭國史料三篇研究》，頁474。

〔註706〕朱忠恒：《清華大學藏戰國竹簡（陸）集釋》，頁170。

〔註707〕劉光勝：〈德刑分途:春秋時期破解禮崩樂壞困局的不同路徑——以清華簡《子產》為中心的考察〉，頁31。

〔註708〕汪敏倩：《清華簡〈子產〉篇疏證與研究》，頁88。

表 4-2-84：「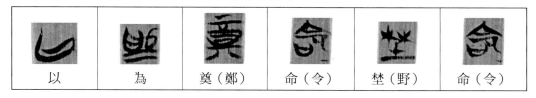」諸家訓讀異說表

	訓　　　讀
整理者、朱忠恒	聿讀「肄」：習
王寧	聿：述，循也。此為遵循義
王瑜楨	隸為「隸」，讀「肄」

按：聿、肄皆「微」部可通，筆者從「聿讀肄」之說。《王力古漢語字典》：「肄：學習。《禮記・曲禮下》：『君命，大夫與士肄。』」〔註709〕「命」亦見於《上海博物館藏戰國楚竹書・柬大 22》：「命（令）尹子林問於大宰」〔註710〕《清華二・繫年96》：「命（令）尹子木會趙文子武及諸侯之大夫」〔註711〕筆者從「命讀令」之說。令：法令。《周禮・夏官・大司馬》：「犯令陵政則杜之。」《戰國策・齊策》：「令初下，群臣進諫，門庭若市。」

翻譯：於是學習夏、商、周三代的法令

以	為	奠（鄭）	命（令）	埜（野）	命（令）

〔八十〕以為奠（鄭）命（令）、埜（野）命（令），

清華簡整理者：當時諸侯國有國、野之分，此處「鄭」即指鄭之國中，與「野」相對。〔註712〕

李學勤：至於子產所制有「令」與「刑」的區分，「令」和「刑」又都有「鄭」（指國都）與「野」（指郊野），更是從來沒有人知道的。〔註713〕

王寧：《左傳・襄公三十一年》：「裨諶能謀，謀於野則獲，謀於邑則否」，「野」與本篇「野」同，即郊野；「邑」即「鄭」，指鄭的都邑。「鄭令」即施行於鄭國都邑內之法令，「野令」即施行於都邑之外、郊野之間的法令。〔註714〕

〔註709〕王力：《王力古漢語字典》，頁987。
〔註710〕先秦甲骨金文簡牘詞彙資料庫：http://inscription.asdc.sinica.edu.tw/c_index.php。
〔註711〕先秦甲骨金文簡牘詞彙資料庫：http://inscription.asdc.sinica.edu.tw/c_index.php。
〔註712〕清華大學出土文獻研究與保護中心編，李學勤主編：《清華大學藏戰國竹簡（陸）》下冊，頁143。
〔註713〕李學勤：〈有關春秋史事的清華簡五種綜述〉，頁81、82。
〔註714〕王寧：〈清華簡六子產釋文校讀〉，復旦大學出土文獻與古文字研究中心：http://www.

王瑜楨：「鄭令」、「鄭刑」是包括國都在內（六鄉）的「國」的令及刑；「野令」、「野刑」則是都邑以外「六遂」的令及刑。「六鄉的國人」與「六邑的野人」身分階層權利義務都不一樣，因此法令和刑罰的規定自然就不一樣。〔註715〕

按：以為：用作。《左傳・文公六年》：「宣子於是乎始為國政……既成，以授大傅陽子與大師賈佗，使行諸晉國，以為常法。」《古文字通假字典》：「奠（文定 dian）讀為鄭（耕定 zheng）。包山楚簡二：『魯陽公以楚師後城奠之歲……』此奠亦讀鄭。又郭店楚簡《性自命出》簡二七：『奠、衛之樂，則非其聲而從之也。』」〔註716〕筆者從「奠讀鄭，鄭指國都、野指郊野」之說。《漢語大詞典》：「郊野：周代距王城百里謂之郊，三百里謂之野。統稱『郊野』。《周禮・秋官・蠟氏》：『凡國之大祭祀，令州裡除不蠲，禁刑者、任人及凶服者。以及郊野，大師、大賓客亦如之。』」〔註717〕

翻譯：用作鄭國都的法令、郊野的法令

道（導）	之	以	孝（教）	乃	怵（迹）
天	堅（地）	逆	川（順）	弖（強）	柔

〔八十一〕道（導）之以孝（教），乃怵（迹）天堅（地）、逆川（順）、
　　　　　弖（強）柔，

清華簡整理者：迹，《漢書・平當傳》「深迹其道」，顏注：「謂求其蹤迹也。」強，與「剛」同義。〔註718〕

程燕：字當分析為從「心」，「亦」聲，疑讀為「繹」。《詩・魯頌・閟宮》：「新廟奕奕。」《周禮・夏官・隸僕》鄭注引奕作「繹」。（《古字通假會典》861頁）「繹」，尋繹，理出事物的頭緒，可引申為解析。《論語・子罕》：

gwz.fudan.edu.cn/Web/Show/2851，2016/7/4。

〔註715〕王瑜楨：《清華大學藏戰國竹簡（陸）鄭國史料三篇研究》，頁475。
〔註716〕王輝：《古文字通假字典》，頁366、367。
〔註717〕《漢語大詞典》第10卷，頁616。
〔註718〕清華大學出土文獻研究與保護中心編，李學勤主編：《清華大學藏戰國竹簡（陸）》下冊，頁143。

「巽與之言，能無說乎？繹之為貴。」邢昺疏：「繹，尋繹也。」《漢書・循吏傳・黃霸》：「吏民見者，語次尋繹。」顏師古注：「繹謂抽引而出也。」〔註719〕

薛後生：![字]字或者讀為「舉」。〔註720〕

王寧：![字]字從心亦聲，當是「懌」之或體，讀「繹」當是，《爾雅・釋詁》：「繹，陳也。」《廣雅》：「繹，窮也。」布陳研究之意。〔註721〕

王瑜楨：程燕讀怵為「繹」，可從。「繹」，深入探索。川，讀為順。強，原考釋以為與「剛」同義，其實在本句可能就讀為「剛」。〔註722〕

朱忠恒：怵，從整理者說，讀為「迹」，求其蹤跡。「乃迹天地、逆順、強柔，」意思是：於是尋求天和地、順境和逆境、剛強和柔和的道理。〔註723〕

劉光勝：跡，訓釋為「效法、遵循」，天地逆與順、強與柔，相生相剋，和諧統一。子產效法天地剛柔、逆順之道，「令」「刑」為剛，「教化」為柔，通過寬嚴相濟，以實現社會秩序的治理。〔註724〕

汪敏倩：怵：推究。「弜柔」指國家強大或柔弱，側重于國家政齊人和，軍事戰力強盛，經濟繁榮，外交廣泛而穩定。「道（導）之以孝（教）……弜（強）柔」：將其教導人民。於是在天地、順境逆境、剛強柔軟間探求（治國之法）。〔註725〕

筆者茲將各家對「![字]」之訓讀表列於下：

表 4-2-85：「![字]」諸家訓讀異說表

![字]	訓　　讀
整理者、朱忠恒	讀「迹」：求其蹤迹
程燕	讀「繹」：尋繹，理出事物的頭緒，可引申為解析。

〔註719〕程燕：〈清華六考釋三則〉，簡帛網：http://www.bsm.org.cn/show_article.php?id=2525，2016-04-19。

〔註720〕薛後生：簡帛研讀 » 清華六〈子產〉初讀（第79樓），簡帛論壇：http://www.bsm.org.cn/bbs/read.php?tid=3345，2016年4月29日。

〔註721〕王寧：〈清華簡六子產釋文校讀〉，復旦大學出土文獻與古文字研究中心：http://www.gwz.fudan.edu.cn/Web/Show/2851，2016/7/4。

〔註722〕王瑜楨：《清華大學藏戰國竹簡（陸）鄭國史料三篇研究》，頁477。

〔註723〕朱忠恒：《清華大學藏戰國竹簡（陸）集釋》，頁171。

〔註724〕劉光勝：〈德刑分途:春秋時期破解禮崩樂壞困局的不同路徑——以清華簡《子產》為中心的考察〉，頁32。

〔註725〕汪敏倩：《清華簡〈子產〉篇疏證與研究》，頁86、89。

薛後生	讀「舉」
王寧	「懌」之或體，讀「繹」：布陳研究
王瑜楨	讀「繹」，深入探索。
劉光勝	跡：效法、遵循

按：「道」如字讀即可。道：引導。《論語·為政》：「道之以政，齊之以刑，民免而無恥。」《管子·牧民》：「道民之門，在上之所先。」《古文字通假字典》：「孝（宵見 jiao）讀為教（宵見 jiao）。上博楚竹書《性情論》簡四：『其用心各異，孝使然也。』孝影本讀教。」〔註726〕教：教育。《禮記·經解》：「五教，詩、書、樂、易、春秋也。」《禮記·王制》：「明七教以興民德：父子兄弟夫婦君臣、長幼、朋友、賓客也。」怵從「亦」，「亦、跡」皆「鐸」部可通，怵讀跡。跡：推究。《史記·商君列傳論》：「商君，其天資刻薄人也。跡其欲干孝公以帝王術，挾持浮說，非其質矣。」《墨子·尚賢中》：「聽其言，跡其行，察其所能而慎予官。」墮亦見於《上海博物館藏戰國楚竹書·容成36》：「天墮（地）四時之事不修。」〔註727〕《清華一·金縢05》：「孫於下墮（地）。」〔註728〕筆者從「孝讀教、墮讀地」之說。《漢語大詞典》：「逆順：逆與順。多指臣民的順與不順，情節的輕與重，境遇的好與不好，事理的當與不當等。《管子·版法解》：『人有逆順，事有稱量。』《史記·張釋之馮唐列傳》：『法如是足也。且罪等，然以逆順為差。』」〔註729〕《古文字通假字典》：「川（文穿 chuan）讀為順（文神 shun），穿神旁紐。郭店楚簡《成之聞之》簡三二～三三：『君子治人倫以川天德。』上博楚竹書《緇衣》簡七引《詩》云：『有共德行，四國川之。』」〔註730〕弲亦見於《上海博物館藏戰國楚竹書·姑成04》：「吾弲（強）立治眾」〔註731〕《上海博物館藏戰國楚竹書·用曰14》：「弲（強）君虐政。」〔註732〕筆者從「川讀順、弲讀強」之說。強：強大、強盛。《孫子·勢》：「亂生於治，怯生於勇，弱生於強。」《史記·張耳陳餘列傳》：「楚雖強，後必屬漢。」另，《廣雅》：「柔，弱也。」

〔註726〕王輝：《古文字通假字典》，頁156。
〔註727〕先秦甲骨金文簡牘詞彙資料庫：http://inscription.asdc.sinica.edu.tw/c_index.php。
〔註728〕先秦甲骨金文簡牘詞彙資料庫：http://inscription.asdc.sinica.edu.tw/c_index.php。
〔註729〕《漢語大詞典》第10卷，頁831。
〔註730〕王輝：《古文字通假字典》，頁668。
〔註731〕先秦甲骨金文簡牘詞彙資料庫：http://inscription.asdc.sinica.edu.tw/c_index.php。
〔註732〕先秦甲骨金文簡牘詞彙資料庫：http://inscription.asdc.sinica.edu.tw/c_index.php。

翻譯：用教育引導他們，於是推究天地、逆與順、強大柔弱（的道理）

以	咸	斁（全）	御		

〔八十二〕【二十四】以咸斁（全）御；

薛後生：「咸」似當讀為「一」。〔註733〕

清華簡整理者：咸，《詩・閟宮》鄭箋：「同也。」斁，試讀為「全」。御，《書・泰誓上》孔傳：「治也。」或疑「斁御」為一詞。〔註734〕

王寧：斁字原整理者括讀「全」，此當為「禁」。〔註735〕

ee：應釋為「禁」，相關字讀為「禁禦」，可參《左傳・昭公六年》：「昔先王議事以制，不為刑辟，懼民之有爭心也。猶不可禁禦，是故閑之以義，糾之以政，行之以禮，守之以信，奉之以仁」等。〔註736〕

單育辰：「斁」應釋為「禁」，相關字讀為「禁禦」，可參《左傳》昭公六年「昔先王議事以制，不為刑辟，懼民之有爭心也。猶不可禁禦，是故閑之以義，糾之以政，行之以禮，守之以信，奉之以仁」等，這是「斁」讀為「禁」的確證。〔註737〕

徐在國：「斁御」，當讀為「禁禦」，禁止；制止。古書有「禁禦」一詞，見《左傳・昭公六年》：「昔先王議事以制，不為刑辟，懼民之有爭心也，猶不可禁禦，是故閑之以義，糾之以政，行之以禮，守之以信，奉之以仁。」桓寬《鹽鐵論・錯幣》：「故有鑄錢之禁，禁禦之法立而姦偽息。」「以咸禁禦」，指姦盜等犯罪活動都被禁止。〔註738〕

王瑜楨：季旭昇主張「斁御」讀為「領御」，即「領導統御」。斁讀如「林」，

〔註733〕薛後生：簡帛研讀 » 清華六〈子產〉初讀（第79樓），簡帛論壇：http://www.bsm.org.cn/bbs/read.php?tid=3345，2016年4月29日。

〔註734〕清華大學出土文獻研究與保護中心編，李學勤主編：《清華大學藏戰國竹簡（陸）》下冊，頁143。

〔註735〕王寧：〈清華簡六子產釋文校讀〉，復旦大學出土文獻與古文字研究中心：http://www.gwz.fudan.edu.cn/Web/Show/2851，2016/7/4。

〔註736〕ee：簡帛研讀 » 清華六〈子產〉初讀（第15樓），簡帛論壇：http://www.bsm.org.cn/bbs/read.php?tid=3345，2016年4月17日。

〔註737〕單育辰：〈清華六《子產》釋文商榷〉，頁217。

〔註738〕徐在國：〈談清華六《子產》中的三個字〉，簡帛網：http://www.bsm.org.cn/show_article.php?id=2523，2016-04-19。

「林」字的反切是力尋切，上古音屬來母侵部；「領」，良郢切，上古音屬來母耕部，二字上古聲同，韻為耕侵旁轉。「咸」，釋為「完成」。「敏御」讀為「領御」，「領導統御」，人民對所有的「領導統御」都不敢逾越，人民就有秩序，整齊聽命。〈子產〉的「以咸領御」即「以完成領導統御」，應無可疑。〔註739〕

朱忠恒：敏御，讀為「禁禦」，「ee」、徐在國說可從。「以咸禁禦」，指奸盜等犯罪活動都被禁止。「乃迹天地、逆順、強柔，以咸禁御」意思是：於是探求天與地、叛逆和順從、剛強和柔弱（的道理），以求禁止所有的犯罪活動。〔註740〕

汪敏倩：「以咸敏御」指用來共同完美的治理國家。〔註741〕

筆者茲將各家對「咸」、「敏」、「御」之訓讀表列於下：

表 4-2-86：「咸」諸家訓讀異說表

咸	訓　　讀
薛後生	讀「一」
整理者	同
王瑜楨	完成

表 4-2-87：「敏」諸家訓讀異說表

敏	訓　　讀
整理者	讀「全」
王寧	「禁」
ee、單育辰、徐在國、朱忠恒	讀「禁」
季旭昇、王瑜楨	讀「領」：領導

表 4-2-88：「御」諸家訓讀異說表

御	訓　　讀
整理者	治
ee、單育辰、徐在國、朱忠恒	讀「禦」

按：咸：全部。《說文》：「咸，皆也，悉也。」《書・堯典》：「庶績咸熙。」《詩・大雅・崧高》：「周邦咸喜。」另，筆者從「敏讀禁」之說。御：禁止。《荀

〔註739〕王瑜楨：《清華大學藏戰國竹簡（陸）鄭國史料三篇研究》，頁 478、480、481。
〔註740〕朱忠恒：《清華大學藏戰國竹簡（陸）集釋》，頁 171。
〔註741〕汪敏倩：《清華簡〈子產〉篇疏證與研究》，頁 91。

子‧榮辱》：「於是又節用御欲。」《左傳‧襄公四年》：「匠慶用蒲圃之檟，季孫不御。」

翻譯：以全部禁止（違法犯紀）

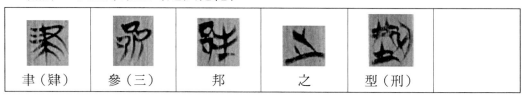

聿（肆）	參（三）	邦	之	型（刑）	

〔八十三〕聿（肆）參（三）邦之型（刑），

清華簡整理者：《左傳》昭公六年：「鄭人鑄刑書，（晉）叔向使詒子產書。」其中提到「夏有亂政而作《禹刑》，商有亂政而作《湯刑》，周有亂政而作《九刑》」，即此處「三邦之刑」。〔註742〕

郝花萍：肄，學習。《左傳‧文公四年》：「臣以為肄業及之也。」楊伯峻注：「蓋古人書所學之文字於方版謂之業，師授生曰授業，生受之於師曰受業，習之曰肄業。」〔註743〕

王寧：「聿」當依字讀，《書‧湯誥》：「聿求元聖，與之戮力。」《傳》：「聿，遂也。」《釋文》：「聿，允橘切，述也。」《正義》：「聿訓述也。述前所以申遂，故聿為遂也。」《說文》：「述，循也。」此為遵循義。「聿參（三）邦之型（刑）」之「聿」同。〔註744〕

王瑜楨：原考釋所隸「聿」，應依隸作「隸」，讀為「肆」。「隸（肆）參（三）邦之型（刑）」同本段的「隸（聿）參（三）邦之命（令）」，「聿」釋為「述循」、「遵循」。〔註745〕

劉光勝：《左傳‧昭公六年》：「夏有亂政，而作《禹刑》。商有亂政，而作《湯刑》。周有亂政，而作《九刑》。」簡文「三邦之刑」，或當指《禹刑》、《湯刑》及《九刑》等以懲罰犯罪為主要目的的法典類文獻。〔註746〕

〔註742〕清華大學出土文獻研究與保護中心編，李學勤主編：《清華大學藏戰國竹簡（陸）》下冊，頁143。

〔註743〕郝花萍：《清華大學藏戰國竹簡（陸）鄭國三篇集釋》，頁126。

〔註744〕王寧：〈清華簡六《子產》釋文校讀〉，復旦大學出土文獻與古文字研究中心：http://www.gwz.fudan.edu.cn/Web/Show/2851，2016/7/4。

〔註745〕王瑜楨：《清華大學藏戰國竹簡（陸）鄭國史料三篇研究》，頁482。

〔註746〕劉光勝：〈德刑分途：春秋時期破解禮崩樂壞困局的不同路徑——以清華簡《子產》為中心的考察〉，頁31。

按:《古文字通假字典》:「型（耕匣 xing）讀為刑（耕匣 xing）。郭店楚簡《性自命出》簡五二～五三『未型而民畏，有心憜者也』。信陽楚簡一・〇一:『則型戮至。』」〔註747〕筆者從「型讀刑」之說。《王力古漢語字典》:「刑:刑罰。《書・大禹謨》:『刑期于無刑。』」〔註748〕

翻譯:學習夏、商、周三代的刑罰

以	為	奠（鄭）	型（刑）	埜（野）	型（刑）
行	以	悆（尊）	命（令）	裕	義（儀）

〔八十四〕以為奠（鄭）型（刑）、埜（野）型（刑），行以悆（尊）命（令）裕義（儀），

清華簡整理者:裕，玄應《一切經音義》引《廣雅》:「寬緩也。」儀，《國語・周語下》「度之於軌儀」，韋注:「法也。」法律寬緩，故下云「釋亡教不辜」。〔註749〕

暮四郎:似當釋讀為「行以峻命、容儀」。以上部為聲符的字在楚簡中常用作「尊」，上古「尊」聲、「夋」聲之字可通，參見張儒、劉毓慶《漢字通用聲素研究》，太原:山西古籍出版社，2002年，第942頁。《詩・大雅・文王》:「宜鑒于殷，駿命不易。」《禮記・大學》引作「峻命不易」。「駿命」即大命。先秦文獻中常見「命不易」，省去「駿」字，可見「駿」只是修飾詞。上部所從實為「容」字，上博五〈鮑叔牙與隰朋之諫〉1、2號簡「容」字寫作，與此字上部相同。後又曰:悆讀為「峻」仍然不妥當。一方面，本篇有「眈」字，完全可以用來表示「峻」。另一方面，「[⿰心容]義」即「容儀」，乃容、儀並列。而「峻命」則是偏正結構，與「容儀」不類。悆當讀為「訓」。郭店簡〈緇衣〉簡26「又（有）㥣（遜）心」，上博一〈緇衣〉簡13與「㥣（遜）」

〔註747〕王輝:《古文字通假字典》，頁362。
〔註748〕王力:《王力古漢語字典》，頁67。
〔註749〕清華大學出土文獻研究與保護中心編，李學勤主編:《清華大學藏戰國竹簡（陸）》下冊，頁143。

對應的字作愻，可見愻可用作「孫」聲之字。上古「孫」聲、「川」聲之字常相通。「訓命」即訓告、命令，這裏是名詞。《書·顧命》：「茲予審訓命汝。」則是「訓命」作動詞的例子。〔註750〕

　　暮四郎：從字形上看，愈、裕中部是「谷」，釋為「裕」可從，但應當讀為「容」。「裕」（屋部喻母）、「容」（東部喻母）古音相近。馬王堆帛書《六十四卦·頤》六四：「虎視沈沈（眈眈），其容笛笛（逐逐），無咎。」通行本《周易》「容」作「欲」。《荀子·非十二子》：「遇賤而少者，則修告導寬容之義。」《韓詩外傳》卷六作「遇少而賤者，則修告道寬裕之義」。《禮記·樂記》「感於物而動，性之欲也。」《淮南子·原道訓》作「感而後動，性之害也」，俞樾指出「害」乃「容」字之誤。大徐本《說文》容「從宀、谷」，小徐本作「從宀、谷聲」。有學者據上述「容」與「裕」、「欲」的異文指出「谷聲」是正確的。另，楚簡一般用「頌」表示「容」這個詞，間或用「𡚶」、「訟」等，與「頌」同屬從「公」聲的字。這裏所討論的「裕（容）」，似與楚系的用字習慣有差別，可能是北方三晉的用字習慣。〔註751〕

　　華東師範大學中文系出土文獻研究工作室：「儀」確實可以訓為「法」，但「法」謂「法式」、「法度」之意，古人所謂的「法律」，已有同樣的意思。「義」如字讀即可。「義」，古多訓「宜」，於理稱「合宜」，於事則謂「能斷」。《白虎通·性情》云：「義者，宜也，斷決得中也。」（清·陳立：《白虎通疏證》，北京：中華書局（新編諸子集成），1994 年 8 月第 1 版，第 382 頁。）《禮記·表記》「義者，天下之制也」，（《禮記正義》，阮刻本《十三經注疏》，上海：上海古籍出版社，1997 年 7 月第 1 版，第 1639 頁。）都有「制斷」、「裁決」之義。《周易·繫辭下》曰：「理財、正辭、禁民為非曰義。」（《周易正義》，阮刻本《十三經注疏》，上海：上海古籍出版社，1997 年 7 月第 1 版，第 86 頁。）正謂此也。因此，「義」可以代指「刑罰」，比如郭店簡〈尊德義〉的「德義」，正與其下文的「賞刑」相對。（「德」有「恩」、「惠」之義，《左傳·成公三年》「無怨無德」、〈憲問〉「以直報怨，以德報德」，都以「德」、

〔註750〕暮四郎：簡帛研讀 » 清華六〈子產〉初讀（第 88 樓），簡帛論壇：http://www.bsm.org.cn/bbs/read.php?tid=3345，2016 年 5 月 3 日。

〔註751〕暮四郎：簡帛研讀 » 清華六〈子產〉初讀（第 93 樓），簡帛論壇：http://www.bsm.org.cn/bbs/read.php?tid=3345，2016 年 5 月 4 日。

「怨」對文。因此，可以指代「恩賞」。）又《說苑・君道》「德義不中，信行衰微」（向宗魯：《說苑校證》，北京：中華書局（中國古典文學基本叢書），1987 年 7 月第 1 版，第 15 頁。），正謂「賞刑不中」。「命」，讀為「令」，可從。「令」謂「政令」。「尊」似可讀為劑，減省之義；此字亦傳統文獻中常見的「撙」字。劑從「尊」得聲，楚簡中的「尊」字即有從「夲」作䔿者，然則，愻、劑於音，亦可相通。《說文》：「劑，減也。」（清・段玉裁：《說文解字注》，上海：上海古籍出版社，1988 年 2 月第 2 版，第 182 頁。）《禮記・曲禮上》：「恭敬、撙節、退讓以明禮。」（《禮記正義》，阮刻本《十三經注疏》，上海：上海古籍出版社，1997 年 7 月第 1 版，第 1231 頁。）「撙」為劑之借字，「節」亦「節約」、「減省」之義，劑、「節」同義連用。《禮記・樂記》云「政以行之，刑以禁之」（《禮記正義》，阮刻本《十三經注疏》，上海：上海古籍出版社，1997 年 7 月第 1 版，第 1529 頁。），「政」、「刑」對舉，正如簡文「令」、「義」對舉。「政令」謂有所施行，「刑罰」謂有所禁止。「政」有繁簡，「刑」有寬嚴，「劑令裕義」正謂政令減省，刑禁寬裕。〔註 752〕

王寧：愻字上面所從的即「尊」的簡體寫法，故此字當分析為從心尊聲，當即「悛」之或體，恐怕仍當讀「駿」或「峻」為是。「裕」訓「寬」、「緩」，與「峻」義相反。「峻命」即嚴厲的法令，「裕義」即寬緩的禮法。謂子產之法令嚴、寬並施。〔註 753〕

范雲飛：「愻命裕義」讀為「尊令裕義」似乎更合適。〈子產〉篇「由善用聖」章的結構很嚴謹，也很有條理。全章先從「由善用聖」出發，下面分兩頭，論述「令」、「刑」兩個方面，提出了「三邦之令」／「三邦之刑」、「鄭令」／「鄭刑」、「野令」／「野刑」這兩組相對的概念，再引申出「尊令裕義」／「釋亡教不辜」這兩種相對的主張。最後用「此謂張美棄惡」來總結全章主旨。所謂「張美棄惡」，也就是「張美」與「棄惡」對舉，分別對應上述兩組相對的概念、主張。這兩組相對的概念和主張，一組是積極的，也就是「張美」；一組是消極的，也就是「棄惡」。不難看出，「愻命裕義」屬於積極的意思，讀為「尊

〔註 752〕華東師範大學中文系出土文獻研究工作室：〈讀《清華大學藏戰國竹簡（陸）・子產》書後（一）〉，簡帛網：http://www.bsm.org.cn/show_article.php?id=2533，2016-04-25。

〔註 753〕王寧：〈清華簡六子產釋文校讀〉，復旦大學出土文獻與古文字研究中心：http://www.gwz.fudan.edu.cn/Web/Show/2851，2016/7/4。

令裕義」是比較合適的。「忿命裕義」之「忿」讀為「尊」，表示積極的意思。另外，「命」讀為「令」，本文認為「鄭刑」、「野刑」以「尊令裕義」，這個「令」就是對應上述的「鄭令」、「野令」之「令」。在這個「令-刑」的結構中，「刑」輔翼「令」，以「令」為原則而展開，所以把「命」讀為「令」。至於「義」，原釋文讀為「儀」，表示「軌儀」。本文認為「鄭令」、「野令」的目的乃是「導之以教，乃跡天地、逆順、強柔，以咸全御」，其意義更接近儒家哲學中「義」的範疇。「刑」輔翼「令」，「令」出之以「義」，也就是所謂「導之以教，乃跡天地、逆順、強柔，以咸全御」等等。這樣一來，「刑」的目的就是尊「令」，進而達到裕「義」的目的。所以把「忿命裕義」讀為「尊令裕義」是有道理的。把「忿命裕義」讀為「尊令裕義」，傳世文獻中有些類似的用法，可為輔證。《禮記·表記》曰：「夏道尊命，事鬼敬神而遠之。」「命」、「令」通，「尊命」也就是「尊令」，只不過前者是天之「命」，而後者是王之「令」。另外，文中有「鄭刑」、「野刑」的概念，這在《周禮》中有類似的說法。《周禮·秋官·司寇》曰「以五刑糾萬民」，所謂「五刑」，分別是野刑、軍刑、鄉刑、官刑、國刑。《周禮·秋官·士師》曰「士師之職，掌國之五禁之法，以左右刑罰」，這「五禁」分別是宮禁、官禁、國禁、野禁、軍禁。所謂「國刑」、「野刑」、「國禁」、「野禁」，就相當於〈子產〉篇中的「鄭刑」、「野刑」。「刑」的意義在於「尊令裕義」。「令」是禮樂教化，「刑」是禁苛止暴。「令」、「刑」之間的關係，大概就類似於常說的「禮」、「法」之間的關係。〔註754〕

王瑜楨：范雲飛分析子產「積極」和「消極」的兩組作為：

積極	張美	尊令裕義	三邦之令	鄭令	野令
消極	棄惡	釋亡教不辜	三邦之刑	鄭刑	野刑

忿讀「尊」。「尊令」釋為「推尊政令」，或「使政令得到尊重」。本節前半推行「三邦之令，鄭令、野令」，而後半的「刑」便是為了輔助「令」的推行，這就是「尊令」。「裕」的意思是「寬裕、寬綽」，「裕義」就是「使正義寬裕」，使正義得到更大的施展。〔註755〕

朱忠恒：尊，從華東師範大學中文系出土文獻研究工作室說，讀為「劖」，

〔註754〕范雲飛：〈《清華陸·子產》「尊令裕義」解〉，簡帛網：http://www.bsm.org.cn/show_article.php?id=2646，2016-10-18。

〔註755〕王瑜楨：《清華大學藏戰國竹簡（陸）鄭國史料三篇研究》，頁485、486、487。

減也。「義」如字讀。「肆三邦之刑，以為鄭刑、野刑，行以尊令裕義，」意思是：學習夏商周三代的律令，把它們當作鄭令、野令，施行政令減省，刑罰寬裕（的政策）。周干認為，子產「鑄刑書」的具體內容已不可考，但它決不是「用三代之末法」來維護沒落的奴隸制。子產於西元前 536 年（昭公六年）「制參辟鑄刑書。」楊伯峻《春秋左傳注》在「制參辟」條下夾註說：「《晏子‧諫篇下》云：「三辟著於國」，雖《晏子》之三辟，據蘇輿《晏子春秋校注》乃指行暴、逆明、賊民三事，未必同於子產所制訂之三辟，疑子產之刑律亦分三大類。或者如《晉書‧刑法志》所云「大刑用甲兵，中刑用刀鋸，薄刑用鞭撲，或者亦如《刑法志》所述魏文侯師李悝著《法經》六篇，此僅三篇耳。」〔註 756〕

劉光勝：令、刑已經是法律，「儀」不可能再指法律。《國語‧周語中》：「叔父若能光裕大德。」裕，意為「擴大、彰顯」。清華簡〈子產〉說「（子產）文理、形體、端冕，恭儉整齊」，他是很重視禮儀的。「尊令」為動詞＋名詞結構，「裕儀」亦當如此，所以，「尊令裕儀」之「儀」，應訓釋為「禮儀」。子產制定鄭刑、野刑，尊崇令書，彰顯「禮儀」，赦免沒有經過教化的罪犯，最終達到「張美棄惡」（彰顯美德、抑制邪惡）的目的。〔註 757〕

汪敏倩：「行以慫命裕義」指（子產）施政時用遵行政令、寬緩法律之法。〔註 758〕

筆者茲將各家對「慫」、「」、「」、「」之訓讀表列於下：

表 4-2-89：「慫」諸家訓讀異說表

慫	訓　讀
暮四郎	讀「訓」
華東師範大學中文系出土文獻研究工作室、朱忠恒	「尊」讀劙：減省
王寧	即「悛」之或體，讀「駿」或「峻」
范雲飛、王瑜楨	讀「尊」

〔註 756〕朱忠恒：《清華大學藏戰國竹簡（陸）集釋》，頁 172。
〔註 757〕劉光勝：〈德刑分途:春秋時期破解禮崩樂壞困局的不同路徑——以清華簡《子產》為中心的考察〉，頁 32、33。
〔註 758〕汪敏倩：《清華簡〈子產〉篇疏證與研究》，頁 92。

表 4-2-90：「」諸家訓讀異說表

	訓　　讀
暮四郎	讀「命」
華東師範大學中文系出土文獻研究工作室	讀「令」：政令
范雲飛	讀「令」

表 4-2-91：「」諸家訓讀異說表

	訓　　讀
整理者、王寧	裕：寬緩
暮四郎	釋「裕」讀「容」
范雲飛	讀「裕」
華東師範大學中文系出土文獻研究工作室、王瑜楨	裕：寬裕
劉光勝	裕：彰顯

表 4-2-92：「」諸家訓讀異說表

	訓　　讀
整理者	讀「儀」：法
暮四郎	讀「儀」
華東師範大學中文系出土文獻研究工作室	「義」：代指「刑罰」
范雲飛、王瑜楨、朱忠恒	讀「義」
劉光勝	讀「儀」，訓釋為「禮儀」

　　按：筆者從「惥讀尊、命讀令」之說。《王力古漢語字典》：「行：執行。《韓非子・外儲說左上》：『賞罰不信，則禁令不行。』」〔註759〕尊：減損。《墨子・大取》：「益其益，尊其尊。」〔註760〕《王力古漢語字典》：「裕：寬容。《易・繫傳下》：『益，德之裕也。』」〔註761〕義：法則。《呂氏春秋・孟春紀・貴公》：「無偏無頗，遵王之義。」

〔註759〕王力：《王力古漢語字典》，頁 1197。
〔註760〕【春秋】墨翟：《墨子》卷十一，頁 4。（文淵閣本《四庫全書》）。
〔註761〕王力：《王力古漢語字典》，頁 1218。

翻譯：用作鄭國都的刑罰、郊野的刑罰，用減損法令寬容法則（的原則）執行

以	臭（釋）	亡	孝（教）	不	姑（辜）
此	胃（謂）	張	岂（美）	棄	亞（惡）
為	民	型（刑）	程		

〔八十五〕以臭（釋）亡孝（教）不姑（辜）。此胃（謂）【二十五】張岂（美）棄亞（惡）。為民型（刑）程，

難言：「無教不辜」當標點為「無教、不辜」，是兩種情況的人。〔註762〕

華東師範大學中文系出土文獻研究工作室：「無教」、「不辜」謂「無教民」、「不辜民」。「無教民」，即《論語・子路》「以不教民戰，是謂棄之」（《論語注疏》，阮刻本《十三經注疏》，上海：上海古籍出版社，1997 年 7 月第 1 版，第 2508 頁。）之「不教民」，謂「不被先王德教之民」。《孟子・告子下》亦曰：「不教民而用之，謂之殃民。」（《孟子注疏》，阮刻本《十三經注疏》，上海：上海古籍出版社，1997 年 7 月第 1 版，第 2760 頁。）故當釋放之而不用。「不辜民」，即《淮南子・兵略訓》「殺無辜之民，而養無義之君，害莫大焉」（劉文典：《淮南鴻烈集解》，北京：中華書局（新編諸子集成），2013 年 5 月第 2 版，第 589 頁。）之「無辜之民」，謂無罪之人，故當釋放之而不罰。「不用」，對應「政令」；「不罰」對應「刑禁」，簡文之邏輯關係，如此。「張美棄惡」，如整理者讀，謂張大美善，拋棄醜惡。正與簡 23 的「由善散愆」相對應。「散」當訓「放」，《禮記・樂記》「馬散之華山之陽」，鄭《注》：「散，猶放。」（《禮記正義》，阮刻本《十三經注疏》，上海：上海古籍出版社，1997 年 7 月第 1 版，第 1542 頁。）可證。「放散罪人」，即謂放逐辛道、語、管單、

〔註762〕難言：簡帛研讀 » 清華六〈子產〉初讀（第 48 樓），簡帛論壇：http://www.bsm.org.cn/bbs/read.php?tid=3345，2016 年 4 月 19 日。

相冒、韓樂等人之事。「型」應如字讀，訓為「法」，謂法則、標準。《說文》「型，鑄器之灋也」，段玉裁謂「引申之為典型」、「叚借刑字為之」，又「《詩》毛《傳》屢云：刑，法也」，（清‧段玉裁：《說文解字注》，上海：上海古籍出版社，1988 年 2 月第 2 版，第 688 頁。）皆可參看。「程」亦訓為「法」、「度」，與「型」同義連用。《詩‧小雅‧小旻》「匪先民是程」，毛《傳》：「程，法也。」（《毛詩正義》，阮刻本《十三經注疏》，上海：上海古籍出版社，1997 年 7 月第 1 版，第 449 頁。）可證。「為民型程」即是「為民楷模」之義。〔註 763〕

王寧：「亡教」即「無教」，指不受教化之民。《孟子‧滕文公上》：「人之有道也，飽食煖衣、逸居而無教，則近於禽獸。」此類人易於犯罪，但情有可原，故子產之法令根據情況寬釋之。「不辜」即「無辜」，《書‧多方》：「開釋無辜，亦克用勸」，孔傳：「開放無罪之人，必無枉縱，亦能用勸善。」「張」為弘揚之意。〔註 764〕

清華簡整理者：刑程，猶云法度。〔註 765〕

趙平安：「型程」指有關規定。〔註 766〕

黃澤鈞：「程」有法度之意。〔註 767〕

郝花萍：以臬（釋）亡孝（教）不姑（辜），「亡教」當即「不教民」的省略。《論語‧子路》：「以不教民戰，是謂棄之」；《孟子‧告子下》：「不教民而用之，謂之殃民。」「不辜」當即「無辜之民」的省略，《淮南子‧兵略訓》：「殺無辜之民，而養無義之君，害莫大焉」。〔註 768〕「此胃（謂）張美棄亞（惡）」，「張」與「棄」相對，「美」與「惡」相對，指弘揚美的東西，摒棄

〔註 763〕華東師範大學中文系出土文獻研究工作室：〈讀《清華大學藏戰國竹簡（陸）‧子產》書後（一）〉，簡帛網：http://www.bsm.org.cn/show_article.php?id=2533，2016-04-25。

〔註 764〕王寧：〈清華簡六子產釋文校讀〉，復旦大學出土文獻與古文字研究中心：http://www.gwz.fudan.edu.cn/Web/Show/2851，2016/7/4。

〔註 765〕清華大學出土文獻研究與保護中心編，李學勤主編：《清華大學藏戰國竹簡（陸）》下冊，頁 143。

〔註 766〕趙平安：〈清華簡（陸）文字補釋（六則）〉，清華大學出土文獻研究與保護中心：http://www.tsinghua.edu.cn/publish/cetrp/6831/2016/20160416052835466553594/，2016-04-16。

〔註 767〕黃澤鈞（臺師大季師旭昇讀書會）：〈子產〉（臺北：國立臺灣師範大學國文系，2016 年 10 月～2017 年 1 月）。轉引自王瑜楨：《清華大學藏戰國竹簡（陸）鄭國史料三篇研究》，頁 490。

〔註 768〕郝花萍：《清華大學藏戰國竹簡（陸）鄭國三篇集釋》，頁 127、128。

惡的東西。〔註769〕

王瑜楨 Ａ：本節後半是談「刑」，釋為「釋放不教民、無辜民」，與上文無法銜接。無罪的人民當然不能隨便羅織罪名，但是「亡（無）教民」所以失教，正是執政者的疏失，執政者應該好好的教育、教化他們，而不是消極的「釋放」。吳讀「釋」意思是「解散」。本節前半講積極式的推行「三邦之令，鄭令、野令」，最後講推行的結果是「以咸領御」，讓執政統御都很圓滿。後半講消極式的推行「三邦之刑，鄭刑、野刑」，最後的「以臭亡孚不姑」，是形容推行「三邦之刑，鄭刑、野刑」的結果，而不會是個別的釋放那些人。因此，「以臭亡孚不姑」讀為「以釋無教不固」，「亡孚」讀為「無教」。「無教」，就是沒有教化，沒有教化就會近於禽獸。「不姑」，應讀為「不固」，指行為、行事沒有固定的規範，人民就無所措手足。這裡的「不固」，因為是總結推行「三邦之刑，鄭刑、野刑」的成果，所以主要對像是人民，當然也包含官吏，以及天子。天子的行事如果不固，人民就不知道該怎麼做。「以釋無教不固」，意思是：以消除國家中人民沒有教化，行事沒有固定的規範的現象。「張美棄惡」應是指張大「以咸領御」這種美好的事務，拋棄「無教不固」那種不好的狀況。〔註770〕

王瑜楨 Ｂ：「程」義為「法式」，它是一個規定作業模式的公文用字。「型」字為「刑」之累增字，西周均作「刑」，義為「模型」，又為「典範法則」。「型」與「程」雖然義近，但嚴格地說，二者是有差別的，「型」是個普通名詞，指「法則」；「程」是公文體式的專字，所以「型程」可以釋為「型之程」，如上文所引的「守備程」就是「守備之程」。「為民型程」的「民」，是指住在「野」的人民。「為民型程」是為「野」地的「民」所制定的規範，人民、政府都照這個規範去做，就可以上下和輯。〔註771〕

朱忠恒：無教不辜，應理解為因無教而不辜。沒有經歷善君教誨，所以即使犯了錯，也是無辜的，應該釋放。這個和前文的「尊令裕義」、刑罰寬裕是一致的。「以釋無教不辜。此謂張美棄惡。」聯繫前文，這幾句話意思是：學習夏商周三代的律令，把它們當作鄭令、野令，施行政令減省，刑罰寬裕

〔註769〕郝花萍：《清華大學藏戰國竹簡（陸）鄭國三篇集釋》，頁 128。
〔註770〕王瑜楨：《清華大學藏戰國竹簡（陸）鄭國史料三篇研究》，頁 487、488、489。
〔註771〕王瑜楨：《清華大學藏戰國竹簡（陸）鄭國史料三篇研究》，頁 491、492。

（的政策），釋放沒有經過教誨的無罪之人。這就是弘揚美的東西，摒棄惡的東西。型，從整理者說，讀為「刑」，成也。《廣雅・釋詁三》：「刑，成也。」王念孫疏證：「刑、成聲相近。」《禮記・大傳》：「百志成，故禮刑。」鄭玄注：「刑，猶成也。」程，法度，程式。《玉篇・禾部》：「程，法也，式也。」《商君書・修權》：「故立法明分，中程者賞之，毀公者誅之。」〔註772〕

汪敏倩：「以臭亡孝不姑」指用放逐丟失職責之人，教化有罪之人。「刑程」指法度。「為民型（刑）程」：替民眾設立法度。〔註773〕

筆者茲將各家對「型」、「程」之說法表列於下：

表4-2-93：「型」諸家訓讀異說表

型	訓　　讀
華東師範大學中文系出土文獻研究工作室	法，謂法則、標準。
王瑜楨	法則
朱忠恒	讀「刑」：成

表4-2-94：「程」諸家異說表

程	訓
華東師範大學中文系出土文獻研究工作室、黃澤鈞、朱忠恒	法度
王瑜楨	法式

按：筆者從「臭讀釋，訓釋放」之說。《書・武成》：「釋箕子囚。」《左傳・僖公二十一年》：「楚執宋公以伐宋。冬，會于薄以釋之。」《王力古漢語字典》：「教：教化。《書・舜典》：『汝作司徒，敬敷五教。』」〔註774〕「姑」亦見於《楚帛書甲乙丙本》：「姑（辜），利侵伐，可以攻城，可以聚眾，會諸侯，刑首事，戮不義。」〔註775〕筆者從「姑讀辜」之說。《漢語大詞典》：「不辜：指無罪之人。《書・大禹謨》：『與其殺不辜，寧失不經。』孔傳：『辜，罪。』」〔註776〕《王力古漢語字典》：「張：擴大。《荀子・議兵》：『代翕代張，代存代亡。』」〔註777〕棄：廢除。《左傳・昭公二十九年》：「水官棄矣。」《古

〔註772〕朱忠恒：《清華大學藏戰國竹簡（陸）集釋》，頁173。
〔註773〕汪敏倩：《清華簡〈子產〉篇疏證與研究》，頁92、93、94。
〔註774〕王力：《王力古漢語字典》，頁409。
〔註775〕先秦甲骨金文簡牘詞彙資料庫：http://inscription.asdc.sinica.edu.tw/c_index.php。
〔註776〕《漢語大詞典》，頁449。國學大師：http://www.guoxuedashi.com/hydcd/10224v.html。
〔註777〕王力：《王力古漢語字典》，頁288。

文字通假字典》：「亞（魚影 ya）讀為惡（鐸影 e），魚鐸陰入對轉。郭店楚簡本《老子》甲簡一五：『天下皆知美之為美也，亞已。』又郭店楚簡本《老子》乙簡四：『美與亞，相去何若？』亞王弼本作惡。」〔註778〕筆者從「亞讀惡」之說。型：楷模。《詩・大雅・蕩》：「雖無老成人，尚有典型。」程：典範。《詩・小雅》：「匪先民是程。」

翻譯：以釋放無教化、無罪之人。這是說擴大美好廢除不好。作為人民楷模典範

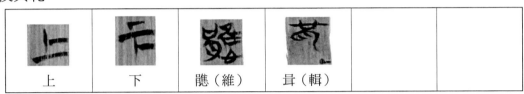

| 上 | 下 | 髢（維） | 舄（輯） | | |

〔八十六〕上下髢（維）舄（輯）。

清華簡整理者：維，《周禮・大司馬》「以維邦國」，鄭注：「猶連結也。」輯，《詩・板》「辭之輯矣」，毛傳：「和也。」〔註779〕

石小力：「髢」字當從心，雕聲，雕即鵑字異體。鵑從舄聲，舄，古音影母元部，疑可讀為同音之「晏」，《詩經・衛風》「言笑晏晏」，《傳》：「和柔也。」與輯意近。〔註780〕

薛後生： 似不若讀為「安輯」直接，「安輯」之文例，參《漢語大詞典》「安輯」條。〔註781〕

徐在國：髢字當分析為從「心」，「鵑」聲。將此字去掉「心」的部分隸作「雕」，釋為「鵑」應該沒有問題。此字在簡文中當讀為「和」。上古音「舄」，影紐元部；「禾」，匣紐歌部。聲紐同為喉音，韻部歌、元對轉。典籍中也有二字間接通假的例證。「蜎」、「環」二字古通，如：《戰國策・楚策一》：「范環。」《史記・樗里子甘茂列傳》作「范蜎」。《史記・孟子荀卿列傳》「環淵著上下篇。」《文選・七發》注引《七略》云：「蜎子名淵。」「遠」、「桓」二

〔註778〕王輝：《古文字通假字典》，頁 270。

〔註779〕清華大學出土文獻研究與保護中心編，李學勤主編：《清華大學藏戰國竹簡（陸）》下冊，頁 143。

〔註780〕石小力（清華大學出土文獻讀書會）：〈清華六整理報告補正〉，清華大學出土文獻研究與保護中心：http://www.ctwx.tsinghua.edu.cn/publish/cetrp/6842/20160416052940099595642/1 460755813610.doc，2016 年 4 月 16 日。

〔註781〕薛後生：簡帛研讀 » 清華六〈子產〉初讀（第 1 樓），簡帛論壇：http://www.bsm.org.cn/bbs/read.php?tid=3345，2016 年 4 月 16 日。

字古通，如：《易‧屯‧初九》：「磐桓利居貞。」漢帛書本「桓」作「遠」。「桓」、「和」二字古通，如：《書‧禹貢》：「和夷底績。」《水經注‧桓水》引鄭玄曰：「和讀曰桓。」因此，龤可讀為「和」。「上下和輯」，就是上下和睦團結。「和輯」見於《管子‧五輔》：「舉錯得，則民和輯；民和輯，則功名立矣。」〔註782〕

　　華東師範大學中文系出土文獻研究工作室：龤從「肙」得聲，宜讀為「懕」。金文「猒」字，即從「肙」得聲。「懕」以「猒」為聲，古音亦可與龤相通。《說文》曰：「懕，安也。」《荀子‧儒效》云「天下厭然猶一也」，王念孫以為「厭然」即「懕然」，訓為「安貌」。典籍中，又常通作「猒」、「厭」、「愔」，古音皆近，可以相通。「懕然猶一」，即言天下安然和睦，與簡文文意正同。「行以惣（劓）命（令）、裕義，以臬（釋）亡（無）孝（教）、不姑（辜），此胃（謂）張屶（美）、棄亞（惡）。為民型程，上下龤（懕）咠（輯）」，大意是說：「行以減省的政令、寬裕的刑罰，釋免不被先王教化之民、赦免無罪之人，這叫做張大美善、拋棄醜惡。作為民眾的標準、楷模，在上在下之人，都能安和輯睦。」〔註783〕

　　ee：龤不如讀為「和」，「肙」，見紐元部，「和」匣紐歌部，二字古音甚近。〔註784〕

　　王寧：龤疑是「惆」字的繁構，此讀為「和」。「咠」古書多作「輯」或「集」，「惆咠」即古書之「和輯」，和樂義。《管子‧五輔》：「舉錯得，則民和輯；民和輯，則功名立矣。」《淮南子‧本經訓》：「世無災害，雖神無所施其德；上下和輯，雖賢無所立其功。」又作「和集」，《晏子春秋‧內篇‧諫上》：「是以天下治平，百姓和集。」《淮南子‧本經訓》：「天下甯定，百姓和集。」《史記‧衛康叔世家》：「康叔之國，既以此命，能和集其民，民大說」、「武公即位，修康叔之政，百姓和集。」〔註785〕

〔註782〕徐在國：〈談清華六《子產》中的三個字〉，簡帛網：http://www.bsm.org.cn/show_article.php?id=2523，2016-04-19。

〔註783〕華東師範大學中文系出土文獻研究工作室：〈讀《清華大學藏戰國竹簡（陸）‧子產》書後（一）〉，簡帛網：http://www.bsm.org.cn/show_article.php?id=2533，2016-04-25。

〔註784〕ee：簡帛研讀 » 清華六〈子產〉初讀（第56樓），簡帛論壇：http://www.bsm.org.cn/bbs/read.php?tid=3345，2016年4月22日。

〔註785〕王寧：〈清華簡六子產釋文校讀〉，復旦大學出土文獻與古文字研究中心：http://www.gwz.fudan.edu.cn/Web/Show/2851，2016/7/4。

青荷人：輯，歸也。似為：為民行程，上下狷雋心輯。〔註786〕

郝花萍：「上下鼪昰（輯）」，當讀為「上下和輯」。「輯」與「和」同義。《淮南子・主術》「齊輯之於轡銜之際，而急緩之於脣吻之和」中「輯」即為「和諧」義。「為民型程，上下鼪昰（輯）」指為百姓制定法度、標準，則上下可以和睦團結。〔註787〕

王瑜楨：釋為「祝」，讀為「篤」。「上下和篤」，意思是：在上位者和在下位者關係和諧而親近。〔註788〕

朱忠恒：「鼪」讀為「和」可從，和樂義。「為民刑程，上下和輯。」意思是：為人民成就法度，（達到）上下和樂。〔註789〕

汪敏倩：「上下鼪（維）昰（輯）」：指使國家貴族與民眾相互間扶持、和睦有序。〔註790〕

筆者茲將各家對「鼪」、「![字]」之訓讀表列於下：

表 4-2-95：「鼪」諸家訓讀異說表

鼪	訓　　讀
整理者	讀「維」：連結
石小力	讀「晏」：和柔
薛後生	讀「安」
徐在國、ee、王寧、郝花萍	讀「和」。
華東師範大學中文系出土文獻研究工作室	讀「厭」：安
朱忠恒	讀「和」：和樂

表 4-2-96：「![字]」諸家訓讀異說表

![字]	訓　　讀
整理者、郝花萍	讀「輯」：和
薛後生	讀「輯」

〔註786〕青荷人：簡帛研讀 » 清華六〈子產〉初讀（第 104 樓），簡帛論壇：http://www.bsm. org.cn/bbs/read.php?tid=3345，2016 年 12 月 15 日。
〔註787〕郝花萍：《清華大學藏戰國竹簡（陸）鄭國三篇集釋》，頁 129。
〔註788〕王瑜楨：《清華大學藏戰國竹簡（陸）鄭國史料三篇研究》，頁 498。
〔註789〕朱忠恒：《清華大學藏戰國竹簡（陸）集釋》，頁 174。
〔註790〕汪敏倩：《清華簡〈子產〉篇疏證與研究》，頁 94。

青荷人	輯：歸。
王瑜楨	釋「祝」，讀「篤」。

按：《漢語大詞典》：「上下：指位分的高低。《書·周官》：『宗伯掌邦禮，治神人，和上下。』」〔註791〕筆者從「龘讀和」之說。和：和睦。《史記·魏公子列傳》：「顏色愈和。」「𦥑、輯」皆「緝」部可通，筆者從「𦥑讀輯」之說。輯：和睦。《詩·大雅·板》：「辭之輯矣，民之洽矣。」

翻譯：上下和睦

埜（野）	參（三）	分	粟	參（三）	分
兵	參（三）	分			

〔八十七〕埜（野）參（三）分，粟參（三）分，兵參（三）分，

清華簡整理者：野，郊野；粟，食糧；兵，武器。三分，三分之一，例見三晉系金文。按《左傳》昭公六年叔向書云子產「制參（三）辟，鑄刑書」，疑其刑書有野、粟、兵三部分。〔註792〕

趙平安：「野」與「邑」相對，「野三分」是對野的奉獻額度的規定，「粟三分」、「兵三分」是對野賦稅、兵役的規定。〔註793〕

郝花萍：「野三分，粟三分，兵三分」當是所制定的法度內容。政德，行政德行。《國語·晉語六》：「吾聞古之言王者，政德既成，又聽於民。」〔註794〕

王瑜楨：只要說「野三分」就可以涵蓋「粟三分」、「兵三分」了。周代糧食的主要提供者應是「野」，所以野的貢賦似乎不會是只有「粟三分」。「野參分，粟三分，兵三分」，目前還未能有很理想的解釋，可以保留，將來有更

〔註791〕《漢語大詞典》第1卷，頁263。

〔註792〕清華大學出土文獻研究與保護中心編，李學勤主編：《清華大學藏戰國竹簡（陸）》下冊，頁144。

〔註793〕趙平安：〈清華簡（陸）文字補釋（六則）〉，清華大學出土文獻研究與保護中心：http://www.tsinghua.edu.cn/publish/cetrp/6831/2016/20160416052835466553594/，2016-04-16。

〔註794〕郝花萍：《清華大學藏戰國竹簡（陸）鄭國三篇集釋》，頁130。

多資料時或許可以解決。〔註795〕

　　劉光勝：「三分」不是三部分，而是指三個等級。作為野（鄙）、粟和兵是緊密聯繫的內容，「野三分」是按照田地肥沃程度，把野（鄙）分為三個等級。「粟三分」，是按照田地肥沃等級，徵收三種不同的賦稅。「兵三分」，是按照居住人口的多少，徵發三種不同等級的兵役。另，「野三分，粟三分，兵三分」似乎不屬於刑書內容，而是《左傳‧昭公六年》叔向所說的「作丘賦」。韓連琪曾指出子產刑書的一項重要功能是維護賦稅的繳納，以清華簡〈子產〉為證，其說可從。〔註796〕

　　汪敏倩：「埜（野）參分，粟參（三）分，兵參（三）分」：郊野、糧食、武器（皆由鄭伯與七穆之強者）三分。〔註797〕

　　按：《漢語大詞典》：「參：通『三』。《左傳‧隱公元年》：『先王之制，大都不過參國之一。』《史記‧淮陰侯列傳》：『足下與項王有故，何不反漢與楚連合，參分天下王之？』」〔註798〕筆者從整理者「野訓郊野；粟訓食糧；兵訓武器。三分訓三分之一」之說。

　　翻譯：郊野（負責）三分之一，食糧三分之一，武器三分之一

是	胃（謂）	虞（處）	固		

〔八十八〕是胃（謂）虞（處）固，

　　清華簡整理者：處固，安定穩固。〔註799〕

　　趙平安：固是固定的奉獻。〔註800〕

　　王瑜楨：讀為「安」。子產制定了民程之後，上下依此行事，大家相安

〔註795〕王瑜楨：《清華大學藏戰國竹簡（陸）鄭國史料三篇研究》，頁499、500。

〔註796〕劉光勝：〈德刑分途：春秋時期破解禮崩樂壞困局的不同路徑──以清華簡《子產》為中心的考察〉，頁32。

〔註797〕汪敏倩：《清華簡〈子產〉篇疏證與研究》，頁93。

〔註798〕《漢語大詞典》第2卷，頁839。

〔註799〕清華大學出土文獻研究與保護中心編，李學勤主編：《清華大學藏戰國竹簡（陸）》下冊，頁144。

〔註800〕趙平安：〈清華簡（陸）文字補釋（六則）〉，清華大學出土文獻研究與保護中心：http://www.tsinghua.edu.cn/publish/cetrp/6831/2016/20160416052835466553594/，2016-04-16。

無事，所以說「是謂安固」，意思是：既安定又穩固。〔註801〕

　　朱忠恒：虞，從整理者讀為處，處於。〔註802〕

　　劉光勝：「獻固」，是指所徵調的賦稅形成定制，不能隨意加徵。〔註803〕

　　汪敏倩：「是胃（謂）虞（處）固」：這樣才能使國家或貴族安定穩固。

〔註804〕

　　按：筆者從「虞讀儀，訓準則、固訓穩固」之說。《國語·晉語二》：「國可以固。」

　　翻譯：是說準則穩固

以	勧（助）	政	直（德）	之	固=（固。固）
以	自	守	不	用	民
於	兵	麇（甲）	戰	戜（鬥）	曰
武	忞（愛）	以	成	政	惪（德）
之	忞（愛）	虞（處）	勛（溫）	和	憙（憙）

〔八十九〕以勧（助）【二十六】政直（德）之固=（固。固）以自守，不用
　　　　民於兵麇（甲）戰戜（鬥），曰武忞（愛），以成政惪（德）
　　　　之忞（愛）。虞（處）勛（溫）和憙（憙），

〔註801〕王瑜楨：《清華大學藏戰國竹簡（陸）鄭國史料三篇研究》，頁500。
〔註802〕朱忠恒：《清華大學藏戰國竹簡（陸）集釋》，頁174。
〔註803〕劉光勝：〈德刑分途：春秋時期破解禮崩樂壞困局的不同路徑——以清華簡《子產》為中心的考察〉，頁32。
〔註804〕汪敏倩：《清華簡〈子產〉篇疏證與研究》，頁93。

清華簡整理者：勛，通「勳」，在曉母文部，讀為影母文部之「溫」。〔註805〕

趙平安：勛字從支員聲，又見於簡17「勛勉救善」，可讀為「勤勉救善」。此處讀為損。員聲字讀為損見於郭店簡《老子乙》「學者日益，為道者日員。員之或員，以至亡為也。亡為而亡不為。」今本員作損。獻本身就意味著損，故獻損連用。勛也可讀為捐，《漢書・貨殖傳》：「唯毋鹽氏出捐千金貸。」表示捐獻、捐助。但上古時這個用法很少。〔註806〕

王寧：「虜」讀「儀」，效法、仿效義。「勛」為率先、帶頭義。「■勛和憙」意思是仿效的、帶頭的都融洽快樂。〔註807〕

王瑜楨 A：「以勤（助）政直（德）之固」，是指安固的稅賦制度帶來政治的穩定。「政德」，《漢語大詞典》釋為「政治和德行」本簡則主要是指「施政、政權」。〔註808〕

王瑜楨 B：政權穩固，就足以自保，不把「民」用在兵甲戰鬥，這就叫「武愛」。西周春秋時代，作戰以車戰為主，兵甲戰鬥主要是由「國」來擔任，「野」人沒有受過禮樂射御書數的訓練，是沒有資格擔任兵甲戰鬥的任務的。西周（春秋同）的軍隊，主要是由「六鄉（國人）」組成的，野人固然也會徵調到戰場，但並不是去作戰。春秋時的鄭國「不用民於兵甲戰鬥」，本來是西周以來的制度，不是什麼德政。但是，春秋以後，戰爭逐漸增多，當鄉人（國人）不夠用的時候，遂人（野人）也會被徵調。子產能夠把民程制定妥當，穩定實施，野民全力從事農耕，不需要參加「兵甲戰鬥」，這確實是一個很了不起的政績。這就是「政德之愛」。〔註809〕

王瑜楨 C：■釋「虜」，虜讀為「安」。從上下文來看，「虜勛和憙」是形容國家施政結果的字眼，不會是形容人民「平和快樂地奉獻」。「虜」讀為「安」，指國家施政完善，國家安定；「勛」讀為「穩」，「勛」上古音在曉紐諄（文）部、

〔註805〕清華大學出土文獻研究與保護中心編，李學勤主編：《清華大學藏戰國竹簡（陸）》下冊，頁144。

〔註806〕趙平安：〈清華簡（陸）文字補釋（六則）〉，清華大學出土文獻研究與保護中心：http://www.tsinghua.edu.cn/publish/cetrp/6831/2016/20160416052835466553594/，2016-04-16。

〔註807〕王寧：〈清華簡六子產釋文校讀〉，復旦大學出土文獻與古文字研究中心：http://www.gwz.fudan.edu.cn/Web/Show/2851，2016/7/4。

〔註808〕王瑜楨：《清華大學藏戰國竹簡（陸）鄭國史料三篇研究》，頁500。

〔註809〕王瑜楨：《清華大學藏戰國竹簡（陸）鄭國史料三篇研究》，頁501、502。

「穩」在影紐諄（文）部，音近可通，指國家施政穩定、政局穩定；「憙」是楚簡常見的「喜」字，「和憙」，指國家施政完善，上下和平喜樂。〔註810〕

朱忠恒：愛，仁惠。《左傳》昭公二十年：「及子產卒，仲尼聞之，出涕曰：『古之遺愛也。』」《史記・鄭世家》引此語，裴駰集解引賈逵曰：「愛，惠也。」勛，從整理者讀為「溫」。溫，溫和。《書・舜典》：「直而溫，寬而栗。」孔穎達疏：「正直者失於太嚴，故令正直而溫和。」和，和睦，融洽。《書・皋陶謨》：「同寅協恭，和衷哉。」孔傳：「以五禮正諸侯，使同敬合恭而和善。」憙，整理者讀為「憙」。憙，古同「喜」，有喜悅義。〔註811〕

汪敏倩：「政直」應指政事和德行。「以勤（助）政直（德）之固」：用來幫助國家政治穩固、德行牢固。「武惡」指使用武力所應遵守的道義準則變得仁惠，即在軍事政令上放寬，以仁惠待之。「固以自守，不用民於兵麞（甲）戰或（鬥），曰武惡（愛），以成政悳（德）之惡（愛）」：政事和德行穩固就可以自守其國，不需要再需要民眾自己出武器、盔甲來打仗。這就叫使用武力之道義準則變得仁惠，可以用來成就政治、德行準則的仁惠。「虞」通「處」，應指占、占據之義。「虞勛和憙」：指占據大功勞（于鄭國）而安身立命，話語適宜、恰到好處。〔註812〕

筆者茲將各家對「勛」之訓讀表列於下：

表 4-2-97：「勛」諸家訓讀異說表

勛	訓　讀
整理者	讀「溫」
趙平安	讀「損」
王寧	率先、帶頭
王瑜楨	讀「穩」
朱忠恒	讀「溫」：溫和。

按：《古文字通假字典》：「直（職照 zhi）讀為德（職端 de）。《尚書・益稷》『其弼直』，《史記・夏本紀》作『其輔德』。」〔註813〕《郭店楚簡・唐虞

〔註810〕王瑜楨：《清華大學藏戰國竹簡（陸）鄭國史料三篇研究》，頁 503、504。
〔註811〕朱忠恒：《清華大學藏戰國竹簡（陸）集釋》，頁 174。
〔註812〕汪敏倩：《清華簡〈子產〉篇疏證與研究》，頁 93、95、96、97。
〔註813〕王輝：《古文字通假字典》，頁 232。

7》：「禪之流，世無隱直（德）。」〔註814〕筆者從「直讀德」之說。《漢語大詞典》：「政德：政事和德行。《左傳・昭公四年》：『恃此三者，而不脩政德，亡於不暇。』」〔註815〕自守：自保。《穀梁傳・襄公二十九年》：「古者天子封諸侯，其地足以容民，其民足以滿城以自守也。」麜亦見於《上海博物館藏戰國楚竹書・曹沫39》：「人之麜（甲）不堅，我麜（甲）必堅。」〔註816〕《上海博物館藏戰國楚竹書・曹沫51》：「繕麜（甲）利兵」〔註817〕筆者從「麜讀甲」之說。兵甲：軍隊。《左傳・哀公十五年》：「公孫宿以其兵甲入於嬴。」戜從「豆」，「豆、鬥」皆「侯」部可通，筆者從「戜讀鬥」之說。曰：叫做。《書・洪範》：「五行：一曰水，二曰火，三曰木，四曰金，五曰土。」《王力古漢語字典》：「恶：『愛』本字。《說文》：『恶，惠也。』」〔註818〕悥亦見於《清華一・祭公07》：「公稱丕顯悥（德）」〔註819〕《清華一・祭公18》：「求先王之恭明悥（德）」〔註820〕「勛、溫」皆「文」部可通。筆者從「愛訓仁惠、悥讀德、勛讀溫，訓溫和、憙訓喜悅」之說。《詩・邶風・燕燕》：「終溫且惠，淑慎其身。」《說文》：「憙，說（悅）也。」徐灝曰：「喜憙古今字。」《史記》：「諸所過毋得掠鹵，秦人憙，秦軍解，因之大破。」《漢語大詞典》：「和喜：和洽喜悅。《史記・禮書》：『古者太平，萬民和喜。』」〔註821〕

翻譯：以幫助政事和德行的穩固。穩固以自保，不用人民在軍隊戰鬥，叫做武愛，以成就政事和德行的仁惠。準則溫和寬厚（上下）和洽喜悅

可	用	而	不	勛（遇）	古（故）
大=或=（大國，大國）	肎（肯）	复（作）	亓（其）	恳（謀）

〔註814〕先秦甲骨金文簡牘詞彙資料庫：http://inscription.asdc.sinica.edu.tw/c_index.php。

〔註815〕《漢語大詞典》第5卷，頁426、427。

〔註816〕先秦甲骨金文簡牘詞彙資料庫：http://inscription.asdc.sinica.edu.tw/c_index.php。

〔註817〕先秦甲骨金文簡牘詞彙資料庫 http://inscription.asdc.sinica.edu.tw/c_index.php。

〔註818〕王力：《王力古漢語字典》，頁306。

〔註819〕先秦甲骨金文簡牘詞彙資料庫：http://inscription.asdc.sinica.edu.tw/c_index.php。

〔註820〕先秦甲骨金文簡牘詞彙資料庫：http://inscription.asdc.sinica.edu.tw/c_index.php。

〔註821〕《漢語大詞典》第3卷，頁272。

〔九十〕可用【二十七】而不勘（遇）大₌或₌（大國，大國）古（故）胄（肯）复（作）亓（其）慇（謀）。

無痕：「勘」似讀「愚」，訓欺騙，蒙蔽義。〔註822〕

石小力：「勘」字疑當讀為「耦」。《說文》：「耦，耒廣五寸為伐，二伐為耦。」引申二人為耦，又引申為匹，配。《左傳·桓六年》：「人各有耦，齊大，非吾耦也。」《左傳·閔公二年》狐突之言曰：「昔辛伯諗周桓公云：內寵並后，外寵二政，嬖子配適，大都耦國，亂之本也。」又可用作動詞。《禮記·內則》：「舅姑若使介婦，毋敢敵耦於塚婦，不敢並行，不敢並命，不敢並坐。」《淮南子·兵略訓》：「今人之與人，非有水火之勝也，而欲以少耦眾，不能成其功，亦明矣。兵家或言曰：『少可以耦眾。』此言所將，非言所戰也。」簡文「耦」字也用為動詞，「耦大國」即匹敵大國，與大國爭強之意。〔註823〕

趙平安：「獻勘和憙，可用而不勘大國，大國固肯作其謀。」勘通寓（高亨：《古字通假會典》，齊魯書社，1989年，第326頁。）表示居住，或通虞，表示欺騙。（高亨：《古字通假會典》，齊魯書社，1989年，第327頁。）簡文是說，如果能平和快樂地奉獻，國家用度足夠又不居於大國之間（或國家用度足夠卻不欺騙大國），大國固能成其謀略。〔註824〕

心包：「古」整理者讀為「故」，趙平安先生讀為「固」，揆度文意，「古」似乎讀為「胡」，肯者，得也，能也，言小國自給，大國便無可插手之釁。〔註825〕

林少平：古讀為本字。〔註826〕

清華簡整理者：作，《周禮·羅氏》鄭注：「猶用也。」〔註827〕

〔註822〕無痕：簡帛研讀 » 清華六〈子產〉初讀（第21樓），簡帛論壇：http://www.bsm.org.cn/bbs/read.php?tid=3345，2016年4月17日。

〔註823〕石小力（清華大學出土文獻讀書會）：〈清華六整理報告補正〉，清華大學出土文獻研究與保護中心：http://www.ctwx.tsinghua.edu.cn/publish/cetrp/6842/20160416052940099595642/1 460755813610.doc，2016年4月16日。

〔註824〕趙平安：〈清華簡（陸）文字補釋（六則）〉，清華大學出土文獻研究與保護中心：http://www.tsinghua.edu.cn/publish/cetrp/6831/2016/20160416052835466553594/，2016-04-16。

〔註825〕心包：簡帛研讀 » 清華六〈子產〉初讀（第2樓），簡帛論壇：http://www.bsm.org.cn/bbs/read.php?tid=3345，2016年4月16日。

〔註826〕林少平：簡帛研讀 » 清華六〈子產〉初讀（第43樓），簡帛論壇：http://www.bsm.org.cn/bbs/read.php?tid=3345，2016年4月19日。

〔註827〕清華大學出土文獻研究與保護中心編，李學勤主編：《清華大學藏戰國竹簡（陸）》

王寧：「勘」疑即耦耕之「耦」的或體，本二人共耕之義，故或從力作。原整理者讀「遇」當不誤，「遇」古訓「逢」、「逆」、「會」、「當」、「偶」等義，引申而有敵對、為敵之義，如《戰國策·齊策一》：「復搏其士卒以與王遇，必不便於王矣」，鮑注：「遇，敵也。」「作」當讀為「措」，置也。大國故肯措其謀，謂大國因此願意放棄對鄭國的圖謀。〔註828〕

青荷人A：「古」字可作「忍」字。〔註829〕

青荷人 B：勘讀耦是也，春秋左傳有例謂小國與大國不相配也，鄭公忽言之也，故順文意，古作豈也。「可用【二十七】而不勘大=或=（大國，大國）古肎（肯）复（作）亓（其）慐（謀）。」釋為：可用而不耦大國，大國豈肯作其謀。〔註830〕

郝花萍：勘字石小力認為當讀為「耦」，可從。耦，與……匹敵。如《韓非子·內儲說上》：「衛嗣君重如耳，愛世姬，而恐其皆因其愛重以壅己也，乃貴薄疑以敵如耳，尊魏姬以耦世姬……」〔註831〕

王瑜楨A：「可用而不勘大或」應讀為「何用而不耦大國」。「可」當讀為「何」，何用，即「為什麼」。勘釋作「耦」。簡文非謂整個鄭國與大國相耦、匹敵，而是謂國君、太子可以大國之子為耦（偶），以體現出鄭國善事大國之成效。「大國」網名「心包」以為指「鄭」以外的大國，主要是指晉國與楚國。鄭國在子產的時候，國力已不足以稱「大國」。這裡指的是鄭國介處於二大國之間之特殊情勢。〔註832〕

王瑜楨B：「古」隸為「故」，意思是「因此」。「肯」，願意。「作」，讀為「措」，意為「捨棄」。「大國故肯措其謀」是說：大國因此願意捨棄對鄭國的圖謀。〔註833〕

朱忠恒：勘，從整理者讀為「遇」，敵對、為敵之義。「以助政德之固，固

下冊，頁144。

〔註828〕王寧：〈清華簡六子產釋文校讀〉，復旦大學出土文獻與古文字研究中心：http://www.gwz.fudan.edu.cn/Web/Show/2851，2016/7/4。

〔註829〕青荷人：簡帛研讀 » 清華六〈子產〉初讀（第102樓），簡帛論壇：http://www.bsm.org.cn/bbs/read.php?tid=3345，2016年12月11日。

〔註830〕青荷人：簡帛研讀 » 清華六〈子產〉初讀（第105樓），簡帛論壇：http://www.bsm.org.cn/bbs/read.php?tid=3345，2016年12月15日。

〔註831〕郝花萍：《清華大學藏戰國竹簡（陸）鄭國三篇集釋》，頁130。

〔註832〕王瑜楨：《清華大學藏戰國竹簡（陸）鄭國史料三篇研究》，頁504、505。

〔註833〕王瑜楨：《清華大學藏戰國竹簡（陸）鄭國史料三篇研究》，頁505。

以自守，不用民於兵甲戰鬥，曰武愛，以成政德之愛。處溫和憙，可用而不遇大國。」意思是：來幫助鞏固為政之德，鞏固為政之德是用來守衛自己，不把民眾用於兵甲戰鬥，這就是用武的仁惠，以成就為政之德的仁惠。（人民）處於溫和融洽喜悅（的環境中），可以使用而不會與大國為敵。「作」當讀為「酢」，應對，報答。《爾雅·釋詁下》：「酢，報也。」郭璞注：「此通謂相報答，不主於飲酒。」《詩·小雅·楚茨》：「報以介福，萬壽攸酢。」毛傳：「酢，報也。」作，鐸部精母。酢，鐸部從母。音近可通。「大國故肯酢其謀。」意思是：大國所以肯和鄭國應對謀劃。指鄭國不與大國為敵，大國所以願意和鄭國共商計謀。〔註834〕

汪敏倩：「遇」指「相逢」。「可用而不勘（遇）大=或=（大國，大國）古（故）肎（肯）复（作）亓（其）愳（謀）」：可以得到重用卻沒有與大國相遇，強盛有實力的諸侯國仍願意使用子產處政之謀略（盡管當時子產只是出於小國的臣子）。〔註835〕

筆者茲將各家對「勘」、「古」、「作」之訓讀表列於下：

表4-2-98：「勘」諸家訓讀異說表

勘	訓　　讀
無痕	讀「愚」：欺騙，蒙蔽
石小力	讀「耦」：匹敵
趙平安	1. 通寓，表示居住　2. 通虞，表示欺騙。
王寧、朱忠恒	讀「遇」：敵對、為敵
青荷人、王瑜楨	讀「耦」
郝花萍	讀「耦」：與……匹敵。
汪敏倩	「遇」指「相逢」

表4-2-99：「古」諸家訓讀異說表

古	訓　　讀
整理者	讀「故」
心包	讀「胡」
青荷人	1. 作「忍」　2. 作「豈」
王瑜楨	隸為「故」：因此

〔註834〕朱忠恒：《清華大學藏戰國竹簡（陸）集釋》，頁174。
〔註835〕汪敏倩：《清華簡〈子產〉篇疏證與研究》，頁95、97、98。

表 4-2-100：「作」諸家訓讀異說表

作	訓　讀
整理者	猶用
王寧	讀「措」：置
王瑜楨	讀「措」：捨棄
朱忠恒	讀「酢」：應對，報答。

　　按：勚從「禺」，「禺、遇」皆「侯」部可通。《古文字通假字典》：「古（魚見 gu）讀為故（魚見 gu）。大盂鼎：『古天翼臨子。』又上博楚竹書《子羔》簡一：『何古以得為帝？』」〔註836〕《漢語大詞典》：「冐：『肯』的古字。《墨子·天志中》：『紂越厥夷居，不冐事上帝，棄厥先神祇不祀。』」〔註837〕筆者從「勚讀遇、古讀故，訓因此、肯訓願意」之說。遇：對付。《荀子·大略》：「無用吾之所短，遇人之所長。」故：因此。《史記·留侯世家》：「夫秦無道，故沛公得至此。」《呂氏春秋·察今》：「故審堂下之陰，而知日月之行，陰陽之變。」妥亦見於《清華一·祭公 02》：「余畏天之妥（作）威」〔註838〕《清華一·耆夜 09》：「妥（作）茲祝誦，萬壽亡彊」〔註839〕筆者從「妥讀作，作讀措、愸讀謀」之說。《王力古漢語字典》：「措：棄置。《禮記·中庸》：『有弗學，學之弗能，弗措也。』」〔註840〕愸見於《清華一·程寤 09》：「人愸（謀）彊，不可以藏。」〔註841〕《清華一·耆夜 07》：「愻精愸（謀）猷，裕德乃救」〔註842〕謀：謀略、計策。《書·大禹謨》：「無稽之言勿聽，弗詢之謀勿庸。」

　　翻譯：（人民）可使用卻不（用以）對付大國，大國（國君）因此願意棄置他的（侵犯）謀略。

雖（惟）	能	智（知）	亓（其）	身	以

〔註836〕王輝：《古文字通假字典》，頁 67。

〔註837〕《漢語大詞典》第 6 卷，頁 1167。

〔註838〕先秦甲骨金文簡牘詞彙資料庫：http://inscription.asdc.sinica.edu.tw/c_index.php。

〔註839〕先秦甲骨金文簡牘詞彙資料庫：http://inscription.asdc.sinica.edu.tw/c_index.php。

〔註840〕王力：《王力古漢語字典》，頁 372。

〔註841〕先秦甲骨金文簡牘詞彙資料庫：http://inscription.asdc.sinica.edu.tw/c_index.php。

〔註842〕先秦甲骨金文簡牘詞彙資料庫：http://inscription.asdc.sinica.edu.tw/c_index.php。

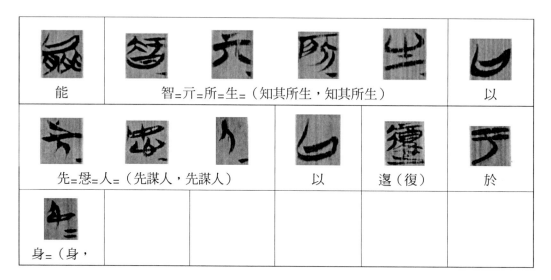

能	智=亓=所=生=（知其所生，知其所生）				以
先=愚=人=（先謀人，先謀人）			以	邅（復）	於
身=（身，					

〔九十一〕蟲（惟）能智（知）亓（其）身，以能智=亓=所=生=（知其
所生，知其所生），以先=愚=人=（先謀人，先謀人）以邅（復）
於身=（身，

李學勤：應隸定為「蟲」。晉公盨銘的「余蟲今小子」、「蟲今小子」，
「蟲」應讀作「唯」，是語詞而不是人名。〔註843〕

王挺斌：當隸定為雓字。雓，讀為「唯」或「雖」大概是合適的。雓
可能就是從隹得聲的。〔註844〕

王寧：甲骨文、金文「御」字從「午」得聲，「雓」字疑當分析為從御省，
隹聲，即繫馬義的「維」字之本字，《詩·小雅·白駒》：「皎皎白駒，食我場
苗。縶之維之，以永今朝。」《春秋公羊傳·昭公二十四年》：「且夫牛馬維婁」
何注：「繫馬曰維，繫牛曰婁」是也，其本意可能是繫馬的繩索，用之繫馬亦
曰「維」，此與御馬有關，故字從御省。「維」、「惟」、「唯」、「雖」古通用，
此當讀為「惟」。「復」亦踐行義。〔註845〕

清華簡整理者：復，返回。〔註846〕

〔註843〕李學勤：〈晉公盨的幾個問題〉，《出土文獻研究》，文物出版社，1985年6月，頁
135。
〔註844〕王挺斌（清華大學出土文獻讀書會）：〈清華六整理報告補正〉，清華大學出土文獻
研究與保護中心：http://www.ctwx.tsinghua.edu.cn/publish/cetrp/6842/20160416052
940099595642/1 460755813610.doc，2016年4月16日。
〔註845〕王寧：〈清華簡六子產釋文校讀〉，復旦大學出土文獻與古文字研究中心：
http://www.gwz.fudan.edu.cn/Web/Show/2851，2016/7/4。
〔註846〕清華大學出土文獻研究與保護中心編，李學勤主編：《清華大學藏戰國竹簡（陸）》
下冊，頁144。

王瑜楨：![隹]隸定作「蜼」。蜼，從蟲，隹聲（余季切）與「惟（以追切）」上古聲同屬喻四（古歸定，以母），韻同屬微部，可以通讀。「惟能知其身，以能知其所生；知其所生，以先謀人」，是說：只有能夠瞭解自己，因而能瞭解生自己的人；瞭解生自己的人，因而能先為人謀畫。「以」，當釋為「因而」。能知道自己的一切需求，才知道生自己的父母，也會有這些需求。父母是每個人最親的人，知道父母會有這些需求，就會知道天下所有人都會有這些需求，因此會先替別人謀畫考慮。「復」應釋為「返回」。從正面來說，你能先為人考慮，這種善心最後也會回報到你身上。〔註847〕

朱忠恒：從整理者說，![隹]讀為惟。在這裏用於句首無意義。知其所生，知道來自於什麼。《白虎通義・禮樂》：「禮樂者，何謂也？禮之為言履也，可履踐而行樂者。君子樂得其道，小人樂得其欲。聲者，何謂。聲鳴也，聞其聲即知其所生；音者，飲也，言其剛柔清濁和而相飲也。」謀人，為人謀劃。《書・盤庚下》：「朕不肩好貨，敢恭生生，鞠人謀人之保居，敘欽。」孔傳：「人之窮困，能謀安其居者，則我式序而敬之。」復，謂實踐諾言。《論語・學而》：「有子曰：『信近於義，言可復也。』」朱熹集註：「復，踐言也。」〔註848〕

袁青：「惟能知其身，以能知其所生，知其所生，以先謀人，先謀人以復於身。」只有懂得自己的身體，才能懂得生命，懂得生命，才能去為人謀劃，為人謀劃後最終又要反歸於自身。這具有「貴身」的色彩。〔註849〕

汪敏倩：「身」指「品德」、「才能」。「生」指「生存」。「謀」，指審察、考察。「蜼（惟）能智（知）亓（其）身……以遟（復）於身」：只有了解保持高尚品德的重要性，才能保證自己在複雜的政局中生存，知道自己該（如何）更好生存，就可以率先考察、辨析他人（的品性或處政能力），只有先審查他人，才能由人推己，瞭解並改正自身之品性。〔註850〕

筆者茲將各家對愆「![隹]」、「復」之說法表列於下：

〔註847〕王瑜楨：《清華大學藏戰國竹簡（陸）鄭國史料三篇研究》，頁509、510、511。
〔註848〕朱忠恒：《清華大學藏戰國竹簡（陸）集釋》，頁175、176。
〔註849〕袁青：〈論清華簡《子產》的黃老學傾向〉，頁160。
〔註850〕汪敏倩：《清華簡〈子產〉篇疏證與研究》，頁97、98、100。

表 4-2-101：「」諸家異說表

	讀
李學勤	讀 1.「惟」　2.「唯」
王挺斌	讀「唯」或「雖」
王寧、朱忠恒、王瑜楨	讀「惟」

表 4-2-102：「復」諸家異說表

復	訓
王寧	踐行
整理者、王瑜楨	返回
朱忠恒	實踐諾言

按：「雖、唯」皆「微」部可通，筆者從「雖讀惟」之說。《異體字字典》：「惟：助詞，無義。通『唯』。《書經・泰誓上》：『惟十有一年，武王伐殷。』《孟子・滕文公下》：『惟士無田，則亦不祭。』」〔註851〕《古文字通假字典》：「智（支端 zhi）讀為知（支端 zhi）。毛公鼎：『引唯乃智余非。』又包山楚簡一三五：『……皆智其殺之。』」〔註852〕筆者從「智讀知」之說。以：則。《戰國策》：「戰而不勝，以亡隨其後。」《漢語大詞典》：「所生：生身父母。《詩・小雅・小宛》：『夙興夜寐，無忝爾所生。』」〔註853〕遝從「复」，「复、復」皆「幽」部可通。筆者從「『謀人』訓『為人謀劃』、遝讀復，訓返回」之說。《易・泰》：「無往不復。」高亨注：「復，返也。」

翻譯：能夠知道他自身，則能夠知道他的生身父母，（能）知道他的生身父母，則（能）先為人謀劃，（能）先為人謀劃則（能）返回到自身（得善果）

身）	室	邦	或（國）	者（諸）	侯

天	坓（地）

〔註851〕《異體字字典》：https://dict.variants.moe.edu.tw/variants/rbt/word。
〔註852〕王輝：《古文字通假字典》，頁 54。
〔註853〕《漢語大詞典》第 7 卷，頁 350。

〔九十二〕身）、室、【二十八】邦或（國）、者（諸）侯、天堅（地），

清華簡整理者：室，家室。〔註854〕

郝花萍：「身、室、邦國諸侯、天地」的順序當是本著「修身、齊家、治國、平天下」的原則而言。〔註855〕

王瑜楨：能知道自身的需求，因而知道生自己的父母也會有這些需求。家人、邦國、諸侯、天下所有人都會有這些需求，因此能夠把天下治理好。〈子產〉雖然只談「身、室、邦國、者侯、天地」，不如〈大學〉由「格致誠正」做起的精微深入。但很明顯的，〈子產〉這樣的一種思想脈絡，是〈大學〉八條目的前身階段，是無可置疑的。〔註856〕

按：室：家。《詩·邶風·北門》：「室人交遍謫我。」邦國：國家。《詩·大雅·瞻卬》：「人之云亡，邦國殄瘁。」《古文字通假字典》：「者（魚照 zhe）讀為諸（魚照 zhu）。兮甲盤：『其隹我者侯百姓。』又郭店楚簡《語叢三》簡四～五：『不義而加者（諸）己，弗受也。』」〔註857〕筆者從「者讀諸」之說。

翻譯：自身、家庭、國家、諸侯、天地

固	用	不	悖	以	能
成	卒				

〔九十三〕固用不悖，以能成卒。【二十九】

清華簡整理者：卒，字形與「衣」混淆，古文字多見。《爾雅·釋詁》：「卒，終也。」「成卒」，以成功告終。〔註858〕

〔註854〕清華大學出土文獻研究與保護中心編，李學勤主編：《清華大學藏戰國竹簡（陸）》下冊，頁144。

〔註855〕郝花萍：《清華大學藏戰國竹簡（陸）鄭國三篇集釋》，頁131。

〔註856〕王瑜楨：《清華大學藏戰國竹簡（陸）鄭國史料三篇研究》，頁511、512。

〔註857〕王輝：《古文字通假字典》，頁102。

〔註858〕清華大學出土文獻研究與保護中心編，李學勤主編：《清華大學藏戰國竹簡（陸）》下冊，頁144。

郝花萍：悖，違背，違反。《國語‧周語上》：「是以事行而不悖。」韋昭注：「悖，逆也。」〔註859〕

朱忠恒：用，連詞，表示結果，相當於「因而」、「於是」。《書‧益稷》：「（丹朱）朋淫於家，用殄厥世。」「（惟能知其身），以能知其所生，知其所生，以先謀人，先謀人，以復於身。身、室、邦國、諸侯、天地，固用不悖，以能成卒。」這幾句話意思是：能知道自己本身是什麼樣的，那麼能夠知道自己（的權力地位）來自於什麼（即權力來自於民眾的擁護），知道來自於什麼，那麼先謀取人才，先謀取人才，那麼對他們的諾言就得實現。自身、家室、邦國、諸侯、天地安定而運行正常不悖逆，因此能夠最終成功。〔註860〕

汪敏倩：「固」指「堅決地」。「悖」指昏亂、惑亂。「固用不悖」指（「身、室、邦或、者侯、天陛」）堅定地施行（「智亓身……以還於身」之規），不為其他外物所惑亂、迷惑。「以能成卒」指（在政治上強大），最後以獲得成功結束。〔註861〕

按：筆者從「用訓於是」之說。《漢語大詞典》：「不悖：不相衝突；沒有抵觸。《禮記‧樂記》：『禮樂刑政，四達而不悖，則王道備矣。』」〔註862〕另，筆者從「以訓『因此』、成卒訓『以成功告終』」之說。

翻譯：穩固於是不相衝突，因此能夠以成功告終。

表 4-2-103：〈子產〉與清華簡〈良臣〉人名對照表〔註863〕

〈子產〉	先生之俊：	六輔：
	①喪𦤉中髟	①子羽
	②圿鼇	②子刺
	③肥中	③厥明
	④王子白惢	④卑登
		⑤佸之攴
		⑥王子百

〔註859〕郝花萍：《清華大學藏戰國竹簡（陸）鄭國三篇集釋》，頁131。

〔註860〕朱忠恒：《清華大學藏戰國竹簡（陸）集釋》，頁176。

〔註861〕汪敏倩：《清華簡〈子產〉篇疏證與研究》，頁101、102。

〔註862〕《漢語大詞典》第1卷，頁437。

〔註863〕見清華大學出土文獻研究與保護中心編，李學勤主編：《清華大學藏戰國竹簡（陸）》下冊，頁145。

〈良臣〉	子產之師：	子產之輔：
	①土蒕	①子羽
	②肥中	②子剌
	③王子白悆	③薊藋明
	④斸斤	④卑登
		⑤酋之厇（「度」字隸寫據〈子產〉改正）
		⑥王子全（百）

第三節 〈子產〉篇釋文、釋義

筆者釋文部分採李學勤主編：《清華大學藏戰國竹簡（陸）》下冊之原文略作修改，並將修改部分標出。

昔之聖君取虞（處）於身，勉以利民=（民，民）用誩（信）之；不=誩=（不身不信）。求誩（信）又（有）事，淺（淺）以誩（信）罙=（深，深）以誩（信）淺（淺）。能【一】誩（信），卡=（上下）乃周。

從前聖明的國君求審察於自身，勤奮、努力以利於人民，人民因而信任他；不親身（執行）（人民就）不相信。對於事情求取（人民）信任，小事信任深，大事信任淺。（國君）能（被）信任，君民就親密。

不良君古（固）立（位）劫（怙）稟（富），不思（懼）逡（失）民。思（懼）逡（失）又=戒=（有戒，有戒）所以緢（申）命固立=（位，位）固邦=【二】安=（邦安，邦安）民蘀（遂），邦危民麗（離），此胃（謂）才（存）亡才（在）君。

不善的國君鞏固君位依仗財富，不害怕失去人民。（反之）害怕失去（人民）有所警戒，有所警戒所以重申教命鞏固君位，君位鞏固國家安定，國家安定人民順服，國家危難人民離散，這是說存亡在於國君。

子產所旨（嗜）欲不可智（知），內（納）君子亡攴（偏）。官政（正）【三】眔（及）帀（師）栗（吏），啻（當）事乃進，亡好，曰：「固身蓳=誩=（謹信。」謹信）又（有）事，所以自兓（勝）立審（中），此胃（謂）亡好【四】惡。

子產的嗜好與欲望不可知，接納才德出眾的人沒有偏私。官吏之長及眾官吏，稱職就晉升，沒有偏好，說：「堅守己身嚴守誠信。」對於事情嚴守誠信，

所以克制自己立於中正，這是說沒有喜好與嫌惡。

分（勉）政、利政、固政又（有）事。整政才（在）身，闓（文）腥
（理）、型（形）膛（體）、惴（端）分（冕），共（恭）憯（儉）整齊，
弇見（現）又（有）【五】桼（次。次）所以坐（從）卽（節）行＝豊＝（行
禮，行禮）俴（踐）政又（有）事，出言邎（復），所以智（知）自又（有）
自喪也。又（有）道樂才（存），亡【六】道樂亡，此胃（謂）劫（嘉）救
（理）。

對於政事要勤勉於政事、有利於政事、穩固政事。整頓政務在於自身（先
以身作則），禮儀、身體外貌、玄衣、大冠，恭謹儉約，有秩序、有條理，遮
蔽、顯現，有次序。次序所以順從法度行禮，對於政事行禮掌握政權，說話
實踐諾言，所以知自取生存自取滅亡。行正道於安樂中生存，不行正道於安
樂中滅亡，這說的是美好的道理。

子產不大宅彧（域）。不崒（崇）臺（臺）寢，不勅（飾）岂（美）
車馬衣裘，曰：「勿以【七】駢巳（已）。」宅大心張，岂（美）外態（態）
踹（矜），乃自逹（失）。孝＝（君子）智（知）思（懼）乃愳＝（憂，憂）
乃少愳（憂）。敓（損）難又（有）事，多難惥（近）【八】亡。此胃（謂）
窜（辟）脆（逸）樂。

子產不擴大住宅的區域。不使高臺、臥室高大，對於車馬衣裘不裝飾美
麗，（是）說：「不要由於（物質享受而被）掩蔽了。」住所大人心大，外部
漂亮態度自大，於是自我迷失。君子知所戒懼於是憂慮，（能）憂慮於是少憂
愁。對於政事減少危難，多危難（就會）接近滅亡。這是說（要）屏除安樂。

君人立（蒞）民又（有）道，青（情）以分（勉），昜（得）立（位）
命固。臣人畏君又（有）道，智（知）畏亡辠（罪）。【九】臣人非所能不
進。君人亡事，民事是事。昜（得）民天央（殃）不至，外戟（仇）否。
以厶（私）事＝（事使）民，【十】事起貨＝行＝辠＝起＝民＝禍＝（禍行，禍
行罪起，罪起民矝，民矝）上危。弖（己）之辠（罪）也，反以辠（罪）
人，此胃（謂）不事不戾。

國君管理百姓有方法，（要）真誠而努力，獲得君位（要）天命鞏固。臣下
敬畏國君（避禍）有方法，知道敬畏（即可）沒有罪過。臣下沒有能力不晉升。

國君無（比人民更重要之）事務，人民之事務（才）是（真正重要之）事務。得民心天所降之禍殃不到，外面的仇敵不（來犯）。以個人的事使用民力，（此一）事情產生（就會）禍亂橫行，禍亂橫行違法作惡之行為（隨之）產生，違法作惡之行為產生人民（就會）苦痛，人民苦痛君主（就）危險。自己的罪過，反而怪罪他人，這是說不（不當）役使（即）不會有過失。

又（有）道【十一】之君，能攸（修）丌（其）邦或（國），以和＝民＝（和民。和民）又（有）道，才（在）大能政，才（在）小能枳（支）；才（在）大可舊，才（在）少（小）可大。【十二】又以會（合）天，能同（通）於神，又以埣（徠）民，又以尋（得）臤（賢），又以御（禦）割（害）戕（傷），先聖君所以徫（達）【十三】成邦或（國）也。此胄（謂）因旹（前）豫（遂）者（故）。

有方法的國君，能整治他的國家，而使人民和順安定。使人民和順安定有方法，在（是）大國（時）能匡正（政務），在（是）小國（時）能支持（政務）；在（是）大國（時）可（使）長久，在（是）小國（時）可（使）強大。又可以合乎天道，能通達到神靈（處），又可以招來人民，又可以得到賢才，又可以抵擋傷害，（此為）以前的英明國君所以達到完成國家（長久、強大目標之因）。這是說沿襲前者，因循舊典、成例。

旹（前）者之能伇（役）相丌（其）邦豪（家），以成名於天下者，身【十四】以虞（儀）之。用身之道，不以冥＝（冥冥）卬（仰）福，不以惃（逸）求尋（得），不以利行直（德），不以辱（虐）出民力。子【十五】產專（輔）於六正（政），與善為徒，以谷（愨）事不善，母（毋）茲悍（違）柿（拂）丌（其）事。裝（勞）惠邦政，耑（端）彶（使）【十六】於三（四）嬰（鄰）。絧（治）縱（煩）繲（解）思（患），悟（更）則任之，善則為人，勖（勤）勉救（求）善，以勤（助）上牧民＝（民。民）又（有）怣（過）逵（失），【十七】囂（矯）逵（失）弗詡（誅），曰：「句（苟）我固善，不我能蠧（亂），我是宄（荒）𢓊（怠），民屯蒸（廢）然。」下能弋（式）上，此胄（謂）【十八】民詡（信）志之。

前者（賢才）能夠輔佐他的國家，以樹立名聲於天下，以自身作為（人民）準則。用自身（作為人民準則）的方法，不用暗中（不光明的手段）仰求福利，

不用閒適（之法）求獲得，不用（求）利益（之心態）施行德政，不用殘暴（的手段）使人民付出勞力。子產對六部門之政事（加以）輔助，和善者為同一類的人，用誠役使不善者，不使（不善者）違背他的政事。（自己）勞苦使國家軍政受惠，特地出使到四方鄰國。治理混亂之局面解除禍患，改（善）就任用他，善良的人就（會）為人（謀福），努力不懈尋求善良的人，用以幫助國君治理人民。人民有過失，糾正錯誤不（濫）殺，（是）說：「如果我堅守善道，（別人就）不能擾亂我，（如果）我是縱逸怠惰（的人），人民皆（會呈現）頹廢的樣子。」百姓會效法在上位的人，這是說人民信任（且）記著他。

　　古之悝（狂）君，宐（卑）不足先善君之憯（驗），以自余（餘）智，民亡（無）可事，任砡（重）不果，【十九】邦以裹（壞）。善君必狄（循）昔𦓚（前）善王之䚔（法）聿（律），叔（求）婎（蓋）之𦕳（賢）可，以自分，砡（重）任以果糧（將）。子【二十】產用畀（尊）老先生之昋（俊），乃又（有）喪（桑）垦（丘）中（仲）髟（文）、邔（杜）懿（逝）、肥中（仲）、王子白（伯）忎（願）；乃埶（設）六甫（輔）：子羽、子刾、【二十一】爴（蔑）明、卑登、佀之攴、王子百；乃敫（禁）辛道、斂語，虛言亡實（實）；乃敫（禁）盏（管）單、相冒、軌（韓）樂，【二十二】勑（飾）岩（美）宮室衣裘，好酓（飲）飤（食）醨（醢）釀，以爰（遠）騈（屏）者。此冑（謂）由善臂（靡）盏（愆）。

　　古時的狂妄國君，鄙俗不重視以前好國君的成效，以為自己多智慧，人民不可役使，責任重大（卻）沒有實現（抱負），國家因此而敗壞。好國君必定遵循以前好君王的法律，尋求忠誠的有德行才能的人，來分擔自己的責任、事務，重大的責任得以美好實現。子產因而敬重老先生的才智超群，於是有桑丘仲文、杜逝、肥仲、王子伯願（輔政）；於是設置六位輔佐之臣：子羽、子刾、蔑明、卑登、佀之攴、王子百；於是禁止辛道、斂語，（出現）假話不符合事實（之事）；於是禁止管單、相冒、韓樂，對於房屋衣裘裝飾美麗，（禁止）喜好吃喝酒釀酒，以（使他們）避開除去（惡習）。這是說用好人（求）無過錯。

　　子產既由善用聖，班羞（好）勿（物）昋（俊）之行，乃聿（肆）參（三）邦之命（令），以為奠（鄭）命（令）、埜（野）命（令），道之以

孝（教），乃惊（跡）天陛（地）、逆川（順）、弝（強）柔，【二十四】以咸
敓（禁）御；聿（肆）參（三）邦之型（刑），以為奠（鄭）型（刑）、
埜（野）型（刑），行以惥（尊）命（令）裕義，以昊（釋）亡孝（教）
不姑（辜）。此胃（謂）【二十五】張岂（美）棄亞（惡）。

子產已經任用好人、聖人，排列好人、選擇才智超群之人的排行（依能任
職，各得其所），於是學習夏、商、周三代的法令，用作鄭國都的法令、郊野的
法令，用教育引導他們，於是推究天地、逆與順、強大柔弱（的道理），以全部
禁止（違法犯紀）；學習夏、商、周三代的刑罰，用作鄭國都的刑罰、郊野的刑
罰，用減損法令寬容法則（的原則）執行，以釋放無教化、無罪之人。這是說
擴大美好廢除不好。

為民型程，上下體（和）昌（輯）。埜（野）參（三）分，粟參（三）
分，兵參（三）分，是胃（謂）虞（儀）固，以勤（助）【二十六】政直（德）
之固=（固。固）以自守，不用民於兵臺（甲）戰戏（鬥），曰武怎（愛），
以成政惪（德）之怎（愛）。虞（儀）勛（溫）和慂（憙），可用【二十七】
而不勘（遇）大=或=（大國，大國）古（故）昌（肯）乑（措）亓（其）
慗（謀）。蜼（惟）能智（知）亓（其）身，以能智=亓=所=生=（知其所
生，知其所生），以先=慗=人=（先謀人，先謀人）以邌（復）於身=（身，
身）、室、【二十八】邦或（國）、者（諸）侯、天陛（地），固用不悖，以能
成卒。【二十九】

作為人民楷模典範，上下和睦。郊野（負責）三分之一，食糧三分之一，
武器三分之一，是說準則穩固，以幫助政事和德行的穩固。穩固以自保，不用
人民在軍隊戰鬥，叫做武愛，以成就政事和德行的仁惠。準則溫和寬厚（上下）
和洽喜悅，（人民）可使用卻不（用以）對付大國，大國（國君）因此願意棄置
他的（侵犯）謀略。能夠知道他自身，則能夠知道他的生身父母，（能）知道他
的生身父母，則（能）先為人謀劃，（能）先為人謀劃則（能）返回到自身（得
善果），自身、家庭、國家、諸侯、天地，穩固於是不相衝突，因此能夠以成功
告終。

第五章 〈良臣〉概述及其與鄭國相關之集釋、釋文、釋義

本章將於第一節對〈良臣〉做一簡介；於第二節收集該篇與鄭國相關部分之各家考釋，並加按語；於第三節列出研究後之釋文，並做翻譯。

第一節 〈良臣〉概述

此部分筆者將對〈良臣〉該篇之形制、有無缺簡等問題以及其篇題、內容與價值等作一說明。

一、形制、有無缺簡等問題

研究該篇之形制、有無缺簡等，有助於正確之編連，而編連無誤才能釋讀正確，釋讀正確做進一步相關之研究才有意義，故研究該簡之形制、有無缺簡等極為重要，以下將對其做一說明。

據清華簡整理者所述：「清華簡〈良臣〉與〈祝辭〉，原由同一書手寫在一編相連的竹簡上，簡長三十二.八釐米，無篇題。鑒於兩者內容性質截然不同，今分別擬題為『良臣』、『祝辭』，作為兩篇處理。〈良臣〉共十一支簡，文字沒有缺失。」[註1] 故知〈良臣〉與〈祝辭〉為同人所書，其本相連，整理者就此

〔註1〕清華大學出土文獻研究與保護中心編，李學勤主編：《清華大學藏戰國竹簡（三）》下冊，上海：中西書局，2012 年 12 月，頁 156。

簡之內容將其分而為二，並分別給予〈良臣〉、〈祝辭〉之篇名。另，李學勤於〈新整理清華簡六種概述〉中言及：「〈良臣〉通篇連貫書寫，中間以粗黑橫線分隔成 21 小段。」〔註2〕、李松儒於〈清華簡《良臣》《祝辭》的形制與書寫〉中提及：「《良臣》與《祝辭》簡背有連續劃痕，無表次序編號，無篇題，整理者據內容擬題，篇末有表示結尾的符號。」〔註3〕皆有助於相關之研究。由〈良臣〉篇內容、文意、形制等判斷，其並無缺簡。茲將李松儒整理之〈良臣〉形制表列於下。

表 5-1-1：〈良臣〉、〈祝辭〉形制表〔註4〕　　　　　單位：釐米

篇名	簡數	簡長	簡寬	簡首至一契	一契至二契	二契至簡尾	劃痕
良臣	11	32.4	0.6	13	13	6.4	有
祝辭	5	32.4	0.6	13	13	6.4	有

二、篇題、內容簡介及價值

此部分將對〈良臣〉篇之篇題由來以及其主要內容、其對相關研究之價值等做一說明。

（一）篇題與內容

該篇與〈鄭武夫人規孺子〉、〈鄭文公問太伯〉、〈子產〉一樣皆原無篇題，其篇題同為整理者依內容而擬。該篇之所以命名為〈良臣〉，乃因其內容主要記載從黃帝至春秋時期名君之良臣。

內容方面：清華簡整理者提及：「〈良臣〉篇簡文從黃帝到周成王依歷史順序，春秋晉文公至鄭子產的師、輔則按國別編排。另，簡上文字有的屬於三晉一系的寫法，如『百』字作『全』。考慮到篇中特別突出子產，詳記『子產之師』、『子產之輔』，作者可能與鄭有密切關係。」〔註5〕該篇主要記載國君之良臣，其中提及的君主分別為：黃帝、堯、舜、禹、湯、武丁、文王、武王、成王、晉文公、楚成王、楚昭王、齊桓公、吳王光、越王句踐、秦穆公、宋襄公、魯

〔註2〕 李學勤：〈新整理清華簡六種概述〉，《文物》，2012 年 8 月 25 日，頁 70。

〔註3〕 李松儒：〈清華簡《良臣》《祝辭》的形制與書寫〉，《漢字漢語研究》，2020 年 3 月 20 日，頁 33。

〔註4〕 見李松儒：〈清華簡《良臣》《祝辭》的形制與書寫〉，頁 32。

〔註5〕 清華大學出土文獻研究與保護中心編，李學勤主編：《清華大學藏戰國竹簡（三）》下冊，頁 156。

哀公、鄭桓公、鄭定公、楚共王。言及之良臣則有：傅說、南宮夭、子餘、叔
向、范蠡、宦仲、杜伯、子產、子羽、子剌、卑登、王子百等。郭麗於〈清華
簡《良臣》文本結構與思路考略〉中論及：「〈良臣〉結構可分為三部分，以天
子與良臣、諸侯與良臣、卿大夫子產與良臣的順序行文。諸侯與良臣部分，重
點在晉、楚、鄭三個國家。鄭國載有兩位君主，為桓公、定公。鄭桓公是周幽
王的重臣，也是良臣。至於鄭定公，多有良臣，子產為其著者。細考〈良臣〉
的思路，良臣不是孤立地出現，而是與賢明的天子、諸侯國君有密切的關係。」
〔註6〕可知其分別提及了天子、諸侯及卿大夫之良臣，鄭國部分記載較為詳細，
李學勤認為作者或與鄭國有關。其亦提及：「『子產之師』、『子產之輔』兩段是
『鄭定公』段的補充，『楚共王』一段似係後加。」〔註7〕該篇內容極為簡略，
多為人名，主要以「誰之師」、「誰之相」、「子產之師」、「子產之輔」下接良臣
及「誰有誰」等方式列出諸良臣，而所提之君臣皆是為國建功立業者，亦多出
現於《漢書・古今人表》中。

（二）本篇之價值

1. 藉以證史、補史

此篇出現之人物有傳世文獻未見者，如：南宮夭、宦仲、子剌及王子百，
其正可補史書之不足。篇中出現之名君、良臣亦可與《左傳》、《墨子・尚賢》、
《漢書・古今人表》等相關文獻對讀，藉以證史、補史。

2. 有助於對古文字之研究

劉剛於〈清華三《良臣》為具有晉系文字風格的抄本補證〉中提及：「〈良
臣〉篇是具有晉系文字風格抄本：首先，從書寫特點來看，〈良臣〉篇文字筆
劃豐中銳末，用筆謹飭，和三晉一系的侯馬盟書字形很是類似，而與楚文字
那種以曲線取美的線條特徵不同。其次，在字形特點上，有不少〈良臣〉與
晉系文字相合而和楚文字不同的：寺字所從的『又』加飾筆作『寸』、肥字所
從的『配』省形作直角的寫法、弔字加飾筆等。通過研究此篇文字的用字，
可以發現不少是與楚文字用字習慣不同而與晉系文字相合的。」〔註8〕可知其

〔註6〕 郭麗：〈清華簡《良臣》文本結構與思路考略〉，《山東理工大學學報（社會科學版）》，
　　　　2015 年 7 月，頁 48、51。
〔註7〕 李學勤：〈新整理清華簡六種概述〉，頁 70。
〔註8〕 劉剛：〈清華三《良臣》為具有晉系文字風格的抄本補證〉，《中國文字學報》，2014

以〈良臣〉之文字與三晉一系之侯馬盟書字形極相似此一書寫特色及用字習慣、字形特色不少同晉系文字相合等為依據，認為該篇乃具晉系文字風格之抄本。研究〈良臣〉中之文字，有益於對晉系文字更進一步之認識。其亦論及：「〈良臣〉也具有楚文字的特徵：〈良臣〉用『疊』表示｛文｝，和楚文字的用字習慣相同。此篇可能是楚人用晉系底本抄寫的，其中保存了大量晉系文字的字形特點和用字習慣，是具有晉系文字風格的抄本。在抄寫的過程中，有些字形也不可避免地受到楚文字書寫習慣的影響。」〔註9〕該篇不僅具晉系文字之風格亦呈現楚文字之特徵，故其不但有益於晉系文字之研究，亦有助於對楚文字之探討。

3. 有益於對書法之研究

李松儒於〈清華簡《良臣》《祝辭》的形制與書寫〉中論及：「〈良臣〉與〈祝辭〉文字佈局舒朗，字間距均勻，全文頂格書寫，整篇文字橫向字行形態能夠保持水準，即每簡文字對應位置相同，如有界格參照一般。」〔註10〕不論其文字之布局、字之間距及書寫之格式等皆有益於對書法更進一步之研究。其又述及：「〈良臣〉與〈祝辭〉文字書寫工整，起筆處呈圓頭，直鋒而出，每個筆畫都是重落輕出，筆劃短促，大多是直筆甩出，風格古樸稚拙，十分獨特。」〔註11〕其筆法、字形特點、風格頗具特色，為書法之研究提供良好之材料，亦使書法之研究有了新方向。

第二節 〈良臣〉與鄭國相關部分之集釋

筆者此部分釋文採李學勤主編《清華大學藏戰國竹簡（三）》下冊之原文，並依其注釋順序作集釋，集釋部分收錄至 2020 年 1 月。

【釋文】

奠（鄭）輨（桓）公與周之遺老：史全（伯）〔一〕、宦中（仲）〔二〕、虔（虢）弔（叔）〔三〕、【八】土（杜）白（伯）〔四〕，佫（後）出邦〔五〕。〔註12〕

　　年7月，頁100～102。

〔註9〕 劉剛：〈清華三《良臣》為具有晉系文字風格的抄本補證〉，頁103、104、107。

〔註10〕 李松儒：〈清華簡《良臣》《祝辭》的形制與書寫〉，頁33。

〔註11〕 李松儒：〈清華簡《良臣》《祝辭》的形制與書寫〉，頁33。

〔註12〕 清華大學出土文獻研究與保護中心編，李學勤主編：《清華大學藏戰國竹簡（三）》

　　奠（鄭）定公之相又（有）子皷（皮）〔六〕，又（有）子產〔七〕，又（有）子大弔（叔）〔八〕。子產之帀（師）：王子【九】白（伯）忥（願）〔九〕、肥中（仲）、土（杜）蒮（逝）、斲斥。子產之輔：子羽〔十〕、子刺、蒮（蔑）明〔十一〕、卑登〔十二〕、酉（富）之厚〔十三〕、王子全（百）〔十四〕。【一○】〔註13〕

奠（鄭）	輙（桓）	公	與	周	之
遺	老	史	全（伯）		

【集釋】

〔一〕奠（鄭）輙（桓）公與周之遺老：史全（伯）

　　清華簡整理者：鄭桓公友，見《古今人表》「中中」，為周宣王弟，西周覆亡時為犬戎所殺。「全」即「百」字，史伯列《古今人表》「中上」，任周大史，其與鄭桓公對話，見《國語·鄭語》。鄭桓公及史伯等均是西周末年人。〔註14〕

　　暮四郎：「與」應當是一個動詞，上述簡文在語法上才能成立。由於文句簡單，對字詞釋讀的制約少，「與」可有多種理解，如可讀為「舉」，指鄭桓公舉用史伯、宦仲等人，也可以理解為親近，《管子·霸言》「此天下之所載也，諸侯之所與也」，尹知章注「與，親也」。又「鄭桓公與周之遺老」，在其出封之前，其時周尚未亡，所以這裡的「遺老」應當理解為年老歷練之人。《史記·樊酈滕灌列傳》：「吾適豐沛，問其遺老，觀故蕭、曹、樊噲、滕公之家，及其素，異哉所聞！」柳宗元《賀誅淄青逆賊李師道狀》：「遂使垂白遺老，再逢大寶之安。」〔註15〕

　　　　下冊，頁157。

〔註13〕清華大學出土文獻研究與保護中心編，李學勤主編：《清華大學藏戰國竹簡（三）》下冊，頁158。

〔註14〕清華大學出土文獻研究與保護中心編，李學勤主編：《清華大學藏戰國竹簡（三）》下冊，頁161。

〔註15〕暮四郎：簡帛研讀 » 清華簡三〈良臣〉箚記（第16樓），簡帛論壇，http://www.bsm.org.cn/bbs/read.php?tid=3052&fpage=5，2013年3月30日。

代生：「周之遺老史伯」是《國語》中為桓公出謀劃策的周太史，雖與鄭桓公無君臣關係，但算得上「亦師亦友」，為鄭國的早期發展指明了「方向」。〔註16〕

韓國河、陳康：鄭國是西周晚期分封的姬姓諸侯國，鄭的始封之君桓公在幽王時為司徒，其後在武公、莊公時期也歷任平王卿士。〔註17〕

按：整理者所言「全即百字」可與王穎所述：「古文字學界普遍接受的一種觀點是中山國文字當歸屬於晉系文字之中。以何琳儀、黃盛璋為代表，他們的依據就是中山國的某些文字在結構上與晉系文字相同或相近，尤其是一些特殊的寫法只能在三晉文字中找到類似的例子。對比一下中山國文字與晉系銅器銘文，可以找出以下例證：百：全（圓壺「慈愛百每」）全（梁當寽帀）。」〔註18〕、曹方向：「《呂氏春秋》寫成之時或寫成以後流傳到東方六國故地時，文本中都有可能雜入六國古文。有理由懷疑《呂氏春秋·慎勢》：『湯其無郼，武其無岐，賢雖十全〈百〉，不能成功。』中之『百』字被寫成『全』。這個情況和中山王器銘文並用『百』和『全』相似。」〔註19〕互參。筆者從「輨讀桓、遺老訓年老歷練之人、全讀伯」之說。「史伯」見於《國語·鄭語》：「桓公為司徒，甚得周眾與東土之人，問於史伯曰⋯⋯」

翻譯：鄭桓公與周朝的年老歷練之人：史伯

宦	中（仲）				

〔二〕宦中（仲）、

清華簡整理者：宦仲，文獻未見。〔註20〕

周飛：宦仲疑為文獻中的南仲。南仲見於傳世文獻和出土文獻，是周宣王

〔註16〕代生：〈清華簡（六）鄭國史類文獻初探〉，《濟南大學學報（社會科學版）》，2018年1月15日，頁107。

〔註17〕韓國河、陳康：〈鄭國東遷考〉，《鄭州大學學報（哲學社會科學版）》，2019-03-25，頁66。

〔註18〕王穎：《戰國中山國文字研究》，華東師範大學博士論文，2005年5月，頁26、27。

〔註19〕鄭邦宏：《出土文獻與古書形近訛誤字校訂》，中西書局，2019年11月，頁175。

〔註20〕清華大學出土文獻研究與保護中心編，李學勤主編：《清華大學藏戰國竹簡（三）》下冊，頁161。

的重臣。傳世文獻見於詩經。〔註21〕南仲還見於駒父盨蓋（集成 4464）和無更鼎（集成 2814）。陳夢家和馬承源先生都定兩器為宣王時器，因此器中南仲、南仲邦父與詩經中的南仲應為一人。從詩經及金文內容來看，南仲在宣王時地位崇高，常率師征伐，功績赫赫，符合簡文「周之遺老」描述。宣王二十二年之後，很可能派他到新分封的鄭國，輔佐鄭桓公。〔註22〕

程浩：「仲宦父鼎」（《集成》02442），時代在西周晚期，其器主「仲宦父」，或許與簡文的「宦仲」有關。〔註23〕

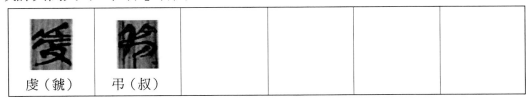

虔（虢）	弔（叔）				

〔三〕虔（虢）弔（叔）、

清華簡整理者：文獻及金文中虢君常稱虢仲、虢叔、虢季等，此處虢叔疑為《國語·周語上》宣王卿士虢文公，韋昭注云：「虢叔（文王之弟）之後。」《古今人表》列在「中上」。〔註24〕

土（杜）	白（伯）				

〔四〕【八】土（杜）白（伯），

〔註21〕周飛：「《詩·小雅·出車》『王命南仲，往城于方；出車彭彭，旂旐央央。天子命我，城彼朔方。赫赫南仲，玁狁於襄。』講王命南仲率師伐玁狁，毛注『南仲，文王之屬。』《詩·大雅·常武》『赫赫明明，王命卿士，南仲大祖，大師皇父。整我六師，以修我戎。既敬既戒，惠此南國。』講王命南仲南征，鄭箋『南仲，文王時武臣也。』正義『以〈出車〉之篇言之，知南仲，文王時武臣。』傳統認為這兩首詩中的南仲為一人，時在文王。而郭沫若先生認為〈出車〉、〈常武〉講宣王時事，南仲即《漢書·古今人表》宣王時之南中。（郭沫若《兩周金文辭大系圖錄考釋》，科學出版社，2002 年，第 320 頁。）王輝先生也對此進行詳細考釋（王輝《駒父盨蓋銘文試釋》，考古與文物，1985 年第 5 期。）確證詩中南仲為宣王之臣。」（見氏著：〈清華簡《良臣》篇箚記〉，清華大學出土文獻研究與保護中心：http://www.tsinghua.edu.cn/publish/cetrp/6831/2013/，2013 年 1 月 8 日。）

〔註22〕周飛：〈清華簡《良臣》篇箚記〉，清華大學出土文獻研究與保護中心：http://www.tsinghua.edu.cn/publish/cetrp/6831/2013/，2013 年 1 月 8 日。

〔註23〕程浩：〈清華簡新見鄭國人物考略〉，《文獻》，2020 年 1 月，頁 28。

〔註24〕清華大學出土文獻研究與保護中心編，李學勤主編：《清華大學藏戰國竹簡（三）》下冊，頁 161。

清華簡整理者：杜伯，周宣王時臣，《周語上》「杜伯射王于鄗」，韋昭注：「杜國，伯爵，陶唐氏之後也。《周春秋》曰：『宣王殺杜伯而不辜，後三年，宣王會諸侯，田於圃，日中，杜伯起於道左，衣朱衣，冠朱冠，操朱弓朱矢，射宣王，中心折脊而死也。』」《古今人表》「中中」有杜伯，則係此杜伯先祖。〔註25〕

程浩：「杜伯」是周宣王時臣，《國語·周語上》載「杜伯射王于鄗」，與周王室的惡劣關係或許便是杜氏隨桓公逃離宗周的原因。春秋時期晉國有杜氏，《左傳》文公六年載晉文公夫人杜祁，杜注云：「杜祁，杜伯之後祁姓也。」可見杜伯的後人在晉國也有分支。〔註26〕

按：杜伯亦見於《說苑·正諫》：「宣王殺杜伯而周室卑」。

耆（後）	出	邦			

〔五〕耆（後）出邦。

清華簡整理者：後出邦，指其後裔不留在周之朝廷。〔註27〕

陳偉：邦，大概可以讀為「封」。是指鄭桓公受封為國的事情（《史記》、《國語·鄭語》都有記載。比如《鄭世家》記載說：「鄭桓公友者，周厲王少子而宣王庶弟也。宣王立二十二年，友初封於鄭。」）。〔註28〕

翻譯：較晚離開周王朝

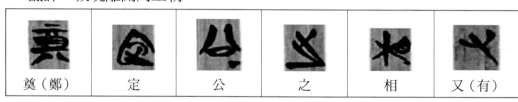

奠（鄭）	定	公	之	相	又（有）

〔註25〕清華大學出土文獻研究與保護中心編，李學勤主編：《清華大學藏戰國竹簡（三）》下冊，頁161。

〔註26〕程浩：〈清華簡新見鄭國人物考略〉，《文獻》，2020年1月，頁27。

〔註27〕清華大學出土文獻研究與保護中心編，李學勤主編：《清華大學藏戰國竹簡（三）》下冊，頁161。

〔註28〕陳偉：〈《清華大學藏戰國竹簡·良臣》初讀——在《清華大學藏戰國竹簡（三）》成果發布會上的講話〉，簡帛網：http://www.bsm.org.cn/show_article.php?id=1769，2013-01-04。

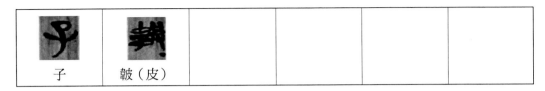					
子	皯（皮）				

〔六〕奠（鄭）定公之相又（有）子皯（皮），

　　清華簡整理者：鄭定公，名寧，簡公之子，見《古今人表》「中下」。子皮，見《古今人表》「中中」。〔註29〕

　　郭麗：「相」是輔佐的意思。〔註30〕

　　白顯鳳：皯當為「皮」字之異體，添加義符「革」。文獻中亦稱其為「罕虎」、「軒虎」。梁玉繩《古今人表考》曰：「軒有呼旱切，與罕通用，故《公羊》定十五經罕達作軒達，《左》昭四渾罕，《韓子·外儲說左下》作渾軒也。」《春秋公羊傳註疏》亦云：「『罕虎』，唐石經、諸本同。《釋文》：『軒虎，舊音罕，二傳作罕虎。』」阮校：『按罕、軒皆干聲。』」〔註31〕

　　按：《王力古漢語字典》：「相：國君的輔佐大臣。《孟子·公孫丑上》：夫子加齊之卿相，得行道焉。」〔註32〕子皮相關記載亦見於《左傳·襄公三十年》：「冬十月，叔孫豹會晉趙武、齊公孫薑、宋向戌、衛北宮佗、鄭罕虎及小邾之大夫，會于澶淵。」〔註33〕杜預注：「虎，子皮。」《韓非子·外儲說左下》：「二、恃勢而不恃信，故東郭牙議管仲。恃術而不恃信，故渾軒非文公。故有術之主，信賞以盡能，必罰以禁邪，雖有駿行，必得所利，簡主之相陽虎，哀公問一足。」〔註34〕《公羊傳·昭公元年》：「叔孫豹會晉趙武、楚公子圍、齊國酌、宋向戌、衛石惡、陳公子招、蔡公孫歸生、鄭軒虎、許人、曹人于漷。」〔註35〕

〔註29〕清華大學出土文獻研究與保護中心編，李學勤主編：《清華大學藏戰國竹簡（三）》下冊，頁161。

〔註30〕郭麗：〈清華簡《良臣》文本結構與思路考略〉，頁49。

〔註31〕白顯鳳：《出土楚文獻所見人名研究》，吉林大學博士論文，2017年6月，頁194、195。

〔註32〕王力：《王力古漢語字典》，頁782。

〔註33〕〔清〕阮元校勘：《十三經注疏·左傳》第6冊，台北：藝文印書館，2013年3月，頁683。

〔註34〕《四部叢刊初編》中第351冊，景上海涵芬樓藏景宋鈔校本，《韓非子》第十二卷，頁1。

〔註35〕〔清〕阮元校勘：《十三經注疏·公羊傳》第7冊，台北：藝文印書館，2013年3月，頁273。

翻譯：鄭定公的輔佐大臣有子皮

又（有）	子	產			

〔七〕又（有）子產，

清華簡整理者：子產，見《古今人表》「上中」。〔註36〕

郭麗：子產的事蹟《左傳》有很多記載。他名僑，是鄭穆公之孫，子國之子，子產是其字。因為其突出的貢獻，後被封為卿，《左傳・襄公十九年》：「鄭人使子展當國，子西聽政，立子產為卿。」子產外交、內政均有才能，道德見識亦高。〔註37〕

韓高年：子產，姓公孫，名僑，子產為其字，一字子美，為鄭穆公之孫，其父公子發，字子國。他是春秋時期著名政治家、思想家、文學家，被譽為「春秋第一人」。年弱冠即參與鄭國政事，後以少正代子皮執政。執政期間，據鄭國國情，銳意革新：對內整齊民賦，完治城郭道路，立謗政，鑄刑書，用法深，為政嚴；對外則不依附強國，審時度勢，以禮自持，凡朝聘會盟，均以周禮為主導，實行彈性外交。遂使鄭國雖處強國之間而不亡，各國相繼效法。其思想對先秦諸子及後世均有影響。〔註38〕

白顯鳳：子產為鄭之重臣，歷鄭簡公、定公兩世。據《國語・晉語八》：「鄭簡公使公孫成子來聘。」韋昭注：「成子，子產之諡，鄭穆公之孫、子國之子也。」則「公孫」當為子產以王父字為氏。其名為「僑」，因此文獻中又稱其為「公孫僑」：《左傳・襄公二十二年》：「夏，晉人徵朝於鄭，鄭人使少正公孫僑對曰：『在晉先君悼公九年，我寡君於是即位。即位八月，而我先大夫子駟從寡君以朝於執事……。』」杜預注：「公孫僑，子產。」「僑」亦作「喬」：《呂氏春秋・下賢》：「子產相鄭。」許維遹《集釋》：「鄭大夫子國之子公孫喬也。」並

引畢沅曰：「《左傳》作『僑』。」「子產」又字「子美」：《左傳・襄公二十

〔註36〕清華大學出土文獻研究與保護中心編，李學勤主編：《清華大學藏戰國竹簡（三）》下冊，頁161。
〔註37〕郭麗：〈清華簡《良臣》文本結構與思路考略〉，頁49、50。
〔註38〕韓高年：〈子產年譜（上）〉，《中國文學研究（輯刊）》，2016年6月30日，頁1。

五年》：「陳侯使司馬桓子賂（鄭）以宗器。陳侯免，擁社。使其眾，男女別而累，以待於朝。子展執縶而見，再拜稽首，承飲而進獻。子美入，數俘而出。」

杜預注：「子美，子產也。」梁玉繩《古今人表考》云：「錢宮詹大昕《後漢書考異》云《陳寵傳》美鄭喬之仁政，《春秋傳》喬作僑，古人名字恆相應，產者生也，木高曰喬，有生長之義，故名喬，字子產，後人增加人旁。然考《說文》僑，高也。與產之義亦合。木之高大者為美材，故別字子美。蓋僑、喬古通。王引之認為「子產」又字「子美」因「美」亦有「大」義，其云：「一字子美者，《說文》美從大，則美亦大也。隱五年《公羊傳》曰：『登來之者何美大之辭也。』」從以上文獻可知，公孫僑，字子產又字子美，謚成。《韓詩外傳》卷七又稱其為「東里子產」：子貢問大臣。子曰：「齊有鮑叔，鄭有子皮。」子貢曰：「否。齊有管仲，鄭有東里子產。」東里蓋其所居之處。〔註39〕

又（有）	子	大	弔（叔）		

〔八〕又（有）子大弔（叔）。

清華簡整理者：子大叔，見《古今人表》「中上」。〔註40〕

王寧：根據《左傳·襄公二十八年》記載，鄭游吉，又稱「子大叔」，據《韓非子·內儲說上》記載是繼子產為鄭卿者，應亦即《論語》之「世叔」。「游」當是其氏。〔註41〕

白顯鳳：子太叔即為文獻記載的「游吉」：《左傳·襄公二十八年》：「蔡侯之如晉也，鄭伯使游吉如楚。及漢，楚人還之，曰：『宋之盟，君實親辱。今吾子來，寡君謂吾子姑還！吾將使駟奔問諸晉而以告。』子大叔曰：『宋之盟，君命將利小國，而亦使安定其社稷，鎮撫其民人，以禮承天之休，……。』」文獻中又稱其為「大（太）叔」、「世叔」：《左傳·襄公二十二年》：「十二月，鄭游販將歸晉，未出竟，遭逆妻者，奪之，以館於邑。丁巳，其夫攻子明殺

〔註39〕白顯鳳：《出土楚文獻所見人名研究》，頁195。

〔註40〕清華大學出土文獻研究與保護中心編，李學勤主編：《清華大學藏戰國竹簡（三）》下冊，頁162。

〔註41〕王寧：〈清華簡《良臣》《子產》中子產師、輔人名雜識〉第4樓，復旦大學出土文獻與古文字研究中心：http://www.gwz.fudan.edu.cn/Web/Show/2843，2016/6/28。

之，以其妻行。子展廢良而立大叔。」《論語·憲問》：「子曰：『為命，裨諶草創之，世叔討論之，行人子羽修飾之，東里子產潤色之。』」〔註42〕

按：「游吉」亦見於《韓非子·內儲說上》：「子產相鄭，病將死，謂游吉曰：『我死後，子必用鄭，必以嚴蒞人。夫火形嚴，故人鮮灼；水形懦，人多溺。子必嚴子之形，無令溺子之懦。』故子產死，游吉不肯嚴形，鄭少年相率為盜，處於萑澤，將遂以為鄭禍。游吉率車騎與戰，一日一夜，僅能剋之。游吉喟然歎曰：『吾蚤行夫子之教，必不悔至於此矣。』」〔註43〕

子	產	之	帀（師）	王	子
白（伯）	悉（願）				

〔九〕子產之帀（師）：王子【九】白（伯）悉（願）、

清華簡整理者：鄭有王子氏，如《左傳》宣公六年「王子伯廖」，襄公八年、十一年「王子伯駢」。王子伯願等人文獻均未見。〔註44〕

郭麗：「師」是老師的意思。《論語·為政》：「溫故而知新，可以為師矣。」子產是鄭定公的良臣，取得了巨大功業。他的成功，除自身條件外，老師的教導很有關係。子產為政，亦需要有人協助他，故有「子產之輔」。〔註45〕

白顯鳳：「悉」從「元」聲，「元」、「願」古音皆屬疑母元部，聲同可通。〔註46〕

按：師：參謀。《史記·孫子吳起列傳》：「于是乃以田忌為將，而孫子為師，居輜車中，坐為計謀。」

翻譯：子產的參謀：王子伯願

〔註42〕白顯鳳：《出土楚文獻所見人名研究》，頁 195、196。
〔註43〕《四部叢刊初編》中第 351 冊，景上海涵芬樓藏景宋鈔校本，《韓非子》第九卷，頁 5。
〔註44〕清華大學出土文獻研究與保護中心編，李學勤主編：《清華大學藏戰國竹簡（三）》下冊，頁 162。
〔註45〕郭麗：〈清華簡《良臣》文本結構與思路考略〉，頁 49。
〔註46〕白顯鳳：《出土楚文獻所見人名研究》，頁 196。

肥	中（仲）	土（杜）	菖（逝）	斲	斤
子	產	之	輔	子	羽

〔十〕肥中（仲）、土（杜）菖（逝）、斲斤。子產之輔：子羽、

汗天山：▉左部當是從「禺」，字形略同於郭店簡《忠信之道》第 5 簡的「禺（遇）」字之上部。〔註47〕

周飛：斤字作▉，從宀干聲，疑為罕字異體。斲斤疑為子展的稱呼。《左傳・襄公八年》「子展欲待秦」，杜注「子展，子罕子。」子罕即鄭穆公之子公子喜，字子罕。其後人以罕為氏，乃鄭國七穆之一。見於《左傳》的有公孫舍之（子展）、罕虎（子皮）、罕嬰齊（子齹）、罕達（子姚）。子展與子產均為鄭穆公之孫，兩人關係密切，《左傳・襄公二十五年》「六月，鄭子展、子產帥車七百乘伐陳。」子展早於子產當國，可以為子產師。〔註48〕

袁金平：周飛認為此人名第二字疑為「罕」可從，但拋開第一字，僅據「罕」而進行推論恐有不妥。如果第一字分析為從「斤」得聲，則此人很有可能就是與鄭子產同時的「渾罕」。軍、斤，古音皆為見紐文部，古音至近。渾罕，史籍對其人其事記錄不詳，僅一見於《左傳》，為鄭國大夫，又名遊速、子寬。《左傳》昭公四年（前538）云：「鄭子產作丘賦，國人謗之，曰：『其父死于路……以令于國，國將若之何？』子寬以告。子產曰：『何害？……吾不遷矣。』渾罕曰：『國氏其先亡乎！君子作法于涼，其敝猶貪……民各有心，何上之有？』」對於文中與子產對言的「子寬」、「渾罕」，杜注謂其為一人，孔穎達亦有相同意見。渾罕作為鄭國大夫，位卑於子產，但在與子產對言時毫不客氣，「意譏子產」、「子產權時救急，渾罕譏之正道」，這與古時「師」、「輔」輔弼、諫言宰執者的行為是很相合的，〈良臣〉簡文將渾罕列為「子產之師」

〔註47〕汗天山：簡帛研讀 » 清華簡三〈良臣〉箚記（第 1 樓），簡帛論壇，http://www.bsm.org.cn/bbs/read.php?tid=3052&fpage=5，2013 年 1 月 9 日。

〔註48〕周飛：〈清華簡《良臣》篇箚記〉，清華大學出土文獻研究與保護中心：http://www.tsinghua.edu.cn/publish/cetrp/6831/2013/，2013 年 1 月 8 日。

就比較容易理解了。〔註49〕

清華簡整理者：子羽，《古今人表》「中上」作「行人子羽」。〔註50〕

韓高年：行人子羽，即鄭大夫公孫揮，字子羽。行人，外交官。據《左傳》，公孫揮「能知四國之為」，並熟知各國大夫之族姓、班位、貴賤、能否，且嫺於辭令。後子產執政，用子羽，鄭國之外交鮮有敗事。〔註51〕

白顯鳳：「行人子羽」即文獻中的「行人公孫揮」、「行人揮」：《左傳・襄公二十四年》：「晉侯嬖程鄭，使佐下軍。鄭行人公孫揮如晉聘。」杜預注：「揮，子羽也。」《左傳・昭公元年》：「楚令尹圍請用牲，讀舊書，加於牲上而已。晉人許之，三月甲辰，盟。楚公子圍設服離衛。叔孫穆子曰：『楚公子美矣，君哉！』……鄭行人揮曰：『假不反矣！』……。」據上可知，此人氏公孫，名揮，字子羽，行人為其官。〔註52〕

程浩：「肥仲」，《左傳》成公七年載有鄭大夫共仲，活動時代略早於子產，有成為子產之師的可能。「共」蓋其族氏，「肥」或為他的封邑，都可以作為稱號的一部分冠在排行之前。就如莊公的弟弟叔段，初以封地號為「京城大叔」，後來奔衛後又可稱之為「共叔段」。鬵疑可讀為同屬月部的「泄」。「杜泄」見於《左傳》昭公四年、五年，乃魯叔孫氏宰，後為季孫氏所惡而去魯，子產或曾在其出奔後問學於他。〔註53〕

按：土亦見於《上海博物館藏戰國楚竹書・君人乙 4》：「一人土（杜）門而不出此其二違也。」〔註54〕「土、杜」皆「魚」部可通，筆者從「土讀杜」之說。另，嗣斥從「渾罕」之說。《漢語大詞典》：「輔：輔佐之臣。《禮記・文王世子》：『虞、夏、商、周，有師保有疑丞，設四輔及三公。』」〔註55〕

翻譯：肥仲、杜逝、渾罕。子產的輔佐之臣：子羽

〔註49〕袁金平：簡帛研讀 》清華簡三〈良臣〉劄記（第2樓），簡帛論壇，http://www.bsm.org.cn/bbs/read.php?tid=3052&fpage=5，2013年1月9日、見氏著〈清華簡校讀散劄（三則）〉，《三峽論壇》，2017年第4期，頁62。

〔註50〕清華大學出土文獻研究與保護中心編，李學勤主編：《清華大學藏戰國竹簡（三）》下冊，頁162。

〔註51〕韓高年：〈子產年譜（上）〉，頁15。

〔註52〕白顯鳳：《出土楚文獻所見人名研究》，頁198、199。

〔註53〕程浩：〈清華簡新見鄭國人物考略〉，《文獻》，2020年1月，頁30。

〔註54〕先秦甲骨金文簡牘詞彙資料庫：http://inscription.asdc.sinica.edu.tw/c_index.php。

〔註55〕《漢語大詞典》第9卷，頁1253。國學大師：http://www.guoxuedashi.com/hydcd/464008s.html。

子	剌	𦱁（蔑）	明		

〔十一〕子剌、𦱁（蔑）明、

　　清華簡整理者：子剌，文獻未見。蔑明，卽䰠蔑，或稱䰠明、然明，見《古今人表》「中中」。〔註56〕

　　苦行僧：「蔑明」之「蔑」，從「羋」聲，或當讀為「然」，古書中有「然明」。〔註57〕

　　海天遊蹤：「蔑」，從「羋」聲，羋（見母月部）應該是添加聲符，上博四〈曹沫之陣〉「曹沫」之「沫」作從篾、蔑或從萬。古書又作「劇」（見母月部）。〔註58〕

　　羅小華：「子剌」可能是公孫蠆。剌，月部來紐；蠆，月部透紐。透、來均為舌音。《老子》：「蜂蠆虺蛇不螫。」「蠆」，馬王堆漢墓帛書《老子》甲本作「𤳸」。從〈良臣〉的記載來看，「子產之師」與「子產之輔」中，稱子某的，多為稱字，如「子皮」「子產」「子大叔」「子羽」等。然而，在傳世文獻中，有在「名上冠子字」者。方炫琛列舉出魯莊公「子同」、鄭世子「子華」、晉懷公「子圉」、行人「子朱」、陳侯之弟「子招」等五例。因此，〈良臣〉中的「子剌」，可能讀為「子蠆」。公孫蠆，字子蟜，子遊之子。《左傳》襄公九年「公孫蠆」，杜預注：「子蟜。」襄公八年杜預注：「子蟜，子遊子。」傳世文獻中，或稱其為「公孫蠆」，或稱其為「子蟜」。公孫蠆帶領國人幫助子產平定叛亂，《左傳》襄公十年：「子產聞盜，為門者，庀羣司，閉府庫，慎閉藏，完守備，成列而後出，兵車十七乘，尸而攻盜於北宮。子蟜帥國人助之，殺尉止，子師僕，盜眾盡死。」就此事而言，公孫蠆可以稱得上是「子產之輔」。〈良臣〉是以「名上冠子字」的形式，將公孫蠆記作了「子剌（蠆）」。另「蔑明」，屬於另一種少見的人名構成方式。

〔註56〕清華大學出土文獻研究與保護中心編，李學勤主編：《清華大學藏戰國竹簡（三）》下冊，頁162。

〔註57〕苦行僧：簡帛研讀 » 清華簡三〈良臣〉箚記（第5樓），簡帛論壇，http://www.bsm.org.cn/bbs/read.php?tid=3052&fpage=5，2013年1月9日。

〔註58〕海天遊蹤：簡帛研讀 » 清華簡三〈良臣〉箚記（第6樓），簡帛論壇，http://www.bsm.org.cn/bbs/read.php?tid=3052&fpage=5，2013年1月9日。

　　《左傳》襄公二十五年：「子產喜，以語子大叔，且曰：『他日，吾見蔑之面而已，今吾見其心矣。』」杜預注：「蔑，然明名。」「蔑明」是名、字連稱。「蔑明」在結構上屬於「古人有稱字在名上者」。〔註59〕

　　白顯鳳：鬷蔑、鬷明見於《左傳・昭公二十八年》：「賈辛將適其縣，見於魏子。魏子曰：『辛來，昔叔向適鄭，鬷蔑惡，欲觀叔向，從使之收器者，而往立於堂下。一言而善。叔向將飲酒，聞之，曰必鬷明也……。』」然明見於《左傳・襄公二十四年》：「晉侯變程鄭，使佐下軍。鄭行人公孫揮如晉聘。程鄭問焉，曰：『敢問降階何由？』子羽不能對。歸以語然明。」杜預注：「然明，鬷蔑也。」〔註60〕

　　程浩：1988年在湖北襄樊團山M1出土了四件春秋晚期的帶銘青銅器，其中兩件鼎的銘文相同，拓本見下圖，寬式釋文如下：「唯正六月吉日唯己，余鄭莊公之孫，余刺之疢子，吾作鑄肆彝，以為父母，其徒于下都，曰：嗚呼哀哉，刺叔刺夫人，萬世用之。」這組器的主人自稱「鄭莊公之孫」，根據三代以下皆可稱孫的慣例，可知其為生活在春秋晚期的莊公裔孫。銘文云「余刺之疢子」，「疢子」讀為「門子」，意即族之宗子。「刺」字將其理解為氏，或應讀「列」。所謂「余刺之疢子」，就是說器主乃刺氏（列氏）的宗子。春秋戰國之際鄭國有列禦寇，時代略晚於器主，亦以「列」為氏。至於刺氏（列氏）的由來，或許就是子產之輔「子刺」的後人以祖字為氏。如果子刺確為銘文中刺氏的先祖，那他就應該與器主一樣，也是鄭莊公的後裔。〔註61〕

卑	登				

〔註59〕羅小華：〈試論清華簡《良臣》中的「子刺」〉，《出土文獻》，2015年4月，頁198、199、200。

〔註60〕白顯鳳：《出土楚文獻所見人名研究》，頁200。

〔註61〕程浩：〈清華簡新見鄭國人物考略〉，《文獻》，2020年1月，頁31、32。

圖 5-2-1：湖北襄樊團山 M1 出土之鼎銘文拓本〔註62〕

〔十二〕卑登、

　　清華簡整理者：卑登，《論語》、《左傳》作「裨諶」，《古今人表》「中上」作「卑湛」。「登」在蒸部，「諶」、「湛」在侵部，係通轉。〔註63〕

　　韓高年：裨湛，《漢書・古今人表》作「卑諶」，為鄭國大夫。《左傳》稱他善謀，「謀於野則獲，謀於邑則否」。故每有大事，子產便和他乘車謀於郊野。孔子說：「為命，裨諶草創之，世叔討論之，行人子羽修飾之，東里子產潤色之。」〔註64〕

　　白顯鳳：《莊子・達生》郭慶藩《集釋》引俞越曰：「鄭裨諶字竈，諶即燂之假字；《漢書・古今人表》作裨湛，湛亦燂之假字。」由「裨諶」字竈可知其名正字當為「燂」。〔註65〕

酉（富）	之	厚			

〔十三〕酉（富）之厚、

　　清華簡整理者：「富」字所從的「畐」譌作「酉」形，富之厚當即《左傳》

〔註62〕見程浩：〈清華簡新見鄭國人物考略〉，頁 31。

〔註63〕清華大學出土文獻研究與保護中心編，李學勤主編：《清華大學藏戰國竹簡（三）》下冊，頁 162。

〔註64〕韓高年：〈子產年譜（上）〉，頁 17。

〔註65〕白顯鳳：《出土楚文獻所見人名研究》，頁 200。

昭公十六年諫子產的富子。〔註66〕

王	子	全（百）			

〔十四〕王子全（百）。【一〇】

　　清華簡整理者：王子百也應是王子氏，未見於傳世文獻。〔註67〕

第三節　〈良臣〉與鄭國相關之原文、釋義

　　筆者此節將對〈良臣〉與鄭國相關之部分做翻譯，而釋文部分則採李學勤主編：《清華大學藏戰國竹簡（三）》下冊之原文。

　　奠（鄭）輯（桓）公與周之遺老：史全（伯）、宦中（仲）、虔（虢）弔（叔）、【八】土（杜）白（伯），魯（後）出邦。〔註68〕

　　鄭桓公與周朝的年老歷練之人：史伯、宦仲、虢叔、杜伯，較晚離開周王朝。

　　奠（鄭）定公之相又（有）子皸（皮），又（有）子產，又（有）子大弔（叔）。子產之帀（師）：王子【九】白（伯）悆（願）、肥中（仲）、土（杜）薔（逝）、斵斦。子產之輔：子羽、子剌、蔜（蔑）明、卑登、酉（富）之爰、王子全（百）。【一〇】〔註69〕

　　鄭定公的輔佐大臣有子皮，有子產，有子大叔。子產的參謀：王子伯願、肥仲、杜逝、渾罕。子產的輔佐之臣：子羽、子剌、蔑明、卑登、富之爰、王子百。

〔註66〕清華大學出土文獻研究與保護中心編，李學勤主編：《清華大學藏戰國竹簡（三）》下冊，頁162。

〔註67〕清華大學出土文獻研究與保護中心編，李學勤主編：《清華大學藏戰國竹簡（三）》下冊，頁162。

〔註68〕清華大學出土文獻研究與保護中心編，李學勤主編：《清華大學藏戰國竹簡（三）》下冊，頁157。

〔註69〕清華大學出土文獻研究與保護中心編，李學勤主編：《清華大學藏戰國竹簡（三）》下冊，頁158。

第六章　清華簡鄭國事類簡
相關問題之研究

　　清華簡鄭國事類簡之內容所提供之訊息，有不少值得探討、研究之處，故本章將對其內容做相關之研究。該章共分三節，第一節為〈鄭武夫人規孺子〉篇相關問題之研究，第二節為〈鄭文公問太伯〉篇相關問題之研究，第三節為〈子產〉篇相關問題之研究。

第一節　〈鄭武夫人規孺子〉相關問題之研究

　　此節首先研究先秦喪禮及〈鄭武夫人規孺子〉篇之「卒、殯、三年之喪、臨、小祥」等喪葬相關用詞，接著將該篇與《左傳》、《尚書》等與研究主題相關之部分對讀，藉以證史、補史，最後探討此篇中所見鄭國之民主。

一、先秦喪禮及〈鄭武夫人規孺子〉之喪葬相關用詞

　　蒲生華曾云：「所有喪儀活動就是圍繞處理喪者的『魄』（遺體）和『魂』（精神）而展開。一套完整的喪葬禮儀，由喪者之『魄』（遺體）直接參與的禮儀活動主要有：屬纊、設床、沐浴、飯含、小殮、大殮、殯、下葬等，而生者處理喪者之『魂』（精神）的儀節內容，主要有復（招魂）、贈諡、落葬

前的奠禮和落葬後的祭禮等。」〔註1〕以下將對其做相關之研究。

（一）葬前之喪禮相關用詞

葬前之喪禮相關用詞主要有屬纊、復、卒、薨于路寢、赴、沐浴、飯含、小斂、大斂、殯、臨、弔等，以下將分別論述之。

1. 屬纊

《禮記・喪大記》：「屬纊以俟絕氣。」鄭玄注：「纊，今之新綿，易動搖，置口鼻之上以為候。」〔註2〕屬纊即於將死者之鼻前放置新絲綿絮，察其斷氣與否。

2. 復

《禮記・檀弓下》：「復，盡愛之道也。」鄭玄注：「復，謂招魂。」孔穎達疏：「始死招魂復魄者，盡此孝子愛親之道也」。〔註3〕「復」乃指召喚初死者之靈魂，即今之招魂。

3. 卒

《史記・鄭世家》：「武公卒，寤生立，是為莊公。」〔註4〕、《穀梁傳・桓公十一年》：「夏五月癸未，鄭伯寤生卒。」〔註5〕、《左傳・桓公十年》：「十年，春，曹桓公卒。」〔註6〕、《左傳・僖公四年》：「許穆公卒于師」〔註7〕、《左傳・僖公九年》：「九月，晉獻公卒」〔註8〕，這些皆諸侯死稱「卒」之例，又《左傳》中多次出現諸侯死用「卒」，可知諸侯死有用「卒」者，然亦有用「薨」者，《左傳・桓公十八年》：「夏，四月，丙子，享公，使公子彭生乘公，公薨于車。」〔註9〕、《左傳・文公十八年》：「二月，丁丑，公薨。」〔註10〕據惠士奇之說法魯國國君之死稱「薨」，而其他諸侯國國君之死稱「卒」，故

〔註1〕 蒲生華：〈《左傳》中春秋貴族的治喪禮儀〉，《青海師範大學民族師範學院學報》，2004-09-15，頁34、35。
〔註2〕 【漢】鄭玄注，【唐】陸德明音義，孔穎達疏：《禮記注疏》卷四十四，頁2。
〔註3〕 【漢】鄭玄注，【唐】陸德明音義，孔穎達疏：《禮記注疏》卷九，頁15。
〔註4〕 【漢】司馬遷：《史記》卷42，頁3。
〔註5〕 【晉】范甯集解，【唐】陸德明音義，楊士勛疏：《春秋穀梁注疏》卷4，頁7。
〔註6〕 【清】姚培謙撰：《春秋左傳杜注》卷2，頁18。
〔註7〕 【清】姚培謙撰：《春秋左傳杜注》卷5，頁8。
〔註8〕 【晉】杜預注，【唐】陸德明音義，孔穎達疏，《春秋左傳注疏》卷12，頁17。
〔註9〕 【晉】杜預注，【唐】陸德明音義，孔穎達疏，《春秋左傳注疏》卷6，頁39。
〔註10〕 【晉】杜預注，【唐】陸德明音義，孔穎達疏，《春秋左傳注疏》卷20，頁14。

該篇稱鄭武公「卒」。其與《禮記·曲禮下》:「天子死曰崩,諸侯曰薨,大夫曰卒,士曰不祿,庶人曰死。」〔註11〕之諸侯死用「薨」不同。

　　茲將上述「諸侯死」之用語列表於下:

表 6-1-1:「諸侯死」之用語

	《清華(陸)·鄭武夫人規孺子》	《左傳·桓公十年》	《穀梁傳·桓公十一年》	《禮記·曲禮下》	《史記·鄭世家》
卒	「鄭武公卒,既殯」	「十年,春,曹桓公卒。」	「夏五月癸未,鄭伯寤生卒。」	「天子死曰崩,諸侯曰薨,大夫曰卒。」	「武公卒,寤生立,是為莊公。」

李守奎於〈《鄭武夫人規孺子》中的喪禮用語與相關的禮制問題〉中提及:「簡文中鄭武公之死稱『卒』。《禮記·曲禮下》:『天子死曰崩,諸侯曰薨,大夫曰卒,士曰不祿,庶人曰死。』《春秋》諸侯之死,或稱『薨』,或稱『卒』,與禮書並不吻合。簡文中『鄭武公卒』與《左傳》相合,清華簡〈繫年〉稱『武公即世』。〈繫年〉中諸侯之死大都稱『即世』,無一例稱『薨』,可見禮書之晚出。『卒』與『即世』等應當是諸侯死亡之通稱,無關褒貶。」〔註12〕

4. 薨于路寢

　　據悉諸侯當有三寢〔註13〕,分別為正寢(大寢)一以及燕寢(小寢)二。《左傳·成公十八年》:「己丑,公薨于路寢,言道也。」〔註14〕、《後漢書·卓魯魏劉列傳》:「丕奏曰:『臣聞禮,諸侯薨於路寢』」〔註15〕、《公羊傳·莊公三十二年》:「八月癸亥,公薨于路寢。路寢者何?正寢也。」〔註16〕可知諸侯當卒於路寢(正寢)才合於禮。

5. 赴

　　赴可通「訃」。訃:告喪。赴乃傳達喪訊之主要途徑。《禮記·雜記上》:

〔註11〕【清】孫希旦:《禮記集解》卷六,頁18。清同治七年孫鏘鳴刻本。

〔註12〕李守奎:〈《鄭武夫人規孺子》中的喪禮用語與相關的禮制問題〉,《中國史研究》,2016年2月,頁14。

〔註13〕陳祥道之《禮書》:「王六寢……諸侯三寢……王大寢一,小寢五。諸侯大寢一,小寢二。大寢謂之路寢,又謂之正寢;小寢謂之燕寢,又謂之少寢。大寢聽政嚮明而治也,故在前;小寢釋服燕息也,故在後。」

〔註14〕【晉】杜預注,【唐】陸德明音義,孔穎達疏,《春秋左傳注疏》卷28,頁52。

〔註15〕【宋】范曄:《後漢書》卷55,頁14。

〔註16〕【漢】何休注,【唐】徐彥疏,陸德明音義:《春秋公羊傳注疏》卷9,頁16。

「凡訃於其君，曰：『君之臣某死』」〔註 17〕、《儀禮‧既夕禮》：「赴曰：『君之臣某死。』」〔註 18〕、《左傳‧僖公二十三年》：「凡諸侯同盟，死則赴以名，禮也」〔註 19〕據悉諸侯卒後需向天子、諸侯告喪，對同盟諸侯則需赴以名。訃告內容多述及亡者之生卒年月及祭葬時、地……等。

6. 沐浴

為死者進行沐浴。《說文》：「沐，濯髮也。」〔註 20〕《說文》：「浴，洒身也。」〔註 21〕「沐」指洗髮，「浴」指洗身。

7. 飯含

《漢語大詞典》：「飯含：以珠、玉、貝、米等物納於死者之口」。〔註 22〕飯含需於小斂之前沐浴之後施行。《禮記‧喪大記》：「君沐粱，大夫沐稷，士沐粱。」〔註 23〕諸侯飯乃用粱。《禮記‧檀弓下》：「寡君使容居坐含進侯玉，其使容居以含。」〔註 24〕諸侯含乃用玉。

8. 小斂

即於亡者卒後隔日早晨為其著衣。《釋名‧釋喪制》：「衣尸棺曰斂，斂藏不復見也。」〔註 25〕、《左傳‧隱公元年》：「十二月，祭伯來，非王命也。眾父卒，公不與小斂，故不書日。」〔註 26〕

9. 大斂

即置屍於棺中。小斂之次日行大斂之禮。《儀禮‧既夕禮》：「大斂于阼。」鄭玄注：「主人奉尸斂于棺。」〔註 27〕

〔註 17〕【清】孫希旦：《禮記集解》卷 39，頁 4。清同治七年孫鏘鳴刻本。
〔註 18〕【清】胡培翬：《儀禮正義》卷三十一，頁 8。清木犀香館刻本。
〔註 19〕【清】姚培謙：《春秋左傳杜注》卷 6，頁 14。清乾隆十一年刻本。
〔註 20〕【東漢】許慎撰、【清】段玉裁注：《說文解字注》，高雄：復文出版社，2000 年 9 月，頁 563。
〔註 21〕【東漢】許慎撰、【清】段玉裁注：《說文解字注》，頁 564。
〔註 22〕《漢語大詞典》第 12 卷，頁 500。國學大師：http://www.guoxuedashi.com/hydcd/543682n.html。
〔註 23〕【清】孫希旦：《禮記集解》卷 43，頁 23。清同治七年孫鏘鳴刻本。
〔註 24〕【清】孫希旦：《禮記集解》卷 11，頁 18。清同治七年孫鏘鳴刻本。
〔註 25〕【東漢】劉熙：《釋名》卷 8，頁 2。景江南圖書館藏明翻宋書棚本。《四部叢刊初編》中第 65 冊。
〔註 26〕【晉】杜預注，【唐】陸德明音義，孔穎達疏，《春秋左傳注疏》卷 1，頁 37。
〔註 27〕【漢】鄭玄注，【唐】陸德明音義，賈公彥疏：《儀禮注疏》卷 13，頁 58。

10. 窆、殯

殯乃葬前之儀式，大斂之後為殯，殯乃停柩待葬之意，其乃下葬前之儀式。棺柩需於規定之處停留一段時間才可下葬。《說文》：「殯，死在棺，將遷葬柩，賓遇之。」〔註28〕、《禮記・檀弓上》：「周人殯於西階之上，則猶賓之也。」〔註29〕、《左傳・僖公八年》：「不殯于廟，不赴于同，不祔于姑，則弗致也。」〔註30〕、《左傳・僖公三十二年》：「冬晉文公卒。庚辰，將殯于曲沃。」〔註31〕據悉曲沃乃晉文公祖廟之所在。《左傳・哀公二十六年》：「宋景公無子……大尹立啟，奉喪殯于大宮」〔註32〕大宮乃宋之祖廟，故可知殯諸侯當殯于祖廟。《左傳・隱公元年》：「天子七月而葬，同軌畢至，諸侯五月，同盟至，大夫三月，同位至，士踰月，外姻至。」〔註33〕、《禮記・王制》：「天子七日而殯，七月而葬。諸侯五日而殯，五月而葬。大夫、士、庶人，三日而殯，三月而葬。」〔註34〕由上可知諸侯入棺之日、停棺待葬之時間。由卒至殯身分不同日期各異，諸侯乃五日，而等級不同殯期亦不同，諸侯長達五月。《儀禮・士喪禮》：「主人奉尸斂于棺」鄭注：「棺在窆中，斂尸焉，所謂殯也。」〔註35〕依禮應於祖廟中行殯。《逸周書・作雒解》：「武王克殷……王既歸，乃歲十二月崩鎬，窆于岐周」〔註36〕、《呂氏春秋》：「威公薨，窆，九月不得葬，周乃分為二。」〔註37〕可知大夫以上亦有窆法。《儀禮・士喪禮》：「掘窆見衽。棺入，主人不哭。升棺用軸，蓋在下。」鄭注：「窆，埋棺之坎者也，掘之於西階上。衽，小要也。」〔註38〕可知於堂之西階掘坎埋棺。據悉殯前需掘窆，殯時棺木幾乎皆埋地下，僅上方小部分及棺蓋露於地上。李守奎：「〈鄭武夫人規孺子〉中之『既窆』，是說武公剛剛去世，第五日陳屍於西階坎中之棺。」〔註39〕

〔註28〕【東漢】許慎撰、【清】段玉裁注：《說文解字注》，頁163。

〔註29〕【清】孫希旦：《禮記集解》卷8，頁8、9。清同治七年孫鏘鳴刻本。

〔註30〕【晉】杜預注，【唐】陸德明音義，孔穎達疏，《春秋左傳注疏》卷12，頁9。

〔註31〕【晉】杜預注，【唐】陸德明音義，孔穎達疏，《春秋左傳注疏》卷16，頁16。

〔註32〕【清】洪亮吉：《春秋左傳詁》卷二十，頁51、52。清光緒四年授經堂刻本

〔註33〕【晉】杜預注，【唐】陸德明音義，孔穎達疏，《春秋左傳注疏》卷1，頁29、30。

〔註34〕【清】孫希旦：《禮記集解》卷13，頁4。

〔註35〕【漢】鄭玄注，【唐】陸德明音義，賈公彥疏：《儀禮注疏》卷12，頁54。

〔註36〕【清】朱右曾：《逸周書校釋》逸周書集訓校釋五，頁7。清光緒十四年南菁書院皇清經解續編本。

〔註37〕【漢】高誘註：《呂氏春秋》卷16，頁3。

〔註38〕【清】李光坡：《儀禮述注》卷十二，頁37、38。

〔註39〕李守奎：〈《鄭武夫人規孺子》中的喪禮用語與相關的禮制問題〉，頁16。

11. 臨

指哭喪，此時尚屬朝夕哭之階段。《集韻》：「臨，哭也。」〔註40〕身為喪主哭臨不可免，此外亦有諸侯相臨之禮。《左傳・哀公十年》：「齊人弒悼公，赴于師，吳子三日哭于軍門之外。」服虔云：「諸侯相臨之禮。」〔註41〕《左傳・襄公十二年》：「秋，吳子壽夢卒，臨於周廟，禮也，凡諸侯之喪，異姓臨於外，同姓於宗廟，同宗於祖廟，同族於禰廟，是故魯為諸姬，臨於周廟，為邢，凡，蔣，茅，胙，祭，臨於周公之廟。」〔註42〕可知彼此關係不同臨處各異。〈鄭武夫人規孺子〉：「孺子拜，乃皆臨」依禮鄭莊公當為喪主故其哭臨乃當為之事。李守奎：「〈鄭武夫人規孺子〉中『乃皆臨』之『臨』在此是指陳屍於坎之後，面屍而哭。武夫人在武公去世之後，掌控大局，分配權力，然後行臨禮。此時武夫人並未沉浸在『臨喪之哀』，而是關心如何控制局面，圖謀輔佐愛子篡位。」〔註43〕

「臨」多出現於文獻中如：

表 6-1-2：諸文獻中出現之「臨」

	《清華（陸）・鄭武夫人規孺子》	《左傳・襄公十二年》	《儀禮・士虞禮》	《論語・八佾》	《史記・高祖本紀》
臨	「孺子拜，乃皆臨」	「秋，吳子壽夢卒，臨於周廟，禮也。」	「遂請拜賓，如臨，入門，哭，婦人哭。」〔註44〕	「居上不寬，為禮不敬，臨喪不哀，吾何以觀之哉？」〔註45〕	「漢王聞之，袒而大哭。遂為義帝發喪，臨三日。」〔註46〕

12. 吊

對死者進行祭奠、慰問喪家。《說文》：「弔，問終也。」〔註47〕《漢語大詞典》：「弔：祭奠死者或對遭喪事及不幸者給予慰問。《儀禮・士喪禮》：『君使人弔，徹帷，主人迎于寢門外。』」〔註48〕《左傳・隱公元年》：「天子七月而葬，

〔註40〕【宋】丁度：《集韻》卷 8，頁 50。《摛藻堂四庫全書薈要》本。
〔註41〕【清】洪亮吉：《春秋左傳詁》卷二十，頁 20。清光緒四年授經堂刻本。
〔註42〕【清】洪亮吉：《春秋左傳詁》卷十二，頁 31。清光緒四年授經堂刻本。
〔註43〕李守奎：〈《鄭武夫人規孺子》中的喪禮用語與相關的禮制問題〉，頁 16。
〔註44〕【清】李光坡：《儀禮述注》卷十四，頁 5。清文淵閣四庫全書本。
〔註45〕【清】劉寶楠：《論語正義》卷四，頁 20。清同治刻本。
〔註46〕【西漢】司馬遷：《史記》卷 8，頁 25。
〔註47〕【東漢】許慎撰、【清】段玉裁注：《說文解字注》，頁 383。
〔註48〕《漢語大詞典》第 4 卷，頁 84。國學大師：http://www.guoxuedashi.com/hydcd/

同軌畢至，諸侯五月，同盟至……弔生不及哀，豫凶事，非禮也。」〔註49〕諸侯卒天子、他國諸侯皆當派遣使者前往弔喪。《左傳・文公十四年》：「邾文公之卒也，公使弔焉」〔註50〕、《左傳・昭公三十年》：「諸侯之喪，士弔，大夫送葬」〔註51〕可知弔喪者與送葬者為不同之人。《禮記・雜記上》：「吊者入，主人升堂，西面。吊者升自西階，東面，致命曰：『寡君聞君之喪，寡君使某，如何不淑！』子拜稽顙，吊者降，反位。」〔註52〕朱克理：「周時諸侯之喪，弔于祖廟，弔者于殯宮東面致弔。」〔註53〕

（二）葬後之喪葬相關用詞

葬後之喪葬相關用詞主要有虞祭、卒哭、祔、小祥、大祥、禫、三年之喪等，以下將分別論述之。

1. 虞祭

《禮記・檀弓下》：「葬日虞，弗忍一日離也。是日也，以虞易奠。卒哭曰成事，是日也，以吉祭易喪祭。」〔註54〕虞祭於亡者葬後行之，諸侯下葬當日即行初虞。《中國喪葬史》：「父母葬後迎魂安於殯宮之祭叫虞祭。虞是安之意。行虞祭，使死者的靈魂得以安定。」〔註55〕《禮記・雜記下》：「諸侯五月而葬，七月而卒哭。士三虞，大夫五，諸侯七。」〔註56〕虞祭次數隨身分而有所不同，從葬後至卒哭此一期間，諸侯之虞祭需舉行七次。虞祭後改為朝夕各一哭即可。

2. 卒哭

《禮記・雜記下》：「諸侯五月而葬，七月而卒哭。士三虞，大夫五，諸侯七。」〔註57〕《中國喪葬史》：「卒，為終止的意思；哭指『無時之哭』。百

160227y.html。
〔註49〕【清】洪亮吉：《春秋左傳詁》卷五，頁 7。
〔註50〕【清】洪亮吉：《春秋左傳詁》卷九，頁 26。
〔註51〕【清】洪亮吉：《春秋左傳詁》卷十八，頁 34。
〔註52〕【清】孫希旦：《禮記集解》卷四十，頁 11。
〔註53〕朱克理：《春秋左傳中所見諸侯殯喪禮儀考述》，吉林大學碩士論文，2015-04，頁 64。
〔註54〕【清】孫希旦：《禮記集解》卷十，頁 18、19。
〔註55〕徐吉軍：《中國喪葬史》，武漢：武漢大學出版社，2012 年 6 月，頁 127。
〔註56〕【清】孫希旦：《禮記集解》卷四十二，頁 5。
〔註57〕【清】孫希旦：《禮記集解》卷四十二，頁 5。

日祭後，改無時之哭為朝夕一哭，名為卒哭。」〔註58〕據悉父母喪，由始死至卒哭，哀即哭，乃無定時之哭，然之後則改朝夕一哭。《儀禮·既夕禮》：「三虞。卒哭。明日，以其班祔。」鄭玄注：「卒哭，三虞之後祭名。」〔註59〕《禮記·檀弓下》：「卒哭曰成事，是日也，以吉祭易喪祭。」〔註60〕卒哭乃祭名。卒哭當於虞祭結束後施行。行卒哭之祭表凶禮已畢，吉禮開始，改喪祭為吉祭。

3. 祔

安葬死者之後當「反哭」即迎亡者之神主於祖廟行哭祭之禮，還需「祔姑」即將亡者之神主同眾先祖放置一起，同受祭享。祔於卒哭之次日舉行。《儀禮·士虞禮》：「遂卒哭。將旦而祔，則薦……隮祔爾于爾皇祖某甫……明日，以其班祔。」〔註61〕《儀禮·既夕禮》：「卒哭。明日，以其班祔。」鄭玄注：「班，次也。祔，卒哭之明日祭名。」〔註62〕《說文解字》：「祔，後死者合食於先祖。」〔註63〕《左傳·僖公三十三年》：「凡君薨，卒哭而祔，祔而作主，特祀於主，烝嘗禘於廟。」〔註64〕、《禮記·檀弓下》：「卒哭曰成事，是日也，以吉祭易喪祭，明日，祔于祖父。其變而之吉祭也。」鄭玄注：「祭告於其祖之廟也。」〔註65〕《中國喪葬史》：「祔是新死者與祖先合享之祭。止哭之次日，奉死者之神主祭于祖廟，稱『祔祭』祔猶屬也。死者合於祖父之廟，附屬於祖父。祭畢，仍奉神主還家，至大祥後始遷入廟。」〔註66〕《爾雅》：「祔、祪，祖也。」郭璞注：「祔，付也。付新死者於祖廟。」〔註67〕《禮記·喪服小記》：「祔必以其昭穆。」〔註68〕亡者牌位附於祖廟中之祖先旁應按左昭右穆之次序排列。

〔註58〕徐吉軍：《中國喪葬史》，頁127。

〔註59〕【清】李光坡：《儀禮述注》卷十三，頁38。

〔註60〕【清】孫希旦：《禮記集解》卷十，頁19。

〔註61〕【清】王士讓：《儀禮紃解》卷十四，頁23、24。清乾隆三十五年張源義刻本。

〔註62〕【清】李光坡：《儀禮述注》卷十三，頁38。

〔註63〕【東漢】許慎撰、【清】段玉裁注：《說文解字注》，頁4。

〔註64〕【清】洪亮吉：《春秋左傳詁》卷八，頁33。

〔註65〕【清】鄭元慶：《禮記集說》卷四之一，頁21。民國吳興劉氏嘉業堂刊吳興叢書本。

〔註66〕徐吉軍：《中國喪葬史》，頁128。

〔註67〕【清】邵晉涵：《爾雅正義》卷二，頁40。清乾隆刻本。

〔註68〕【清】李光坡：《禮記述注》卷十四，頁38。

4. 小祥

虞祭後接著乃小祥祭。小祥祭於祖廟行之。《儀禮·士虞禮》：「期而小祥」鄭玄注：「小祥，祭名。祥，吉也。」〔註69〕《中國喪葬史》：「小祥又稱『練祭』，指父母死後一周年（十三個月）的祭禮。到小祥祭，孝子漸除喪服，換上吉服。」〔註70〕

提及小祥之文獻有：

表 6-1-3：諸文獻中出現之「小祥」

	《清華（陸）·鄭武夫人規孺子》	《左傳·文公元年》	《儀禮·士虞禮》	《禮記·間傳》
小祥	「君葬而久之，於上三月，小祥。」	「晉襄公既祥(小祥)，使告于諸侯，而伐衛，及南陽。」〔註71〕	「期而小祥」	「父母之喪，既虞卒哭……期而小祥，食菜果；又期而大祥，有醯醬。」〔註72〕

5. 大祥

《儀禮·士虞禮》：「期而小祥，曰：『薦此常事。』又期而大祥，曰：『薦此祥事。』中月而禫。」〔註73〕《中國喪葬史》：「父母死後兩周年（二十五個月）的祭禮，稱『大祥』。《禮記·間傳》：『父母之喪，既虞卒哭，疏食水飲，不食菜果；期而小祥，食菜果；又期而大祥，有醯醬；中月而禫，禫而飲醴酒。』足哭祭後，孝子只能吃粗飯飲水，小祥祭後才可吃菜和果子，到大祥祭後飯食中則可用醬醋等調味品。」〔註74〕

6. 禫

《中國喪葬史》：「禫為喪家除去喪服的祭禮。禫，祭名也，與大祥間一月。自喪至此，凡二十七月。禫祭以後，喪家生活歸於正常。」〔註75〕

7. 三年之喪

《左傳·昭公十一年》：「魯公室其卑乎，君有大喪……有三年之喪，而

〔註69〕【清】李光坡：《儀禮述注》卷十四，頁 37。
〔註70〕徐吉軍：《中國喪葬史》，頁 128。
〔註71〕【清】姚培謙：《春秋左傳杜注》卷八，頁 2。清乾隆十一年刻本。
〔註72〕【清】孫希旦：《禮記集解》卷 55，頁 2。
〔註73〕【清】劉沅：《儀禮恆解》卷十三，頁 12。民國十五年致福樓重刻本。
〔註74〕徐吉軍：《中國喪葬史》，頁 128。
〔註75〕徐吉軍：《中國喪葬史》，頁 128、129。

無一日之戚……君無戚容，不顧親也……君不顧親，能無卑乎，殆其失國。」〔註76〕諸侯卒，其子亦需守三年之喪。《左傳‧昭公十五年》：「三年之喪，雖貴遂服，禮也。」〔註77〕貴為國君亦當守三年之喪，才符禮之要求。《論語‧陽貨》：「子生三年，然後免於父母之懷。夫三年之喪，天下之通喪也。」〔註78〕、《禮記‧三年問》：「三年之喪……是百王之所同，古今之所壹也，未有知其所由來者也。孔子曰：『子生三年，然後免於父母之懷；夫三年之喪，天下之達喪也。』」〔註79〕、《墨子‧節葬下》：「君死，喪之三年；父母死，喪之三年。」〔註80〕上至天子下至百姓，依禮為人子者當守三年之喪。《公羊傳‧閔公二年》：「三年之喪，實以二十五月。」〔註81〕另，《尚書‧無逸》：「高宗……作其即位，乃或亮陰，三年不言。」〔註82〕殷高宗守孝長達三年不議政、〈鄭武夫人規孺子〉中武夫人要莊公委政於大臣，兩處可互參。又〈鄭武夫人規孺子〉中「處於衛三年」、「三年無君」、「如及三歲」皆提及三年，其或與三年之喪有關。

茲將上述提及「三年之喪」之文獻列表於下：

表 6-1-4：諸文獻中出現之「三年之喪」

	《左傳‧昭公十五年》	《公羊傳‧閔公二年》	《論語‧陽貨》	《墨子‧節葬下》	《禮記‧三年問》
三年之喪	「三年之喪，雖貴遂服，禮也。」	「三年之喪，實以二十五月。」	「子生三年，然後免於父母之懷。夫三年之喪，天下之通喪也。」	「君死，喪之三年；父母死，喪之三年。」	「三年之喪……是百王之所同，古今之所壹也。」

〈鄭武夫人規孺子〉中提及卒、肂、臨、小祥等與喪葬有關之用語，其有益於了解鄭國春秋初期施行喪禮之狀況，更可藉其與《左傳》、《禮記》等書中所載有關喪葬之禮制作一比較，有助於對喪禮之研究。

〔註76〕【清】姚培謙：《春秋左傳杜注》卷二十二，頁 16。清乾隆十一年刻本。
〔註77〕【清】姚培謙：《春秋左傳杜注》卷二十三，頁 21。清乾隆十一年刻本。
〔註78〕【清】劉寶楠：《論語正義》卷二十，頁 23。清同治刻本。
〔註79〕【清】孫希旦：《禮記集解》卷五十五，頁 13。清同治七年孫鏘鳴刻本。
〔註80〕【春秋】墨翟：《墨子》卷 6，頁 8。
〔註81〕【清】陳立：《公羊義疏》二十七，頁 10。清光緒十四年南菁書院皇清經解續編本。
〔註82〕【清】孫承澤：《尚書集解》卷十六，頁 14。清康熙刻本。

二、〈鄭武夫人規孺子〉與相關文獻之對讀

　　藉由〈鄭武夫人規孺子〉之內容與相關文獻對讀，有助於對相關歷史事件更進一步之了解，亦可達證史、補史之功。

（一）〈鄭武夫人規孺子〉與《左傳》鄭武公立太子、鄭伯克段于鄢事件之對讀

　　陳偉曾提及〈鄭武夫人規孺子〉或可視為《左傳》中所載鄭伯克段于鄢事件之前傳，故該篇可與《左傳》「鄭伯克段于鄢」部分對讀，其亦可與《左傳‧隱公元年》所言「武姜偏愛共叔段欲立其為太子」此一部分對讀，有助於對鄭伯克段于鄢事件更進一步之了解，更有益於理解〈鄭武夫人規孺子〉中為何武夫人要莊公委政於大臣之因。

　　《左傳‧隱公元年》：「初，鄭武公娶于申，曰武姜。生莊公及共叔段。莊公寤生，驚姜氏，故名曰寤生，遂惡之。愛共叔段，欲立之。亟請於武公，公弗許。」〔註83〕武姜惡莊公愛共叔段，故請武公立共叔段，然武公弗許，由此事件可推測〈鄭武夫人規孺子〉中武夫人欲莊公將邦政屬之大夫，限制其行使君權之因，而前所述欲立共叔段部分、該篇亦可與《左傳‧隱公元年》：「大叔完聚，繕甲兵，具卒乘，將襲鄭。夫人將啟之。公聞其期，曰：『可矣。』命子封帥車二百乘以伐京。京叛大叔段，段入于鄢，公伐諸鄢。五月辛丑，大叔出奔共。書曰：『鄭伯克段于鄢。』」〔註84〕對讀，即可對「鄭伯克段于鄢」此一事件之前因後果更加了解。

（二）〈鄭武夫人規孺子〉與《尚書‧洪範》中「稽疑」部分之對讀

　　〈鄭武夫人規孺子〉：「昔吾先君，如邦將有大事，必再三進大夫而與之偕圖。既得圖，乃為之毀，圖所賢者焉，申之以龜筮，故君與大夫晏焉，不相得惡。」〔註85〕可知鄭國國君如遇大事，必定與臣子共同謀劃、計議，經過多次討論決定最佳方案後，再以占卦確認，故君臣相處融洽。其議事過程乃國君先與臣子商議，商議結果再以龜筮確認。此過程與《尚書‧洪範》之「稽疑」部分相似可以對讀，有助於對先秦議事程序之理解。《尚書‧洪範》：

〔註83〕【清】姚培謙：《春秋左傳杜注》卷1，頁2。清乾隆十一年刻本。

〔註84〕【清】馬驌：《左傳事緯》卷一，頁1、2。清乾隆四十九年刻本。

〔註85〕清華大學出土文獻研究與保護中心編，李學勤主編：《清華大學藏戰國竹簡（陸）》下冊，上海：中西書局，2016年4月，頁104。

「稽疑：擇建立卜筮人，乃命卜筮。曰雨，曰霽……汝則有大疑，謀及乃心，謀及卿士，謀及庶人，謀及卜筮。汝則從，龜從，筮從，卿士從，庶民從，是之謂大同。」〔註86〕〈鄭武夫人規孺子〉與〈洪範〉篇「稽疑」部分之議事程序共通處乃皆由君臣共同討論，再以卜筮確認，具貴族民主之特點，非君主獨裁，而「謀及庶人」乃其與〈鄭武夫人規孺子〉中所述議事程序不同之處。〈洪範〉篇「稽疑」部分提及遇大事「由謀及乃心至謀及卜筮」之決議過程，此部分可見下表。

表 6-1-5：〈洪範〉篇「稽疑」部分之決議過程、情況表〔註87〕

王	卿士	庶民	龜	筮	結　　果
從	從	從	從	從	大同。身其康健，子孫其強。吉。
從	逆	逆	從	從	吉。
逆	從	逆	從	從	吉。
逆	逆	從	從	從	吉。
從	逆	從	從	逆	作內吉；作外凶。

對讀後不僅可知類似之議事程序早已有之，更可讓吾輩對先秦議事程序有更進一步之理解。

（三）〈鄭武夫人規孺子〉與相關文獻對讀達補史之功

〈鄭武夫人規孺子〉：「吾君陷於大難之中，處於衛三年，不見其邦，亦不見其室。」〔註88〕鄭武公陷於極大之危難中，且居於衛國不得歸家長達三年之久，無法見其國人、家人，此一事件乃傳世史書所未載，正可補史。另〈鄭武夫人規孺子〉中提及之重臣「邊父」為傳世史書未載之人物，亦有助於補史。

三、〈鄭武夫人規孺子〉中所見鄭國之民主

徐鴻修曾提及：「春秋時期仍存在的原始民主制遺存是：一、臣僚對國君的輔貳制。二、君主與眾卿共同商議大事的朝議制。三、國人參政制。」〔註89〕

〔註86〕【清】孫承澤：《尚書集解》卷 12，頁 15、16。清康熙刻本。
〔註87〕見晁福林：〈談清華簡《鄭武夫人規孺子》的史料價值〉，《清華大學學報（哲學社會科學版）》，2017 年 5 月 15 日，頁 126。
〔註88〕清華大學出土文獻研究與保護中心編，李學勤主編：《清華大學藏戰國竹簡（陸）》下冊，頁 104。
〔註89〕徐鴻修：〈周代貴族專制政體中的原始民主遺存〉，《中國社會科學》，1981 年 3 月 10 日，頁 75。

國有大事君臣共議之，朝臣扮演著輔佐君王之角色，許多決策乃共同商討而定，非一人所能成。臣子能輔助國君，亦能制約國君，使國君有所顧忌，其國事經共議而定較為完善，且較為民主，易為人所接受。另，國人有權知曉國事，並對其發表意見。國人常於鄉校討論國事，為政者可參考其意見，以為施政依據，此亦為民主之表現。〈鄭武夫人規孺子〉篇中亦可看出鄭國之民主：「〈鄭武夫人規孺子〉：『昔吾先君，如邦將有大事，必再三進大夫而與之偕圖。既得圖，乃為之毀，圖所賢者焉，申之以龜筮，故君與大夫晏焉，不相得惡。』〔註90〕此處即可看出遇事並非國君一人決定，而是與臣子商量討論，有其民主之處。」晁福林曾云：「〈鄭武夫人規孺子〉乃說明周代諸侯國的貴族民主體制的重要史料：上古時代的中國不止有一種專制君主制，而且還有一種貴族民主體制存在。」〔註91〕其實鄭國之民主於文獻中處處可見，如：制定法令方面《論語・憲問》：「為命：裨諶草創之，世叔討論之，行人子羽修飾之，東里子產潤色之。」〔註92〕可知決策不僅需討論且經多人之手，其過程謹慎，不容國君妄為、《左傳》中「子產毀鄉校」等即為例子。

第二節　〈鄭文公問太伯〉相關問題之研究

　　〈鄭文公問太伯〉篇中述及「桓公、武公、莊公開疆拓土建立功勛」、「昭厲之亂」、「良臣輔政」等有益於對鄭史之了解，將其與相關文獻對讀可達證史、補史之功，亦能對相關事件有更進一步之了解。以下將對該篇做相關之探討：

一、〈鄭文公問太伯〉開疆拓土部分與相關文獻之對讀

　　對於克鄶者是桓公抑或武公歷來爭論不休，藉由〈鄭文公問太伯〉篇與相關文獻之對讀，即可解決此一問題，亦可藉由對讀更正文獻之誤。另，〈鄭文公問太伯〉開疆拓土部分與相關文獻對讀更可了解鄭國勢力範圍變遷之狀況。

（一）文獻對讀解決克鄶問題

　　〈鄭文公問太伯〉：「昔吾先君桓公後出自周，以車七乘，徒三十人，固

〔註90〕清華大學出土文獻研究與保護中心編，李學勤主編：《清華大學藏戰國竹簡（陸）》下冊，頁104。

〔註91〕晁福林：〈談清華簡《鄭武夫人規孺子》的史料價值〉，頁127。

〔註92〕【清】劉寶楠：《論語正義》卷17，頁6。清同治刻本。

其腹心，奮其股肱，以厭於烏偶……戰於魚麗，吾〔乃〕獲函、訾，輾車，襲介克鄶……亦吾先君之力也。」〔註93〕、《韓非子·內儲說下》：「鄭桓公將欲襲鄶，先問鄶之豪傑良臣辯智果敢之士，盡與姓名，擇鄶之良田賂之，為官爵之名而書之，因為設壇場郭門之外而埋之，釁之以雞豭，若盟狀。鄶君以為內難也而盡殺其良臣，桓公襲鄶，遂取之。」〔註94〕、《漢書·地理志》注中云：「幽王既敗，二年而滅會，四年而滅虢，居於鄭父之丘，是以為鄭桓公。」〔註95〕正可對讀，證明《毛詩注疏》內所云：「至桓公之子武公滑突，隨平王東遷，遂滅虢、鄶（鄶）而居之，即史伯所云『十邑之地，右洛左濟，前華後河，食溱、洧焉』」〔註96〕中之「武公滅鄶」為非，克鄶者乃桓公而非武公。韓國河、陳康：「《古本竹書紀年》明確記載了晉文侯二年（前779年）晉與鄭桓公滅鄶之事。《清華簡（陸）》中的〈鄭文公問太伯〉篇對鄭桓公滅鄶說提供了新的論據，簡文明確指出鄭桓公『克鄶』。該篇記載與《左傳·昭公十六年》子產回憶鄭桓公與商人一起開拓東方鄭地的記載相合，行文語言也類似，進一步證明《古本竹書紀年》所載桓公滅鄶的真實性。又根據《古本竹書紀年》《清華簡》等文獻及考古資料，可知鄭桓公在幽王三年（前779年）已攻滅鄶國，定都『鄭父之丘』（即今鄭韓故城東南部），實現了東遷建國。此外，鄭國東遷都城『鄭父之丘』位於東周王城即洛邑的東南，在一定程度上起到了拱衛東周王室的作用。」〔註97〕經文獻對讀證明桓公滅鄶無疑，〈鄭文公問太伯〉篇解決滅鄶者何人之問題，亦達證史之功。

（二）文獻對讀更正謬誤之處

程浩言及：「《世本》所言『鄭桓公居棫林，徙拾』講的是桓公東徙之事，只不過將從『會』的『鄶』字混為了從『合』的『拾』而已。文公之時距桓公相去不遠，太伯又是鄭國當國大夫，鄭人自述滅鄶乃桓公親為，當屬可信。」〔註98〕正如程浩所言〈鄭文公問太伯〉篇中提及太伯講述桓公克鄶之事，由鄭

〔註93〕清華大學出土文獻研究與保護中心編，李學勤主編：《清華大學藏戰國竹簡（陸）》下冊，頁119。

〔註94〕【戰國】韓非：《韓非子》卷10，頁15。

〔註95〕【東漢】班固：《前漢書》卷28上，頁15。

〔註96〕【東漢】鄭玄箋，【唐】孔穎達疏：《毛詩注疏》原目，頁5。

〔註97〕韓國河、陳康：〈鄭國東遷考〉，頁68、71。

〔註98〕程浩：〈從「逃死」到「扞艱」：新史料所見兩周之際的鄭國〉，《歷史教學問題》，

之重臣述鄭之大事，桓公克鄶明矣。馬楠：「〈鄭文公問太伯〉篇中言桓公獲函、訾、克鄶。克鄶同於古本《竹書紀年》與《韓非子》的記載，可證今本《竹書紀年》作『鄶』實為誤字。」〔註99〕其藉由出土文獻與傳世文獻互讀，證明了今本《竹書紀年》「鄶」為「鄶」之誤，出土文獻除能證史、補史亦可糾正傳世文獻之謬誤。

（三）文獻對讀了解鄭國勢力範圍變遷之狀況

藉由〈鄭文公問太伯〉篇中提及桓公、武公、莊公時期，諸君開疆拓土之情形與相關文獻互參，有益於對各時期勢力範圍之了解，亦能清楚各時期勢力範圍變遷之狀況。

1. 桓公時期

〈鄭文公問太伯〉：「昔吾先君桓公後出自周，以車七乘，徒三十人，鼓其腹心，奮其股肱，以協於庸偶，攝胄擐甲，擭戈盾以造勛。戰於魚麗，吾〔乃〕獲函、訾，輆覆車襲介，克鄶迢迢，如容社之處，亦吾先君之力也。」〔註100〕言及桓公向東開疆拓土，曾戰於魚麗，並獲函陵、訾二地，接著克鄶等事蹟，此部分可與《左傳·昭公十六年》：「子產對曰，昔我先君桓公，與商人皆出自周，庸次比耦，以艾殺此地，斬之蓬蒿藜藋而共處之，世有盟誓，以相信也。」〔註101〕互讀，有助於了解桓公時期之歷史及其勢力範圍，達證史、補史之功。

2. 武公時期

桓公卒後，其子武公（掘突）即位，其接續父親開疆拓土之任務，〈鄭文公問太伯〉：「世及吾先君武公，西城伊澗，北就鄔、劉，縈軛蒍、邘之國，魯、衛、蓼、蔡來見。」〔註102〕可知鄭武公時已北就鄔、劉，其向西、北拓展勢力，又控制蒍、邘二國，並使魯、衛、蓼、蔡國來謁見。武公使鄭國更加強大，該篇對其勢力之擴張記載詳盡。武公時期領土較桓公時期更增，鄭

2018-08-15，頁34。

〔註99〕馬楠：〈清華簡《鄭文公問太伯》與鄭國早期史事〉，《文物》，2016年3月25日，頁86。

〔註100〕清華大學出土文獻研究與保護中心編，李學勤主編：《清華大學藏戰國竹簡（陸）》下冊，頁119。

〔註101〕【清】姚培謙：《春秋左傳杜注》卷23，頁24。清乾隆十一年刻本

〔註102〕清華大學出土文獻研究與保護中心編，李學勤主編：《清華大學藏戰國竹簡（陸）》下冊，頁119。

初期之疆域於武公時大抵確立。

3. 莊公時期

〈鄭文公問太伯〉：「世及吾先君莊公，乃東伐濟、﨓之戎為徹，北城溫、原，遺陰、桑次，東啟隤、樂，吾逐王於葛。」〔註103〕得知鄭莊公時溫、原、隤等邑乃鄭所有。此部分可與《左傳・隱公十一年》：「王（周桓王）取鄥，劉，為，邘，之田于鄭，而與鄭人蘇忿生之田，溫，原，絺，樊，隰郕，攢茅，向，盟，州，陘，隤，懷，君子是以知桓王之失鄭也。」〔註104〕對讀，有助於對鄭國疆域、勢力範圍變遷狀況之了解。

二、〈鄭文公問太伯〉所述良臣與相關文獻之對讀

藉由〈鄭文公問太伯〉所述桓公、文公時期之良臣與相關文獻對讀，有助於對諸良臣事蹟之了解，亦能了解當時鄭國與諸國之關係及鄭國之歷史。

1. 桓公時期之良臣

〈鄭文公問太伯〉：「昔吾先君桓公後出自周，以車七乘，徒三十人，鼓其腹心，奮其股肱，以協於庸偶，攝冑擐甲，擭戈盾以造勛。」〔註105〕桓公出封之時人少勢弱卻能迅速擴張勢力，良臣輔佐功不可沒。此部分可與〈良臣〉：「鄭桓公與周之遺老：史伯、宦仲、虢叔、杜伯，後出邦。」〔註106〕互參，史伯、宦仲、虢叔及杜伯等人於桓公之建功立業，助益良多。史伯事蹟亦見於《國語・鄭語》：「桓公為司徒，甚得周眾與東土之人，問於史伯曰：『王室多故，余懼及焉，其何所可以逃死？』史伯對曰：『王室將卑，戎狄必昌，不可偪也。……其濟、洛、河、潁之間乎！是其子男之國，虢、鄶、為大，虢叔恃勢，鄶仲恃險，是皆有驕侈怠慢之心，而加之以貪冒。君若以周難之故，寄孥與賄焉，不敢不許。周亂而弊，是驕而貪，必將背君，君若以成周之眾，奉辭伐罪，無不克矣。若克二邑，鄔、蔽補、丹、依、疇、歷、莘，

〔註103〕清華大學出土文獻研究與保護中心編，李學勤主編：《清華大學藏戰國竹簡（陸）》下冊，頁119。

〔註104〕【清】姜希轍：《左傳統箋》卷1，頁21。清康熙刻本。

〔註105〕清華大學出土文獻研究與保護中心編，李學勤主編：《清華大學藏戰國竹簡（陸）》下冊，頁119。

〔註106〕清華大學出土文獻研究與保護中心編，李學勤主編：《清華大學藏戰國竹簡（三）》下冊，上海：中西書局，2012年12月，頁157。

君之土也。若前莘後河，右洛左濟，主芣、騩而食溱、洧，脩典刑以守之，唯是可以少固。』……公曰：『姜、嬴其孰興？』對曰：『夫國大而有德者近興，秦仲、齊侯、姜、嬴之儔也，且大，其將興乎？』公說，乃東寄帑與賄，虢、鄶受之，十邑皆有寄地。」〔註107〕桓公請教史伯何所可以逃死？史伯為其指引明路，故有之後〈鄭文公問太伯〉篇中所言「桓公克鄶」之舉，鄭桓公有識人之明，更能從善如流，故使鄭國逐漸強大。將〈鄭文公問太伯〉、〈良臣〉、《國語》及《史記》等與鄭桓公賢臣之相關部分互相對讀，有助於對當時輔政良臣及鄭國初期歷史之了解。

2. 文公時期之良臣

〈鄭文公問太伯〉：「君如由彼孔叔、佚之夷、師之佢鹿、堵之俞彌，是四人者，方諫吾君於外，茲詹父內謫於中，君如是之不能懋，則譬若疾之亡醫。」〔註108〕該篇中提及之「孔叔」亦見於《左傳・僖公三年》：「楚人伐鄭，鄭伯欲成，孔叔不可曰，齊方勤我，弃德不祥。」〔註109〕可知其為能臣亦是重德之人，此兩處可對讀，有助於對其人、其事之了解。另，〈鄭文公問太伯〉篇中之「師之佢鹿、堵之俞彌、詹父」亦見於《左傳・僖公七年》：「鄭有叔詹，堵叔，師叔，三良為政，未可間也，齊侯辭焉，子華由是得罪於鄭。」〔註110〕知此三良臣使齊國有所顧忌，不敢貿然伐鄭。此兩處對讀，便可看出此三位重臣對國家起著重大之作用。叔詹又見於《左傳・僖公二十二年》：「丁丑，楚子入饗于鄭，九獻，庭實旅百，加籩豆六品，饗畢，夜出，文芈送于軍，取鄭二姬以歸，叔詹曰，楚王其不沒乎，為禮卒於無別，無別不可謂禮，將何以沒，諸侯是以知其不遂霸也。」〔註111〕叔詹說此重話並批評楚成王無禮，其重禮可想而知。《史記・鄭世家》：「晉公子重耳過，文公弗禮。文公弟叔詹曰：『重耳賢，且又同姓，窮而過君，不可無禮。』」〔註112〕《左傳・僖公二十三年》：「（重耳）及鄭，鄭文公亦不禮焉，叔詹諫曰，臣聞天之所啟，人弗及也，晉

〔註107〕【吳】韋昭注：《國語》卷16，頁1、2、10。

〔註108〕清華大學出土文獻研究與保護中心編，李學勤主編：《清華大學藏戰國竹簡（陸）》下冊，頁119。

〔註109〕【清】姚培謙：《春秋左傳杜注》卷5，頁5。清乾隆十一年刻本。

〔註110〕【清】姚培謙：《春秋左傳杜注》卷5，頁16。清乾隆十一年刻本。

〔註111〕【清】姚培謙：《春秋左傳杜注》卷6，頁12、13。清乾隆十一年刻本。

〔註112〕【西漢】司馬遷：《史記》卷42，頁8。

公子有三焉，天其或者將建諸，君其禮焉……晉鄭同儕，其過子弟，固將禮焉。」〔註113〕當重耳流亡經過鄭國時，叔詹勸文公對重耳不可無禮，從中可知其重禮、有遠見。《國語‧晉語四》：「詹曰：『天降鄭禍，使淫觀狀，棄禮違親。臣曰：「不可。夫晉公子賢明，其左右皆卿才，若復其國，而得志於諸侯，禍無赦矣。」今禍及矣。尊明勝患，知也。殺身贖國，忠也。』乃就亨，據鼎耳而疾號曰：『自今以往，知忠以事君者，與詹同。』乃命弗殺，厚為之禮而歸之。鄭人以詹伯為將軍。」〔註114〕重耳後來為報復鄭國之無禮攻打鄭國，幸得叔詹解鄭國之圍，其並靠機智免於一死，其具先見之明，既忠且智，不愧為國之良臣。藉〈鄭文公問太伯〉與《左傳》、《史記》、《國語》等傳世文獻中有關「叔詹」之部分對讀，可對其人、其事更加了解。堵之俞彌又見於《左傳‧僖公二十四年》：「鄭之入滑也，滑人聽命，師還，又即衛，鄭公子士洩，堵俞彌，帥師伐滑。」〔註115〕藉〈鄭文公問太伯〉中之人物與傳世文獻中其人之相關事件對讀，有助於對其理解，亦可證史、補史。

三、〈鄭文公問太伯〉所提諸君與鄭國世系研究

　　〈鄭文公問太伯〉篇中提及「桓公、武公、莊公、昭公、厲公、文公」、〈繫年〉第二章提及「武公、莊公、昭公、子眉壽（子亹）、厲公」其皆有助於鄭國世系之研究，將其與《左傳》、《史記》等文獻中提及之鄭國諸君列表對照，亦可證史、補史，並排出可靠之鄭國世系。據悉鄭國世系較有爭議處乃「昭、厲」之間君位繼承順序為何，然將〈鄭文公問太伯〉、〈繫年〉、《左傳》、《史記》等文獻對讀，已可解決此一問題。以下列出程浩整理之莊公至厲公期間鄭國之世系。

表 6-2-1：文獻所載鄭國早期世系異同表 〔註116〕

《左傳》	莊公	昭公	厲公	昭公	子亹	子儀	厲公
《史記‧鄭世家》	莊公	昭公	厲公	昭公	子亹	鄭子嬰	厲公
《史記‧十二諸侯年表》	莊公		厲公	昭公	子亹	鄭子嬰	厲公

〔註113〕【清】姚培謙：《春秋左傳杜注》卷 6，頁 16。清乾隆十一年刻本。
〔註114〕【吳】韋昭注：《國語》卷 10，頁 25、26。
〔註115〕【清】姚培謙：《春秋左傳杜注》卷 6，頁 20。清乾隆十一年刻本。
〔註116〕見程浩：〈牢鼠不能同穴：基于新出土文獻的鄭國昭厲之亂再考察〉，頁 35。

〈繫年〉	莊公	昭公			子眉壽		厲公
〈鄭文公問太伯〉	莊公	昭公					厲公

〈鄭文公問太伯〉：「世及吾先君卲公、厲公，抑天也，其抑人也，為是牢鼠不能同穴，朝夕鬥鬩，亦不逸斬伐。」〔註117〕中之「牢鼠不能同穴，朝夕鬥鬩」或暗指昭公至厲公期間多年之鬥爭。茲將此期間局勢之變化做一整理：

表 6-2-2：昭公至厲公期間局勢之變化

《左傳》	《史記·鄭世家》	《史記·十二諸侯年表》
《左傳·桓公十一年》：「鄭昭公之敗北戎也，齊人將妻之，昭公辭，祭仲曰，必取之，君多內寵，子無大援，將不立，三公子皆君也，弗從。」〔註118〕	《史記·鄭世家》：「三十八年，北戎伐齊，齊使求救，鄭遣太子忽將兵救齊。齊釐公欲妻之，忽謝曰：『我小國，非齊敵也。』時祭仲與俱，勸使取之，曰：『君多內寵，太子無大援將不立，三公子皆君也。』所謂三公子者，太子忽，其弟突，次弟子亹也。」〔註119〕	
《左傳·桓公十一年》：「夏，鄭莊公卒，初，祭封人仲足有寵於莊公，莊公使為卿，為公娶鄧曼，生昭公，故祭仲立之。」〔註120〕	《史記·鄭世家》：「四十三年，鄭莊公卒。初，祭仲甚有寵於莊公，莊公使為卿；公使娶鄧女，生太子忽，故祭仲立之，是為昭公。」〔註121〕	
《左傳·桓公十一年》：「宋雍氏女於鄭莊公，曰雍姞，生厲公，雍氏宗有寵於宋莊公，故誘祭仲而執之，曰，不立突，將死，亦執厲公而求略焉，祭仲與宋人盟，以厲公歸而立之，秋，九月，丁亥，昭公奔衛，己亥，厲公立。」〔註122〕	《史記·鄭世家》：「莊公又娶宋雍氏女，生厲公突。雍氏有寵於宋。宋莊公聞祭仲之立忽，乃使人誘召祭仲而執之，曰：「不立突，將死。」亦執突以求略焉。祭仲許宋，與宋盟。以突歸，立之。昭公忽聞祭仲以宋要立其弟突，九月辛亥，忽出奔衛。己亥，突至鄭，立，是為厲公。」〔註123〕	

〔註117〕清華大學出土文獻研究與保護中心編，李學勤主編：《清華大學藏戰國竹簡（陸）》下冊，頁 119。

〔註118〕【清】洪亮吉：《春秋左傳詁》卷 5，頁 40。清光緒四年授經堂刻本

〔註119〕【漢】司馬遷：《史記》卷 42，頁 5。

〔註120〕【清】姚培謙：《春秋左傳杜注》卷 2，頁 20。清乾隆十一年刻本

〔註121〕【漢】司馬遷：《史記》卷 42，頁 5。

〔註122〕【清】馬驌：《左傳事緯》卷一，頁 35、36。

〔註123〕【漢】司馬遷：《史記》卷 42，頁 5、6。

《左傳‧桓公十五年》：「五月，鄭伯突出奔，蔡，鄭世子忽復歸于鄭。……九月，鄭伯突入于櫟。……祭仲專，鄭伯患之，使其婿雍糾殺之，將享諸郊。雍姬知之，謂其母曰，父與夫孰親，其母曰，人盡夫也，父一而已，胡可比也？遂告祭仲曰，雍氏舍其室，而將享子於郊，吾惑之，以告，祭仲殺雍糾，尸諸周氏之汪，公載以出，曰，謀及婦人，宜其死也。夏，厲公出奔蔡。六月，乙亥，昭公入。」〔註124〕	《史記‧鄭世家》：「厲公四年，祭仲專國政。厲公患之，陰使其壻雍糾欲殺祭仲。糾妻，祭仲女也，知之，謂其母曰：「父與夫孰親？」母曰：「父一而已，人盡夫也。」女乃告祭仲，祭仲反殺雍糾，戮之於市。厲公無奈祭仲何，怒糾曰：「謀及婦人，死固宜哉！」夏，厲公出居邊邑櫟。祭仲迎昭公忽，六月乙亥，復入鄭，即位。秋，鄭厲公突因櫟人殺其大夫單伯，遂居之。諸侯聞厲公出奔，伐鄭，弗克而去。宋頗予厲公兵，自守於櫟，鄭以故亦不伐櫟。」〔註125〕	《史記‧十二諸侯年表》：「祭仲立忽，公出居櫟。」〔註126〕
《左傳‧桓公十七年》：「初，鄭伯將以高渠彌為卿，昭公惡之，固諫不聽，昭公立，懼其殺己也，辛卯，弒昭公而立公子亹。」〔註127〕	《史記‧鄭世家》：「昭公二年，自昭公為太子時，父莊公欲以高渠彌為卿，太子忽惡之，莊公弗聽，卒用渠彌為卿。及昭公即位，懼其殺己，冬十月辛卯，渠彌與昭公出獵，射殺昭公於野。祭仲與渠彌不敢入厲公，乃更立昭公弟子亹為君，是為子亹也，無諡號。」〔註128〕	《史記‧十二諸侯年表》：「渠彌殺昭公。」〔註129〕
《左傳‧桓公十八年》：「秋，齊侯師于首止；子亹會之，高渠彌相。七月戊戌，齊人殺子亹而轘高渠彌，祭仲逆鄭子于陳而立之。是行也，祭仲知之，故稱疾不往。人曰：「祭仲以知免。」仲曰：「信也。」〔註130〕	《史記‧鄭世家》：「子亹元年七月，齊襄公會諸侯於首止，鄭子亹往會，高渠彌相，從，祭仲稱疾不行。所以然者，子亹自齊襄公為公子之時，嘗會鬭，相仇，及會諸侯，祭仲請子亹無行。子亹曰：「齊彊，而厲公居櫟，即不往，是率諸	《史記‧十二諸侯年表》：「鄭子亹元年齊殺子亹，昭公弟。」〔註132〕《史記‧十二諸侯年表》：「鄭子嬰元年子亹之弟。」〔註133〕

〔註124〕【晉】杜預注，【唐】陸德明音義，孔穎達疏，《春秋左傳注疏》卷6，頁26、27、29、30。

〔註125〕【南朝宋】裴駰：《史記集解》卷42，頁4、5。

〔註126〕【漢】司馬遷：《史記》卷14，頁29。

〔註127〕【清】姚培謙：《春秋左傳杜注》卷2，頁29。

〔註128〕【漢】司馬遷：《史記》卷42，頁6。

〔註129〕【漢】司馬遷：《史記》卷14，頁29。

〔註130〕【清】姚培謙：《春秋左傳杜注》卷2，頁30。

〔註132〕【漢】司馬遷：《史記》卷14，頁29。

	侯伐我，內屬公。我不如往，往何遽必辱，且又何至是！」卒行。於是祭仲恐齊並殺之，故稱疾。子亹至，不謝齊侯，**齊侯怒，遂伏甲而殺子亹**。高渠彌亡歸，歸與祭仲謀，召子亹弟**公子嬰**於陳而**立**之，是為鄭子。」〔註131〕	
《左傳・莊公十四年》：「鄭厲公自櫟侵鄭，及大陵，獲傅瑕，傅瑕曰，苟舍我，吾請納君，與之盟而赦之，六月，甲子，**傅瑕殺鄭子**，及其二子，而**納厲公**。」〔註134〕	《史記・鄭世家》：「十四年，故鄭亡厲公突在櫟者使人誘劫鄭大夫甫瑕，要以求入。瑕曰：「舍我，我為君殺鄭子而入君。」厲公與盟，乃舍之。六月甲子，**瑕殺鄭子及其二子而迎厲公突**，突自櫟復入即位。」〔註135〕	《史記・十二諸侯年表》：「鄭厲公元年厲公亡**後七歲復入**。」〔註136〕

　　由上可知祭仲立昭公（忽），後又不得已而與宋人結盟改立厲公，然厲公因祭仲專權欲除之，除之不成導致厲公逃亡，祭仲於是迎昭公入鄭並立之，昭公即位之後高渠彌懼惡己之昭公將殺己，先下手為強，殺昭公改立公子亹為君。後來本與齊君不睦之子亹竟又激怒之，終至齊君使子亹亡於齊國甲兵之手。祭仲迎回鄭子（子儀）立其為君，但最後曾與厲公有約之傅瑕，殺子儀迎厲公歸國復位。將〈鄭文公問太伯〉、《左傳》、《史記》等與此部分有關之內容互參，即可對昭公至厲公期間之史事有更深之了解，亦有助於鄭國世系之研究。

第三節　〈子產〉相關問題之研究

　　〈子產〉篇述及子產之施政、治國、品德修養，亦提及其重禮、重信、納賢、教民等，有助於對其人之了解，更有益於對其施政、理國、思想等各方面之相關研究，而篇中之鄭國令、刑部分則為研究子產作刑書不容小覷之重要材料。以下將對該篇之思想及與子產相關之部分做一研究。

〔註133〕【漢】司馬遷：《史記》卷14，頁30。
〔註131〕【漢】司馬遷：《史記》卷42，頁6、7。
〔註134〕【清】洪亮吉：《春秋左傳詁》卷6，頁10。
〔註135〕【漢】司馬遷：《史記》卷42，頁7。
〔註136〕【漢】司馬遷：《史記》卷14，頁32。

一、〈子產〉篇思想、主張之研究

〈子產〉篇中提及之思想、主張有：重信、利民、重禮、行德政、盡奢、節用、寬政教民、以身作則、法先王、以賢輔政、用人無私、論功行賞等，以下將分別論述之。

（一）〈子產〉篇之思想

〈子產〉篇中提及不少有利於修身、治國理民之思想，如：重信、利民、重禮、盡奢、節用等，以下將分別論述之。

1. 重 信

〈子產〉：「昔之聖君取處於身，勉以利民，民用信之；不信不信。求信有事，淺以信深，深以信淺。能信，上下乃周。」〔註137〕其中言及盡力利民以使民信任、對於事情求取人民信任、國君需能取信於民等思想，又篇中之「出言復」強調言出必行需實踐諾言、「民信志之」強調取信於民。另，「固身謹信。謹信有事」則是提及子產嚴守誠信。由上可知此篇有濃厚之重信思想。

2. 重 禮

〈子產〉：「文理、形體、端冕，恭儉整齊，弇現有次。」〔註138〕以符禮之規範，又行禮方面〈子產〉：「從節行禮，行禮踐政有事」〔註139〕可見其重禮之思想、對禮之重視。藉由禮之規範可使言行合宜，進而避禍遠難。《大戴禮記·禮察》：「禮者，禁於將然之前；而法者，禁於已然之後。」〔註140〕、《禮記·經解》：「禮之教化也微，其止邪也於未形，使人日徙善遠罪而不自知也。是以先王隆之也。」〔註141〕禮之防範作用可知也。子產亦提及禮《左傳·昭公二十五年》：「子產曰，夫禮，天之經也，地之義也，民之行也，天地之經，而民實則之。」〔註142〕、《左傳·昭公十二年》：「鄭簡公卒，將為葬除，及游氏之廟，

〔註137〕清華大學出土文獻研究與保護中心編，李學勤主編：《清華大學藏戰國竹簡（陸）》下冊，頁137。

〔註138〕清華大學出土文獻研究與保護中心編，李學勤主編：《清華大學藏戰國竹簡（陸）》下冊，頁137。

〔註139〕清華大學出土文獻研究與保護中心編，李學勤主編：《清華大學藏戰國竹簡（陸）》下冊，頁137。

〔註140〕【清】王聘珍：《大戴禮記解詁》卷二，頁1。清咸豐元年王氏刻本

〔註141〕【清】孫希旦：《禮記集解》卷48，頁4。

〔註142〕【清】洪亮吉：《春秋左傳詁》卷18，頁4。

將毀焉，……子產曰，諸侯之賓，能來會吾喪，豈憚日中，無損於賓，而民不害，何故不為，遂弗毀，日中而葬，君子謂子產於是乎知禮，禮無毀人，以自成也。」〔註143〕、《左傳‧襄公二十六年》：「鄭伯賞入陳之功……賜子產次路再命之服，先六邑。子產辭邑……公孫揮曰，子產其將知政矣，讓不失禮。」〔註144〕、《列子‧楊朱》：「子產……曰：『人之所以貴於禽獸者智慮，智慮之所將者禮義。禮義成則名位至矣。若觸情而動，聊於嗜慾，則性命危矣。』」〔註145〕其知禮、重禮明矣。《論語‧公冶長》：「子謂子產，『有君子之道四焉：其行己也恭，其事上也敬，其養民也惠，其使民也義。』」〔註146〕孔子讚其履行了君子之道、禮之準則。禮乃人民行為之依據，可用以規範人的行為。孔子亦重禮：《論語‧堯曰》：「子曰：『……不知禮，無以立也。』」〔註147〕又《禮記‧樂記》：「禮以道其志，樂以和其聲，政以一其行，刑以防其姦。禮樂刑政，其極一也；所以同民心而出治道也。」〔註148〕禮可規範社會行為、維護社會秩序其重要性可見一斑，不可忽視，不容廢棄。《左傳‧僖公二十八年》：「禮以行義，信以守禮，刑以正邪」〔註149〕，故此篇除提及令、刑，亦不忽視禮，具禮法結合之治國理念，期能人人尊禮守法。

3. 重　德

〈子產〉篇中提及「行德」，認為在上位者當行德政。其重德部分亦見於〈子產〉：「以助政德之固……以成政德之愛。」〔註150〕該篇除提及令、刑亦言及行德、行禮，且文中不難看出重德、重禮之思想，知其主張治國採德、禮、刑相輔相成，寬猛相濟之政策。《左傳‧襄公八年》：「子產不順，曰，小國無文德而有武功，禍莫大焉。」〔註151〕、《左傳‧襄公二十四年》：「子產寓書於子西，以告宣子曰……德，國家之基也，有基無壞，無亦是務乎，有德則樂，樂則能

〔註143〕【清】洪亮吉：《春秋左傳詁》卷16，頁24、25。
〔註144〕【清】姚培謙：《春秋左傳杜注》卷18，頁4。
〔註145〕【晉】張湛注：《沖虛至德真經》第七卷，頁3。《四部叢刊初編》中第533冊。景常熟瞿氏鐵琴銅劍樓藏北宋刊本。
〔註146〕【清】劉寶楠：《論語正義》卷六，頁19。
〔註147〕【清】劉寶楠：《論語正義》卷23，頁11。
〔註148〕【清】孫希旦：《禮記集解》卷37，頁3。
〔註149〕【清】洪亮吉：《春秋左傳詁》卷8，頁23。
〔註150〕清華大學出土文獻研究與保護中心編，李學勤主編：《清華大學藏戰國竹簡（陸）》下冊，頁138。
〔註151〕【清】洪亮吉：《春秋左傳詁》卷12，頁13。

久」〔註152〕、《史記・鄭世家》：「子產謂韓宣子曰：『為政必以德，毋忘所以立。』」〔註153〕由此亦可見子產重德、為政以德之治國觀點。孔子亦有類似思想：《論語・為政》：「子曰：『道之以政，齊之以刑，民免而無恥；道之以德，齊之以禮，有恥且格。』」〔註154〕故知刑亦需德與禮之輔助。子產其明德慎罰，以民為本，施行德政，致力於達到《尚書・堯典》：「克明俊德，以親九族。九族既睦，平章百姓。百姓昭明，協和萬邦」〔註155〕終使國家有了新氣象。

4. 重　民

〈子產〉：「勉以利民……能信，上下乃周。」〔註156〕其強調利民、獲取百姓信任、取信於民及君民和。〈子產〉：「君人亡事，民事是事。得民天殃不至，外仇否。」〔註157〕可看出其具民本思想並強調得民心之重要性。能獲取人民之擁戴即是取得鞏固權力、安定國家之基礎。民為邦本，不容忽視，本固則邦寧。得民心者自然能受擁護，猶如水能載舟是也，為政者當避水之覆舟，故〈子產〉篇中重視「和民」，強調使人民和順安定。欲使人民和順安定，理當愛民、慎戰、不輕啟戰端，故〈子產〉：「不用民於兵甲戰鬥，曰武愛」〔註158〕，又〈子產〉：「不以虐出民力。」〔註159〕亦可看出其重民、愛民，此部分與《論語・公冶長》：「子謂子產，『有君子之道四焉：……其養民也惠，其使民也義。」〔註160〕之「其使民也義」有相通處，而子產「其養民也惠」與該篇利民、愛民觀念相合。另，該篇呈現出民本之思想，子產亦有之，《左傳・昭公十八年》：「鄭又將火，鄭人請用之，子產不可，子大叔曰，寶以保民也，若有火，國幾亡，可以救亡，子何愛焉，子產曰，天道遠，人道

〔註152〕【清】洪亮吉：《春秋左傳詁》卷13，頁29。
〔註153〕【漢】司馬遷：《史記》卷42，頁17。
〔註154〕【清】劉寶楠：《論語正義》卷2，頁4。
〔註155〕【清】孫承澤：《尚書集解》卷一，頁4。
〔註156〕清華大學出土文獻研究與保護中心編，李學勤主編：《清華大學藏戰國竹簡（陸）》下冊，頁137。
〔註157〕清華大學出土文獻研究與保護中心編，李學勤主編：《清華大學藏戰國竹簡（陸）》下冊，頁137。
〔註158〕清華大學出土文獻研究與保護中心編，李學勤主編：《清華大學藏戰國竹簡（陸）》下冊，頁138。
〔註159〕清華大學出土文獻研究與保護中心編，李學勤主編：《清華大學藏戰國竹簡（陸）》下冊，頁138。
〔註160〕【清】劉寶楠：《論語正義》卷六，頁19。

邇，非所及也，何以知之，竈焉知天道，是亦多言矣，豈不或信，遂不與，亦不復火，鄭之未災也」〔註161〕即是一例，從中可見子產其重人，具人本思想。

（二）〈子產〉篇之主張

〈子產〉篇中提及之主張有：以身作則、用人無私、禁奢、節用、守善、寬政教民等，以下將分別論述之。

1. 以身作則

〈子產〉：「昔之聖君取處於身……不身不信」〔註162〕、「整政在身」〔註163〕、「身以儀之」〔註164〕、「我是荒怠，民屯蕘然」〔註165〕可看出其強調以身作則，「不身不信」亦可知其重視取信於民。《論語‧子路》：「其身正，不令而行；其身不正，雖令不從。」〔註166〕在上位者以身作則，人民才會信服，取信於民後，對民加以教化導其向善，自然較易。《論語‧憲問》：「子曰：『脩己以敬。』曰：『如斯而已乎？』曰：『脩己以安人。』曰：『如斯而已乎？』曰：『脩己以安百姓。』」〔註167〕、《中庸》：「知所以修身，則知所以治人；知所以治人，則知所以治天下國家矣。」〔註168〕、《大學》：「自天子以至於庶人，壹是皆以脩身為本。」〔註169〕亦強調修養己身，在上位者欲使百姓順服，需先修其身，從自身做起，以身作則。〈子產〉：「下能弋（式）上」〔註170〕上行下效，百姓會效法在上位者，故在上位者言行豈可不慎乎？

〔註161〕【清】洪亮吉：《春秋左傳詁》卷17，頁15。

〔註162〕清華大學出土文獻研究與保護中心編，李學勤主編：《清華大學藏戰國竹簡（陸）》下冊，頁137。

〔註163〕清華大學出土文獻研究與保護中心編，李學勤主編：《清華大學藏戰國竹簡（陸）》下冊，頁137。

〔註164〕清華大學出土文獻研究與保護中心編，李學勤主編：《清華大學藏戰國竹簡（陸）》下冊，頁138。

〔註165〕清華大學出土文獻研究與保護中心編，李學勤主編：《清華大學藏戰國竹簡（陸）》下冊，頁138。

〔註166〕【清】劉寶楠：《論語正義》卷16，頁9。

〔註167〕【清】汪紱：《四書詮義》卷十八，頁32。清汪雙池先生叢書本

〔註168〕【清】汪紱：《四書詮義》卷3，頁66。

〔註169〕【清】汪紱：《四書詮義》卷1，頁14。

〔註170〕清華大學出土文獻研究與保護中心編，李學勤主編：《清華大學藏戰國竹簡（陸）》下冊，頁138。

2. 用人無私

〈子產〉：「子產所嗜欲不可知，內君子亡偏。官政懷師栗，當事乃進，亡好……自勝立中，此謂亡好惡。」〔註171〕、「臣人非所能不進」〔註172〕由此可知其主張用人無私、論功行賞、依能任職升遷。《墨子・尚賢》：「不黨父兄，不偏貴富，不嬖顏色，賢者舉而上之……不肖者抑而廢之。」〔註173〕與〈子產〉用人無私與選賢與能之觀點有相通之處。

3. 良臣輔政

〈子產〉篇中提及「得賢」，欲以賢者輔國當先得賢，又〈子產〉：「前者之能役相其邦家」〔註174〕、「求蓋之賢，可以自分，重任以果將」〔註175〕即可看出其以賢輔國之主張。〈子產〉：「勤勉求善，以助上牧民」〔註176〕、「子產既由善用聖，班好物俊之行」〔註177〕可知子產亦採以賢治國之策略。國家欲富強在內需有輔弼之賢士，子產對人才極其重視，選賢舉能，以良臣輔政，〈子產〉：「子產用尊老先生之俊，乃有桑丘仲文、杜逝、肥仲、王子伯願；乃設六輔：子羽、子刺、蔑明、卑登、佁之攴、王子百」〔註178〕其善於選拔人才，敬重能者，知人善任，擇能而使，以杜逝、肥仲、子羽、卑登等人輔政，令其各展所長、各盡所能，為國效力，其所以能成功治國除本身之才能外，更與其善於用人、做到人盡其才、取人之長補己之短有關。而《左傳・襄公三十一年》：「子產之從政也，擇能而使之，馮簡子能斷大事，子大叔美秀而文，公孫揮能知四國之為，而辨於其大夫之族姓，班位貴賤能否，而又善為辭令，

〔註171〕清華大學出土文獻研究與保護中心編，李學勤主編：《清華大學藏戰國竹簡（陸）》下冊，頁137。

〔註172〕清華大學出土文獻研究與保護中心編，李學勤主編：《清華大學藏戰國竹簡（陸）》下冊，頁137。

〔註173〕【春秋】墨翟：《墨子》卷2，頁3、4。

〔註174〕清華大學出土文獻研究與保護中心編，李學勤主編：《清華大學藏戰國竹簡（陸）》下冊，頁138。

〔註175〕清華大學出土文獻研究與保護中心編，李學勤主編：《清華大學藏戰國竹簡（陸）》下冊，頁138。

〔註176〕清華大學出土文獻研究與保護中心編，李學勤主編：《清華大學藏戰國竹簡（陸）》下冊，頁138。

〔註177〕清華大學出土文獻研究與保護中心編，李學勤主編：《清華大學藏戰國竹簡（陸）》下冊，頁138。

〔註178〕清華大學出土文獻研究與保護中心編，李學勤主編：《清華大學藏戰國竹簡（陸）》下冊，頁138。

裨諶能謀，謀於野則獲，謀於邑則否，鄭國將有諸侯之事，子產乃問四國之為於子羽，且使多為辭令，與裨諶乘以適野，使謀可否，而告馮簡子使斷之，事成，乃授子大叔使行之，以應對賓客，是以鮮有敗事，北宮文子所謂有禮也。」〔註179〕提及子產選賢舉能，令其發揮所長、各得其所，其與上文所述〈子產〉部分有共通處，其相關論述，正可對讀。另，篇中出現之臣子又見於《清華大學藏戰國竹簡（三）》之〈良臣〉篇中，亦可相參。

4. 法先王

〈子產〉：「因前遂故」〔註180〕、「善君必狾（察）昔耑（前）善王之嬽（法）聿（律）」〔註181〕、「乃肄三邦之令，以為鄭令、野令……肄三邦之刑，以為鄭刑、野刑」〔註182〕可知該篇有法先王之主張。「刑」早已有之，《尚書・舜典》：「象以典刑，流宥五刑，鞭作官刑，扑作教刑，金作贖刑。」〔註183〕、《尚書・皋陶謨》：「天討有罪，五刑五用哉」。〔註184〕另，由〈子產〉：「乃肄三邦之令，以為鄭令、野令……肄三邦之刑，以為鄭刑、野刑」〔註185〕可知鄭國之令、刑，乃法夏、商、周三代之法而來，《春秋左傳杜注》：「制參辟，鑄刑書」注：「制參辟，謂用三代之末法」〔註186〕可與之對讀。

5. 禁奢、節欲

〈子產〉：「子產不大宅域。不建臺寢，不飾美車馬衣裘，曰：『勿以胼也。』」〔註187〕、「乃禁管單、相冒、韓樂，飾美宮室衣裘，好飲食醓（醯）釀，以遠胼（屏）者。」〔註188〕由以上可知其主張禁奢、節欲，以免被外物所惑，藉

〔註179〕【清】洪亮吉：《春秋左傳詁》卷14，頁46。

〔註180〕清華大學出土文獻研究與保護中心編，李學勤主編：《清華大學藏戰國竹簡（陸）》下冊，頁137。

〔註181〕清華大學出土文獻研究與保護中心編，李學勤主編：《清華大學藏戰國竹簡（陸）》下冊，頁138。

〔註182〕清華大學出土文獻研究與保護中心編，李學勤主編：《清華大學藏戰國竹簡（陸）》下冊，頁138。

〔註183〕【清】孫承澤：《尚書集解》卷二，頁9。

〔註184〕【清】孫承澤：《尚書集解》卷4，頁8。

〔註185〕清華大學出土文獻研究與保護中心編，李學勤主編：《清華大學藏戰國竹簡（陸）》下冊，頁138。

〔註186〕【清】姚培謙：《春秋左傳杜注》卷21，頁21。

〔註187〕清華大學出土文獻研究與保護中心編，李學勤主編：《清華大學藏戰國竹簡（陸）》下冊，頁137。

〔註188〕清華大學出土文獻研究與保護中心編，李學勤主編：《清華大學藏戰國竹簡（陸）》

以防止因過多之慾望而敗壞人心，其重禮之規範亦重內心之修養。子產主張禁奢、節欲亦見於《列子‧楊朱》：「子產……曰……若觸情而動，聃於嗜慾，則性命危矣。」〔註189〕、《左傳‧襄公三十年》：「子產使都鄙有章……大人之忠儉者，從而與之，泰侈者因而斃之」〔註190〕此兩處正可與〈子產〉相關部分對讀，則其尚儉、主張禁奢、節欲之觀念明矣。

6. 教化人民

〈子產〉：「民有過失，矯失弗誅」〔註191〕、「導之以教……以釋亡教不辜。」〔註192〕其主張用教育引導人民，由上可見其極重視對百姓之教化。上博簡〈顏淵問於孔子〉：「孔子曰：『修身以先，則民莫不從矣；前以博愛，則民莫遺親矣；導之以儉，則民知足矣；謙之以讓，則民不爭矣；又迪而教之以能，賤不肖而遠之，則民知禁矣。如進者勸行，退者知禁，則其於教也不遠矣。』」〔註193〕與其主張有相通之處。

7. 寬猛相濟

該篇於治國方略上主張寬猛相濟，與子產治國方略同。劉光勝：「子產效法天地剛柔、逆順之道，『令』『刑』為剛，『教化』為柔，通過寬嚴相濟，以實現社會秩序的治理。」〔註194〕《禮記‧樂記》：「禮節民心，樂和民聲，政以行之，刑以防之，禮樂刑政，四達而不悖，則王道備矣。」〔註195〕禮刑相輔缺一不可可知矣。〈子產〉篇中提及子產：「肄三邦之令，以為鄭令、野令……肄三邦之刑，以為鄭刑、野刑」〔註196〕其做令、刑以約束人民乃屬猛之部分，

下冊，頁138。
〔註189〕【戰國】列禦寇：《列子》卷7，頁6。
〔註190〕【清】姚培謙：《春秋左傳杜注》卷19，頁19。
〔註191〕清華大學出土文獻研究與保護中心編，李學勤主編：《清華大學藏戰國竹簡（陸）》下冊，頁138。
〔註192〕清華大學出土文獻研究與保護中心編，李學勤主編：《清華大學藏戰國竹簡（陸）》下冊，頁138。
〔註193〕常佩雨：〈上博簡《顏淵問于孔子》初探——基于竹簡形制、簡文釋讀、文獻價值諸問題的考察〉，《學行堂語言文字論叢》，2014年12月31日，頁120。
〔註194〕劉光勝：〈德刑分途：春秋時期破解禮崩樂壞困局的不同路徑——以清華簡《子產》為中心的考察〉，《孔子研究》，2019年1月25日，頁32。
〔註195〕【清】孫希旦：《禮記集解》卷37，頁11。
〔註196〕清華大學出土文獻研究與保護中心編，李學勤主編：《清華大學藏戰國竹簡（陸）》下冊，頁138。

其治國策略之相關記載亦見於《左傳・昭公二十年》:「鄭子產有疾,謂子大叔曰,我死,子必為政,惟有德者,能以寬服民,其次莫如猛,夫火烈,民望而畏之,故鮮死焉,水懦弱,民狎而翫之,則多死焉,故寬難,疾數月而卒,大叔為政,不忍猛而寬,鄭國多盜,取人於萑苻之澤,大叔悔之,曰,吾早從夫子,不及此,興徒兵以攻萑苻之盜,盡殺之,盜少止,仲尼曰,善哉,政寬則民慢,慢則糾之以猛,猛則民殘,殘則施之以寬,寬以濟猛,猛以濟寬,政是以和,詩曰,民亦勞止,汔可小康,嘉此中國,以綏四方,施之以寬也,毋從詭隨,以謹無良,式遏寇虐,慘不畏明,糾之以猛也,柔遠能邇,以定我王,平之以和也,又曰,不競不絿,不剛不柔,布政優優,百祿是遒,和之至也,及子產卒,仲尼聞之,出涕曰,古之遺愛也。」〔註197〕子產治國寬猛相濟由此亦可知也。另,《左傳・昭公二年》:「子產在鄙,聞之,懼弗及,乘遽而至,使吏數之,曰,伯有之亂,以大國之事,而未爾討也,爾有亂心,無厭,國不女堪。專伐伯有,而罪一也,昆弟爭室,而罪二也,薰隧之盟,女矯君位,而罪三也,有死罪三,何以堪之,不速死……子產曰,印也若才,君將任之,不才,將朝夕從女,女罪之不恤,而又何請焉,不速死,司寇將至,七月,壬寅,縊,尸諸周氏之衢,加木焉。」〔註198〕其對有罪當誅者,依法處置,絕不留情,顯現為政剛猛之一面。其雖有猛之一面,然亦有寬之一面,〈子產〉篇中提及:「民有過失,矯失弗誅」〔註199〕、「導之以教……行以尊令裕義,以釋亡教不辜」〔註200〕等,即可看出子產為政寬之一面,其不僅待民以寬,更致力於教導人民,極重視對百姓之教化,故由上觀之其治國有寬有猛,寬猛相濟,恩威兼施。值得一提的是《禮記・雜記下》:「張而不弛,文武弗能也;弛而不張,文武弗為也。一張一弛,文武之道也。」〔註201〕時而緊、時而鬆,時而寬、時而嚴,文王、武王以寬猛相濟之法治理百姓,子產亦同。又《左傳・成公二年》:「《周書》曰,明德慎罰,文王所以

〔註197〕【清】洪亮吉:《春秋左傳詁》卷17,頁30、31。
〔註198〕【清】洪亮吉:《春秋左傳詁》卷15,頁17。
〔註199〕清華大學出土文獻研究與保護中心編,李學勤主編:《清華大學藏戰國竹簡(陸)》下冊,頁138。
〔註200〕清華大學出土文獻研究與保護中心編,李學勤主編:《清華大學藏戰國竹簡(陸)》下冊,頁138。
〔註201〕【清】孫希旦:《禮記集解》卷42,頁10。

造周也，明德，務崇之之謂也，慎罰，務去之之謂也。」〔註202〕可知明德慎罰之觀念、德刑相輔及寬猛相濟之方，早已有之，子產將其繼承且善用並發揚之，子產雖重德性、教化，然亦強調法之約束力，故治國採寬猛相濟之法，而孔子亦贊同其寬猛相濟之治國方式。有關寬猛相濟之部分代生於〈清華簡（六）鄭國史類文獻初探〉中亦有論及：「『乃跡天地、逆順、強（剛）柔，以咸全禦』，『跡』，循也；天地、逆順、剛柔的結合，實際上是孔子所說的『寬猛相濟』。『行以尊令裕義，以釋亡教不辜』，是強調法律在執行過程中的寬緩，這都屬於猛政與寬政的結合。子產的『刑書』內容中，充分包含了道德的教化和引導，採取的是『刑德並用』，這與孔子的思想是相通的。」〔註203〕其遵循天地、逆順、剛柔之理，治國採寬猛相濟之法已明矣。

此外，《中庸》：「凡為天下國家有九經，曰：修身也，尊賢也，親親也，敬大臣也，體群臣也，子庶民也，來百工也，柔遠人也，懷諸侯也。修身則道立，尊賢則不惑，親親則諸父昆弟不怨，敬大臣則不眩，體群臣則士之報禮重，子庶民則百姓勸，來百工則財用足，柔遠人則四方歸之，懷諸侯則天下畏之。齊明盛服，非禮不動，所以修身也；去讒遠色，賤貨而貴德，所以勸賢也；尊其位，重其祿，同其好惡，所以勸親親也；官盛任使，所以勸大臣也；忠信重祿，所以勸士也；時使薄斂，所以勸百姓也；日省月試，既稟稱事，所以勸百工也；送往迎來，嘉善而矜不能，所以柔遠人也；繼絕世，舉廢國，治亂持危，朝聘以時，厚往而薄來，所以懷諸侯也。凡為天下國家有九經，所以行之者一也。」〔註204〕與〈子產〉篇中之思想、主張多有相似處，亦可互參。

二、〈子產〉篇中令、刑、賦稅之相關研究

〈子產〉篇中提及鄭國之令、刑乃學習夏、商、周三代之法令、刑罰而來，且其又有國、野之別。另，篇中又有與賦稅相關之內容，值得做進一步之研究。以下將分別論述之：

（一）〈子產〉篇中之令、刑

〈子產〉篇中述及子產：「肄三邦之令，以為鄭令、野令……肄三邦之刑，

〔註202〕【清】洪亮吉：《春秋左傳詁》卷11，頁8。
〔註203〕代生：〈清華簡（六）鄭國史類文獻初探〉，頁111。
〔註204〕【清】汪紱：《四書詮義》卷3，頁67、69、71、73。

以為鄭刑、野刑」〔註205〕可知鄭國令、刑有國、野之分。以下將對國、野、令、刑做論述：

1. 國、野

〈子產〉篇中「鄭令、鄭刑」之「鄭」乃指鄭國國都，《左傳》亦有以國之名稱國都者，如：《左傳・莊公十四年》：「鄭厲公自櫟侵鄭，及大陵，獲傅瑕。」〔註206〕、《左傳・成公十六年》：「七月，公會尹武公，及諸侯伐鄭……諸侯之師，次于鄭西，我師次于督揚，不敢過鄭，子叔聲伯使叔孫豹請逆于晉師，為食於鄭郊。」〔註207〕中「不敢過鄭」之「鄭」、《左傳・昭公十八年》：「裨竈曰，不用吾言，鄭又將火，鄭人請用之，子產不可。」〔註208〕中「鄭又將火」之「鄭」皆是例子。《釋名》：「國城曰都。都者，國君所居，人所都會也。」〔註209〕《說文》：「野，郊外也。」〔註210〕《爾雅・釋地》：「邑外謂之郊，郊外謂之牧，牧外謂之野」，郭璞注：「邑，國都也。」〔註211〕《國語・吳語》：「天奪吾食，都鄙荐饑。」韋昭注：「都，國也，鄙，邊邑也。」〔註212〕另，國、野之分亦見於《左傳・襄公三十一年》：「裨諶能謀，謀於野則獲，謀於邑則否，鄭國將有諸侯之事，子產乃問四國之為於子羽，且使多為辭令，與裨諶乘以適野，使謀可否，而告馮簡子使斷之。」〔註213〕、《周禮・秋官司寇》：「士師之職：掌國之五禁之灋，以左右刑罰：一曰宮禁，二曰官禁，三曰國禁，四曰野禁，五曰軍禁。」〔註214〕、《周禮・地官司徒》：「凡四時之徵令有常者，以木鐸徇于市朝。以歲時巡國及野，而賙萬民之囏阨，以王命施惠。」〔註215〕可知區域分國、野，且其為相對之區域。李明麗：「《左傳》

〔註205〕清華大學出土文獻研究與保護中心編，李學勤主編：《清華大學藏戰國竹簡（陸）》下冊，頁138。

〔註206〕【清】洪亮吉：《春秋左傳詁》卷6，頁10。

〔註207〕【清】洪亮吉：《春秋左傳詁》卷11，頁42。

〔註208〕【清】洪亮吉：《春秋左傳詁》卷17，頁15。

〔註209〕【東漢】劉熙：《釋名》卷2，頁3。

〔註210〕【東漢】許慎撰、【清】段玉裁注：《說文解字注》，頁694。

〔註211〕【清】邵晉涵：《爾雅正義》卷十，頁19。

〔註212〕【吳】韋昭注：《國語》卷19，頁6。

〔註213〕【清】洪亮吉：《春秋左傳詁》卷14，頁46。

〔註214〕【清】孫詒讓：《周禮正義》卷六十七，頁1。民國二十年湖北蓬湖精舍遞刻本

〔註215〕【清】方苞：《周官集注》卷三，頁42。

中的野，可以總結為廣狹二義：廣義者，國都之外即為野，野中包括郊。狹義者，郊以外為野。」〔註216〕〈子產〉篇則是採二分法將區域分為國、野，國、野亦可稱都、鄙。《左傳・襄公三十年》：「子產使都鄙有章」〔註217〕其都鄙可與〈子產〉之國、野相參。

2. 令、刑

鄭國之立法分令、刑，亦有國、野之別上已知之。《後漢書・郭陳列傳》：「禮之所去，刑之所取，失禮則入刑，相為表裏者也。」〔註218〕春秋時期禮崩樂壞，禮已逐漸失去規範人之行為及維護社會秩序之功能，法之重要性越加提升，需藉其讓禮得以施行。據悉春秋時期諸多訴訟案件之裁決，原則上乃以為政者之判定為準，且法律不公開，故標準不一，判案隨意，較不客觀。《左傳・昭公六年》：「昔先王議事以制，不為刑辟」杜注：「臨事制刑，不豫設法也。」〔註219〕因此遇事無固定標準，判決或輕或重。又《北史・元澄傳》：「鄭國寡弱，攝於強鄰，人情去就，非刑莫制，故鑄刑書以示威。雖乖古式，合今權道。」〔註220〕鑒於當時鄭國處境，亦為順應社會之發展、整頓社會秩序，其鑄刑書實有必要，故做鄭之令及刑、野之令及刑：「乃肄三邦之令，以為鄭令、野令……肄三邦之刑，以為鄭刑、野刑」〔註221〕，期能藉令刑以施教、規範百姓、止暴、「張美棄惡」，此部分可與《左傳・襄公三十年》：「子產使都鄙有章，上下有服」〔註222〕相參照。李雨璐：「傳世文獻中一般用『刑』指律法、懲罰及征討，『令』則是指各種命令和法令，在《子產》篇中『刑』與『令』專指鄭國的兩種法律規範，『刑』是刑罰條律，『令』是行政命令。」〔註223〕據悉令、刑依區域又有國、野之分，對象不同，律法亦異，故國人、野人受不同之律法約束，治理方面亦有國、野之別。《左傳・昭公六年》：「三

〔註216〕李明麗：《左傳國野敘事研究》，吉林大學博士論文，2018-06-01，頁28。
〔註217〕【清】姚培謙：《春秋左傳杜注》卷19，頁19。
〔註218〕【南朝宋】范曄：《後漢書》卷76，頁12。
〔註219〕【清】姚培謙：《春秋左傳杜注》卷21，頁20。
〔註220〕【唐】李延壽：《北史》卷18，頁3。
〔註221〕清華大學出土文獻研究與保護中心編，李學勤主編：《清華大學藏戰國竹簡（陸）》下冊，頁138。
〔註222〕【清】姚培謙：《春秋左傳杜注》卷19，頁19。
〔註223〕李雨璐：〈清華簡《子產》篇整理與研究〉，東北師範大學碩士論文，2019-05-01，頁45。

月，鄭人鑄刑書」杜注：「鑄刑書於鼎，以為國之常法」〔註224〕鑄刑書此舉將法律公諸於眾，如此便可依法治國，人民遇事亦有所依據。《左傳・昭公六年》：「夏有亂政而作禹刑，商有亂政而作湯刑，周有亂政而作九刑，三辟之興，皆叔世也，今吾子相鄭國，作封洫，立謗政，制參辟，鑄刑書，將以靖民，不亦難乎」杜注：「制參辟，謂用三代之末法。」〔註225〕《論語・憲問》：「子曰：『為命：裨諶草創之，世叔討論之，行人子羽脩飾之，東里子產潤色之。』」〔註226〕上述《左傳・昭公六年》所載、《論語・憲問》其對鄭國法令之說明，正可與〈子產〉相關部分互參。相關記載亦見於《漢書・五行志》：「鄭以三月作火鑄鼎，刻刑辟書，以為民約，是為刑器爭辟。」〔註227〕、《春秋左傳杜注》：「今鄭鑄之於鼎，以章示下民，亦既示民，即為定法。民有所犯，依法而斷。」〔註228〕已知鑄刑書，將法律條文鑄於鼎上，並公諸於眾，使得量刑有據，對違法犯禁者處以明確相對之刑罰，亦能依法治國，人民有法可依。又鑄刑書其用處正如《史記・循吏列傳》：「法令所以導民也，刑罰所以禁姦也。」〔註229〕另，〈子產〉篇有關法律部分，正可補充、印證《左傳》、《國語》、《史記》中鄭國鑄刑書之相關記載。值得注意的是該篇之價值正如劉光勝所云：「清華簡〈子產〉的面世，重要的發現是證明律法意義上的『令』在春秋以前已經出現。子產『鑄刑書』，標誌著成文法真正由私密轉為公開，罪刑相應的法律制度逐漸確立，是中國法制史上具有劃時代意義的創舉。」〔註230〕且鑄刑書公布之法乃目前所知中國史上首次公諸於眾之成文法，使得法律透明、公開。王捷：「〈子產〉篇的記載對於法律史研究具有特別的意義：其一，在於讓我們可以對子產鑄『刑書』一事的歷史源流、思想背景有更多瞭解。其二，對於春秋時期的法律形式及其演變可以有更多瞭解。尤其是對『令』這一法律形式的出現時間，或是早在春秋時期就已經出現。」〔註231〕

〔註224〕【清】姚培謙：《春秋左傳杜注》卷21，頁20。

〔註225〕【清】姚培謙：《春秋左傳杜注》卷21，頁21。

〔註226〕【清】汪紱：《四書詮義》卷十八，頁5。

〔註227〕【東漢】班固：《漢書》卷27上，頁11。

〔註228〕【清】姚培謙：《春秋左傳杜注》卷21，頁20。

〔註229〕【漢】司馬遷：《史記》卷119，頁1。

〔註230〕劉光勝：〈德刑分途：春秋時期破解禮崩樂壞困局的不同路徑——以清華簡《子產》為中心的考察〉，頁30。

〔註231〕王捷：〈清華簡《子產》篇與「刑書」新析〉，頁58。

（二）〈子產〉篇中之賦稅

據悉居於野之野人，需從事農事、服勞役、負擔貢賦。相關記載見於《左傳・襄公四年》：「邊鄙不聳，民狎其野，穡人成功。」〔註232〕、《周禮・地官司徒》：「遂人：掌邦之野。以土地之圖經田野，造縣鄙形體之灋……使各掌其政令刑禁以歲時稽其人民，而授之田野，簡其兵器，教之稼穡。」〔註233〕另，〈子產〉：「野三分，粟三分，兵三分」〔註234〕此部分正可與《左傳・昭公四年》：「鄭子產作丘賦」〔註235〕對讀。《周禮・地官司徒》：「乃經土地而井牧其田野：九夫為井，四井為邑，四邑為丘，四丘為甸，四甸為縣，四縣為都，以任地事而令貢賦，凡稅斂之事。乃分地域而辨其守，施其職而平其政。」〔註236〕可知「丘」乃地方組織。《爾雅正義》：「賦，稅也。」〔註237〕《周禮・地官・小司徒》：「以任地事而令貢賦。」鄭玄注：「賦：謂出車徒給繇役也。」〔註238〕《漢書・食貨志上》：「賦共車馬甲兵士徒之役，充實府庫賜予之用。」〔註239〕將〈子產〉：「野三分，粟三分，兵三分」〔註240〕與《左傳》、《周禮》等同賦稅相關之部分互參有益於對賦稅之研究。

小　結

〈鄭武夫人規孺子〉篇出現「卒、窆、臨、小祥」等與喪葬有關之用語，其有助於了解鄭國春秋初期施行喪禮之狀況，亦可將其與《左傳》、《禮記》等書中所載有關喪葬之禮制作一比較，有益於對喪禮之研究。另，藉由〈鄭武夫人規孺子〉之內容與相關文獻對讀，有助於對相關歷史事件更進一步之了解，亦可達證史、補史之功，如：〈鄭武夫人規孺子〉與《左傳》鄭武公立

〔註232〕【清】姚培謙：《春秋左傳杜注》卷14，頁13。

〔註233〕【清】連斗山輯：《周官精義》卷五，頁22。清道光二十一年刻本

〔註234〕清華大學出土文獻研究與保護中心編，李學勤主編：《清華大學藏戰國竹簡（陸）》下冊，頁138。

〔註235〕【清】洪亮吉：《春秋左傳詁》卷15，頁31。

〔註236〕【清】方苞：《周官集注》卷三，頁32、33、36。

〔註237〕【清】邵晉涵：《爾雅正義》卷三，頁20。

〔註238〕【清】愛新覺羅弘曆：《欽定周官義疏》卷10，頁15。

〔註239〕【東漢】班固：《漢書》卷24上，頁3、4。

〔註240〕清華大學出土文獻研究與保護中心編，李學勤主編：《清華大學藏戰國竹簡（陸）》下冊，頁138。

太子、鄭伯克段于鄢事件之對讀，有益於理解〈鄭武夫人規孺子〉中為何武夫人要莊公委政於大臣之因，亦可對「鄭伯克段于鄢」此一事件之前因後果更加了解、〈鄭武夫人規孺子〉與《尚書・洪範》中「稽疑」部分之對讀，不僅可知類似之議事程序早已有之，更可讓吾輩對先秦議事程序有更進一步之理解、鄭武公「居衛三年」此一事件乃傳世史書所未載，正可補史等。

〈鄭文公問太伯〉篇中述及「桓公、武公、莊公開疆拓土建立功勛」、「昭厲之亂」、「良臣輔政」等有益於對鄭史之了解，將其與相關文獻對讀亦可達證史、補史、更正謬誤之功，同時能對相關事件有更進一步之了解。如：〈鄭文公問太伯〉與相關文獻對讀解決克鄶問題及證明了今本《竹書紀年》「鄅」為「鄶」之誤、了解鄭初期之疆域於武公時大抵確立及鄭國勢力範圍變遷之狀況、了解桓公與文公時期良臣之事蹟、鄭國世系等。

〈子產〉篇述及子產之施政、治國、品德修養，亦提及其重禮、重信、納賢、教民等，有益於對其人、其事之相關研究，而篇中之鄭國令、刑部分乃研究子產作刑書極重要之材料。另，該篇提及「野三分，粟三分，兵三分」亦有助於賦稅之相關研究。

第七章　結　論

筆者收集各家對清華簡中鄭國事類簡之集釋，選擇較為可信之說法並提出己見，接著依據簡文內容做相關之研究，並將《左傳》、《國語》、《史記》、《禮記》、《尚書》等古籍中與簡文內容相關之部分互相參照，再做進一步之研究，除有益於對鄭國更深入之了解外，最後亦得出以下幾點之結論：

一、〈鄭武夫人規孺子〉簡序乃 1 至 8、10 至 13、9、14 至 18

以簡背之劃痕及相關之資料訊息與內容中之文義、稱謂用語等為依據，判斷出該篇簡共十八支並無缺簡，其序為簡 1 至 8 接著是簡 10 至 13 然後為簡 9，最後是簡 14 至 18，賈連翔所云之簡序無誤可信。

二、鄭國國君遇事之決策程序：「謀及乃心、謀及卿士、謀及卜筮」

〈鄭武夫人規孺子〉：「昔吾先君，如邦將有大事，必再三進大夫而與之偕圖。既得圖，乃為之毀，圖所賢者焉，申之以龜筮，故君與大夫晏焉，不相得惡。」[註1] 可知鄭國國君如遇大事，必定與臣子共同謀劃、計議，經過多次討論決定最佳方案後，再以占卦確認。其議事過程乃國君先與臣子商議，商議結果再以龜筮確認，此過程與《尚書‧洪範》之「稽疑」部分相似。〈鄭武夫人規

〔註1〕清華大學出土文獻研究與保護中心編，李學勤主編：《清華大學藏戰國竹簡（陸）》下冊，上海：中西書局，2016 年 4 月，頁 104。

孺子〉與〈洪範〉篇「稽疑」部分之議事程序共通處乃皆由君臣共同討論，再以卜筮確認，而「謀及庶人」乃其與〈鄭武夫人規孺子〉中所述議事程序不同之處。

三、〈鄭武夫人規孺子〉：「武公居衛三年」等可補史

〈鄭武夫人規孺子〉：「吾君陷於大難之中，處於衛三年，不見其邦，亦不見其室。」〔註2〕鄭武公陷於極大之危難中，且其居於衛國不得歸家長達三年之久，無法見其國人、家人，此一事件乃傳世史書所未載，正可補史。另〈鄭武夫人規孺子〉中提及之重臣「邊父」為傳世史書未載之人物，亦有助於補史。

四、〈鄭武夫人規孺子〉釋讀不同處

茲將筆者研究後與整理者釋讀不同之處列出：（一）無不溋（盈）其志→無不溋（逞）其志（二）邦豪（家）躪（亂）巳（也）→邦豪（家）躪（亂）巳（已）（三）若卑耳而唇（謀）→若卑（比）耳而唇（謀）（四）亓（其）可（何）不寶（保）→亓（豈）可不寶（五）亓（其）可（何）不述（遂）→亓（豈）可不述（六）女（汝）母（毋）智（知）邦正（政）→女（如）母（毋）智（知）邦正（政）（七）埶（蓻）豈（豎）卑禦→埶（褻）豈（豎）卑禦（八）勤力弅（價）馼（馭）→勤力弅（射）馼（馭）（九）思群臣旻（得）執女（焉）→思（使）群臣旻（得）執女（焉）（十）虖（吾）先君為能敘→先君為能敘（豫）（十一）欧虖（吾）先君→欧（棄）虖（吾）先君（十二）或延（誕）告→或（又）延（誕）告（十三）乃膚（皆）臨→乃膚（偕）臨（十四）自是咠（期）→自是咠（幾）（十五）远=女=（惶惶焉，焉）→远=女=（惶惶焉，如）（十六）宵（削）昔（錯）器→宵昔（索）器（十七）母（毋）乍（措）手止→母（毋）乍（措）手止（趾）（十八）者（姑）窰（寧）→者（胡）窰（寧）（十九）付（守）孫也→付孫也（二十）不是肰（然）→不是（奠）肰（然）（二十一）畜孤而乍（作）女（焉）→畜（愷）孤而乍（作）女（焉）（二十二）亓（其）欧（足）為免（勉）→亓（熙）欧（續）為免（勉）

〔註2〕清華大學出土文獻研究與保護中心編：《清華大學藏戰國竹簡（陸）》下冊，頁104。

五、桓、武、莊公開疆拓土鄭國疆域大抵確立

〈鄭文公問太伯〉篇中述及桓公「獲函、訾並襲介克鄶」，建立輝煌之功績，替春秋初期鄭國之稱霸奠下基礎，接著論及武公事蹟，簡文中敘及其：「西城伊闕，北就鄔、劉，縈輒蔿、邘之國」，並使「魯、衛、蓼、蔡來見。」之後談及莊公功業，文中述及其：「東伐濟、隰之戎為徹」並且「北城溫、原，遺陰、桑次」，接著「東啟隤、樂」，最後竟「逐王於葛」。該篇對鄭國勢力之擴張記載詳盡，武公時期領土較桓公時期更增，鄭初期之疆域於武、莊公時期大抵確立。

六、克鄶者乃桓公而非武公

〈鄭文公問太伯〉：「桓公後出自周……襲介克鄶」、《韓非子‧內儲說下》：「桓公襲鄶，遂取之」、《漢書‧地理志》注引臣瓚之言：「幽王既敗，二年而滅會……是以為鄭桓公。」正可對讀，證明《毛詩正義》卷四：「武公……遂滅虢、鄶而居之」中之「武公滅鄶」為非，克鄶者乃桓公而非武公。經文獻對讀證明桓公滅鄶無疑，〈鄭文公問太伯〉篇解決滅鄶者何人之問題，亦達證史之功。

七、鄭之上位者善用良臣輔國

〈鄭武夫人規孺子〉論及鄭君與大臣共謀國事與可委政於臣、〈良臣〉中提及桓公與史伯、宦仲、虢叔、杜伯等良臣、〈鄭文公問太伯〉言及孔叔、佚之夷、師之佢鹿、堵之俞彌與詹父等賢臣輔政、〈子產〉篇述及用尊老先生之俊與設六輔等，可知鄭之上位者善用良臣輔國，鄭國之所以能安定良臣功不可沒。

八、〈鄭文公問太伯〉釋讀不同處

茲將筆者研究後與整理者釋讀不同之處列出：（一）不穀以能與就次→不穀以能與（舉）就次（二）讚而不酏（醋）→讚而不貳（三）故（鼓）亓（其）腹心→故（固）亓（其）腹心（四）以顏（協）於攽（庸）瓜（偶）→以顏（厭）於攽（烏）瓜（偶）（五）轉（撫）虢（甲），兔（攫）戈→韹（被）虢（甲），兔（舉）戈（六）䵼＝（迢迢）→䵼＝（廟食）（七）泟（伊）闢（潤）→泟（伊）

閞（關）（八）齊藋之戎→齊（濟）、藋之戎（九）檴（鄂）宋（次）→桑宋（次）（十）弱嚳（幼）而諄（滋）長→弱嚳（幼）而諄（嗣）長（十一）色〈孚〉涇〈淫〉枀（媱）于庚（康）→抑涇〈淫〉、枀（遊）于庚（康）（十二）茲贈（詹）父內謫於中→茲（使）贈（詹）父內謫於中。

九、〈子產〉篇具重信、重禮、重德、重民之思想

〈子產〉篇中言及盡力利民以使民信任、對於事情求取人民信任、國君需能取信於民等思想，又該篇中之「出言復」強調言出必行需實踐諾言、「民信志之」強調取信於民，由上可知此篇有濃厚之重信思想。〈子產〉：「文理、形體、端冕，恭儉整齊，弇現有次。」〔註3〕以符禮之規範，又行禮方面〈子產〉：「從節行禮，行禮踐政有事」〔註4〕可見其重禮之思想、對禮之重視。又〈子產〉篇中提及「行德」，認為在上位者當行德政。其重德部分亦見於〈子產〉：「以助政德之固……以成政德之愛。」〔註5〕該篇言及行德、行禮，且文中不難看出重德、重禮之思想。另〈子產〉：「勉以利民……能信，上下乃周。」〔註6〕其強調利民、獲取百姓信任、取信於民及君民和。〈子產〉：「君人亡事，民事是事。得民天殃不至，外仇否。」〔註7〕可看出其具民本思想並強調得民心之重要性。〈子產〉篇中重視「和民」，強調使人民和順安定。欲使人民和順安定，理當愛民、慎戰、不輕啟戰端，故〈子產〉：「不用民於兵甲戰鬥，曰武愛」〔註8〕，又〈子產〉：「不以虐出民力。」〔註9〕亦可看出其重民、愛民。由上可知〈子產〉篇具重信、重禮、重德、重民之思想。

〔註3〕 清華大學出土文獻研究與保護中心編，李學勤主編：《清華大學藏戰國竹簡（陸）》下冊，頁 137。

〔註4〕 清華大學出土文獻研究與保護中心編，李學勤主編：《清華大學藏戰國竹簡（陸）》下冊，頁 137。

〔註5〕 清華大學出土文獻研究與保護中心編，李學勤主編：《清華大學藏戰國竹簡（陸）》下冊，頁 138。

〔註6〕 清華大學出土文獻研究與保護中心編，李學勤主編：《清華大學藏戰國竹簡（陸）》下冊，頁 137。

〔註7〕 清華大學出土文獻研究與保護中心編，李學勤主編：《清華大學藏戰國竹簡（陸）》下冊，頁 137。

〔註8〕 清華大學出土文獻研究與保護中心編，李學勤主編：《清華大學藏戰國竹簡（陸）》下冊，頁 138。

〔註9〕 清華大學出土文獻研究與保護中心編，李學勤主編：《清華大學藏戰國竹簡（陸）》下冊，頁 138。

十、子產主張禁奢、節欲、教民、為政寬猛相濟

〈子產〉：「子產不大宅域。不建臺寢，不飾美車馬衣裘，曰：『勿以骿也。』」〔註10〕、「乃禁管單、相冒、韓樂，飾美宮室衣裘，好飲食醿（醯）釀，以遠骿（屏）者。」〔註11〕由以上可知其主張禁奢、節欲，以免被外物所惑，藉以防止因過多之慾望而敗壞人心。又〈子產〉：「民有過失，矯失弗誅」〔註12〕、「導之以教……以釋亡教不辜。」〔註13〕其主張用教育引導人民，由上可見其極重視對百姓之教化。另，〈子產〉篇中提及子產：「肆三邦之令，以為鄭令、野令……肆三邦之刑，以為鄭刑、野刑」〔註14〕其做令、刑以約束人民乃屬猛之部分，對有罪者，依法處置，絕不留情，顯現為政剛猛之一面。其雖有猛之一面，然亦有寬之一面，〈子產〉篇中提及：「民有過失，矯失弗誅」〔註15〕、「導之以教……行以尊令裕義，以釋亡教不辜」〔註16〕等，即可看出子產為政寬之一面，其不僅待民以寬，更致力於教導人民，故由上觀之其治國有寬有猛，寬猛相濟，恩威兼施。

十一、鄭令、刑乃肆三代令、刑而來且有國、野之別

〈子產〉篇中述及子產：「肆三邦之令，以為鄭令、野令……肆三邦之刑，以為鄭刑、野刑」〔註17〕可知鄭國之令、刑乃學習夏、商、周三代之法令、刑罰而來，且其令、刑有國、野之別。另，〈子產〉篇中鄭國令、刑部分乃研究子產作刑書極重要之材料。

〔註10〕清華大學出土文獻研究與保護中心編，李學勤主編：《清華大學藏戰國竹簡（陸）》下冊，頁137。

〔註11〕清華大學出土文獻研究與保護中心編，李學勤主編：《清華大學藏戰國竹簡（陸）》下冊，頁138。

〔註12〕清華大學出土文獻研究與保護中心編，李學勤主編：《清華大學藏戰國竹簡（陸）》下冊，頁138。

〔註13〕清華大學出土文獻研究與保護中心編，李學勤主編：《清華大學藏戰國竹簡（陸）》下冊，頁138。

〔註14〕清華大學出土文獻研究與保護中心編，李學勤主編：《清華大學藏戰國竹簡（陸）》下冊，頁138。

〔註15〕清華大學出土文獻研究與保護中心編，李學勤主編：《清華大學藏戰國竹簡（陸）》下冊，頁138。

〔註16〕清華大學出土文獻研究與保護中心編，李學勤主編：《清華大學藏戰國竹簡（陸）》下冊，頁138。

〔註17〕清華大學出土文獻研究與保護中心編，李學勤主編：《清華大學藏戰國竹簡（陸）》下冊，頁138。

十二、〈子產〉篇釋讀不同處

茲將筆者研究後與整理者釋讀不同之處列出：（一）不=諆=（不信不信）→不=諆=（不身不信）（二）古（怙）立（位）劫（固）稟（福）→古（固）立（位）劫（怙）稟（富）（三）內君子亡支（變）→內君子亡支（偏）（四）官政眔（懷）帀（師）栗→官政眔（及）帀（師）栗（五）有秂=（秩。秩）所以從節行禮→有秂=（次。次）所以從節行禮（六）出言遝（覆）→出言遝（復）（七）不箽（建）臺（臺）寢→不箽（崇）臺（臺）寢（八）窂（卑）脕（逸）樂→窂（辟）脕（逸）樂（九）在大可舊（久）→在大可舊（十）又（有）以會（答）天→又以會（合）天（十一）又（有）以埜（徠）民→又以埜（徠）民（十二）身以虞（處）之→身以虞（儀）之（十三）不以冥冥归（抑）福→不以冥冥归（仰）福（十四）專（傅）於六正→專（輔）於六正（政）（十五）絧（怠）綄（兑）纈（懈）思（緩）→絧（治）綄（煩）纈（解）思（患）（十六）勖勉救善→勖（勤）勉救（求）善（十七）矗（敖）逡（佚）弗誅→矗（矯）逡（失）弗誅（十八）民亡可事→民亡（無）可事（十九）狄（察）昔夆（前）善王→狄（循）昔夆（前）善王（二十）乃斅（竄）辛道→乃斅（禁）辛道（二十一）乃斅（竄）巻（管）單→乃斅（禁）巻（管）單（二十二）由善臂（散）巻（惌）→由善臂（靡）巻（惌）（二十三）道（導）之以孝（教），乃怵（迹）天埅（地）→道之以孝（教），乃怵（跡）天埅（地）（二十四）以咸斅（全）御→以咸斅（禁）御（二十五）惢（尊）命（令）裕義（儀）→惢（尊）命（令）裕義（二十六）為民型（刑）程，上下臃（維）茸（輯）→為民型程，上下臃（和）茸（輯）（二十七）是謂虞（處）固→是謂虞（儀）固（二十八）虞（處）勖（溫）和憙（憙）→虞（儀）勖（溫）和憙（憙）（二十九）复（作）亓（其）愳（謀）→复（措）亓（其）愳（謀）。

十三、藉〈良臣〉以證史、補史

此篇出現之人物有傳世文獻未見者，如：南宮夭、宦仲、子剌及王子百，其正可補史書之不足。篇中出現之名君、良臣，如：鄭桓公、子產、子皮、子羽、卑登等，亦可與《左傳》、《墨子·尚賢》、《漢書·古今人表》等相關文獻對讀，藉以證史、補史。

參考文獻

一、古　籍

1. 【春秋】墨翟：《墨子》（文淵閣本《四庫全書》）。

2. 【戰國】韓非：《韓非子》（《四部叢刊初編》，景上海涵芬樓藏景宋鈔校本）。

3. 【戰國】列禦寇：《列子》（文淵閣本《四庫全書》）。

4. 【漢】司馬遷：《史記》（文淵閣本《四庫全書》）。

5. 【漢】孔安國傳【唐】孔穎達疏：《尚書正義》（《武英殿十三經注疏》本）

6. 【東漢】許慎撰、【清】段玉裁注：《說文解字注》，高雄：復文出版社，2000
   年9月。

7. 【東漢】班固：《漢書》（文淵閣本《四庫全書》）。

8. 【東漢】鄭玄箋，【唐】孔穎達疏：《毛詩注疏》（文淵閣本《四庫全書》）。

9. 【東漢】鄭玄注，【唐】陸德明音義，孔穎達疏：《禮記注疏》。（文淵閣本《四
   庫全書》）

10. 【東漢】鄭玄注，【唐】陸德明音義，賈公彥疏：《儀禮注疏》（文淵閣本《四庫全
    書》）。

11. 【東漢】劉熙：《釋名》（景江南圖書館藏明翻宋書棚本）。

12. 【東漢】高誘註：《呂氏春秋》（文淵閣本《四庫全書》）。

13. 【吳】韋昭注：《國語》（文淵閣本《四庫全書》）。

14. 【晉】張湛注：《沖虛至德真經》。（《四部叢刊初編》。景常熟瞿氏鐵琴銅劍樓藏北
    宋刊本）。

15. 【晉】杜預注【唐】孔穎達疏：《左傳注疏》（《武英殿十三經注疏》本）。

16. 【晉】范甯集解，【唐】陸德明音義，楊士勛疏：《春秋穀梁注疏》（文淵閣本《四
    庫全書》）。

17.【南朝宋】裴駰：《史記集解》（文淵閣本《四庫全書》）。

18.【南朝宋】范曄：《後漢書》（文淵閣本《四庫全書》）。

19.【唐】李延壽：《北史》（文淵閣本《四庫全書》）。

20.【後晉】劉昫：《舊唐書》（文淵閣本《四庫全書》）。

21.【宋】范煜：《後漢書》（文淵閣本《四庫全書》）。

22.【宋】丁度：《集韻》。《摛藻堂四庫全書薈要》本。

23.【南宋】朱熹：《楚辭集注》（文淵閣本《四庫全書》）。

24.【清】孫承澤：《尚書集解》（清康熙刻本）。

25.【清】姜希轍：《左傳統箋》（清康熙刻本）。

26.【清】阮元校勘：《十三經注疏・左傳》，台北：藝文印書館，2013 年 3 月。

27.【清】阮元校勘：《十三經注疏・公羊傳》，台北：藝文印書館，2013 年 3 月。

28.【清】姚培謙撰：《春秋左傳杜注》（清乾隆十一年刻本）。

29.【清】邵晉涵：《爾雅正義》（清乾隆刻本）。

30.【清】王士讓：《儀禮紃解》（清乾隆三十五年張源義刻本）。

31.【清】馬驌：《左傳事緯》（清乾隆四十九年刻本）。

32.【清】愛新覺羅弘曆：《欽定周官義疏》（文淵閣本《四庫全書》）。

33.【清】方苞：《周官集注》（文淵閣本《四庫全書》）。

34.【清】李光坡：《儀禮述注》（文淵閣本《四庫全書》）。

35.【清】連斗山輯：《周官精義》（清道光二十一年刻本）。

36.【清】王聘珍：《大戴禮記解詁》（清咸豐元年王氏刻本）。

37.【清】孫希旦：《禮記集解》（清同治七年孫鏘鳴刻本）。

38.【清】劉寶楠：《論語正義》（清同治刻本）。

39.【清】胡培翬：《儀禮正義》（清木犀香館刻本）。

40.【清】洪亮吉：《春秋左傳詁》（清光緒四年授經堂刻本）。

41.【清】陳立：《公羊義疏》（清光緒十四年南菁書院皇清經解續編本）。

42.【清】朱右曾：《逸周書校釋》（清光緒十四年南菁書院皇清經解續編本）。

43.【清】汪紱：《四書詮義》（清汪雙池先生叢書本）。

44.【清】鄭元慶：《禮記集說》（民國吳興劉氏嘉業堂刊吳興叢書本）。

45.【清】劉沅：《儀禮恆解》（民國十五年致福樓重刻本）。

46.【清】孫詒讓：《周禮正義》（民國二十年湖北蓬湖精舍遞刻本）。

二、專　書

1. 楊樹達：《積微居金文說》，中國科學院出版，1952 年 9 月。

2. 王國維：《觀堂集林》，北京：中華書局，1959 年 6 月。

3. 唐蘭：《古文字學導論》，齊魯書社，1981 年 1 月。

4. 高亨：《古字通假會典》，濟南：齊魯書社，1989 年 7 月。

5. 王國維：《古史新證——王國維最後的講義》，清華大學出版社，1994 年 12 月。

6. 中國歷史大辭典・先秦史卷編纂委員會編：《中國歷史大辭典・先秦史卷》，上

海辭書出版社，1996 年 12 月。

7. 何琳儀：《戰國古文字典—戰國文字聲系》，中華書局，1998 年 9 月。

8. 王力：《王力古漢語字典》，北京：中華書局，2000 年 6 月。

9. 梁啟超：《中國歷史研究法》，河北教育出版社，2000 年 12 月。

10. 羅竹風主編：《漢語大詞典》，上海：漢語大詞典出版社，2001 年 9 月。

11. 馬文熙、張歸璧等：《古漢語知識辭典》，北京：中華書局，2004 年 6 月。

12. 王輝：《古文字通假字典》，北京：中華書局，2008 年 2 月。

13. 徐吉軍：《中國喪葬史》，武漢：武漢大學出版社，2012 年 6 月。

14. 清華大學出土文獻研究與保護中心編，李學勤主編：《清華大學藏戰國竹簡（三）》下冊，上海：中西書局，2012 年 12 月。

15. 單育辰：《楚地戰國簡帛與傳世文獻對讀之研究》，中華書局，2014 年 5 月。

16. 清華大學出土文獻研究與保護中心編：《清華大學藏戰國竹簡（陸）》上冊，上海：中西書局，2016 年 4 月。

17. 清華大學出土文獻研究與保護中心編，李學勤主編：《清華大學藏戰國竹簡（陸）》下冊，上海：中西書局，2016 年 4 月。

18. 蔡一峰：〈讀清華簡第六輯零箚（五則）〉，《古文字論壇（第二輯）—中山大學古文字學研究室成立六十周年紀念專號》，上海：中西書局，2016 年 11 月。

19. 白於藍：《簡帛古書通假字大系》，福建人民出版社，2017 年 12 月。

20. 鄭邦宏：《出土文獻與古書形近訛誤字校訂》，中西書局，2019 年 11 月。

三、學位論文

1. 王穎：《戰國中山國文字研究》，華東師範大學博士論文，2005 年 5 月。

2. 朱克理：《春秋左傳中所見諸侯殯喪禮儀考述》，吉林大學碩士論文，2015 年 4 月。

3. 蔡偉：《誤字、衍文與用字習慣——出土簡帛古書與傳世古書校勘的幾個專題研究》，復旦大學博士學位論文，2015 年 6 月。

4. 郝花萍：《清華大學藏戰國竹簡（陸）鄭國三篇集釋》，西南大學碩士學位論文，2017 年 6 月。

5. 白顯鳳：《出土楚文獻所見人名研究》，吉林大學博士論文，2017 年 6 月。

6. 王瑜楨：《清華大學藏戰國竹簡（陸）鄭國史料三篇研究》，臺灣師範大學博士論文，2018 年 1 月。

7. 朱忠恒：《清華大學藏戰國竹簡（陸）集釋》，武漢大學碩士學位論文，2018 年 5 月。

8. 李明麗：《左傳國野敘事研究》，吉林大學博士論文，2018 年 6 月。

9. 石兆軒：《清華六〈鄭武夫人規孺子〉研究》，臺灣大學碩士論文，2018 年 6 月。

10. 侯瑞華：《清華簡〈鄭武夫人規孺子〉集釋與相關問題研究》，浙江大學碩士學位論文，2018 年 6 月。

11. 胡乃波：《清華簡〈鄭文公問太伯〉（甲本）集釋》，河北大學碩士學位論文，2018 年 6 月。

12. 劉師岑：《語文古史新研——清華陸〈鄭武夫人規孺子〉內容研究》，國立臺中教育大學碩士學位論文，2018 年 7 月。

13. 汪敏倩：《清華簡〈子產〉篇疏證與研究》，蘇州大學碩士學位論文，2019 年 4 月。

14. 李雨璐：〈清華簡《子產》篇整理與研究〉，東北師範大學碩士論文，2019 年 5 月。

四、期刊論文

1. 徐鴻修：〈周代貴族專制政體中的原始民主遺存〉，《中國社會科學》，1981 年 3 月，頁 75～96。

2. 李學勤：〈晉公盞的幾個問題〉，《出土文獻研究》，1985 年 6 月，頁 134～137。

3. 宋鎮豪：〈古史研究：會通多學科與啟動現代思維——訪宋鎮豪研究員〉，《學術月刊》，2001 年 12 月，頁 103～108。

4. 蒲生華：〈《左傳》中春秋貴族的治喪禮儀〉，《青海師範大學民族師範學院學報》，2004 年 9 月，頁 32～37。

5. 魏慈德：〈從出土文獻的通假現象看「改」字的聲符偏旁〉，《文與哲》第十四期，2009 年 6 月，頁 1～23。

6. 孫飛燕：〈讀《容成氏》箚記〉，《出土文獻》第一輯，2010 年 8 月，頁 194～197。

7. 孫沛陽：〈簡冊背劃線初探〉，《出土文獻與古文字研究》第 4 輯，2011 年 12 月，頁 449～462。

8. 李學勤：〈新整理清華簡六種概述〉，《文物》，2012 年 8 月，頁 66～71。

9. 劉剛：〈清華三《良臣》為具有晉系文字風格的抄本補證〉，《中國文字學報》，2014 年 7 月，頁 99～107。

10. 常佩雨：〈上博簡《顏淵問于孔子》初探——基于竹簡形制、簡文釋讀、文獻價值諸問題的考察〉，《學行堂語言文字論叢》，2014 年 12 月，頁 102～126。

11. 羅小華：〈試論清華簡《良臣》中的「子剌」〉，《出土文獻》，2015 年 4 月，頁 198～200。

12. 李守奎：〈字乎？娩乎？——「字」表生育與表示生育的字〉，2015 年 5 月，《美文》，頁 60～62。

13. 郭麗：〈清華簡《良臣》文本結構與思路考略〉，《山東理工大學學報（社會科學版）》，2015 年 7 月，頁 48～51。

14. 李守奎：〈鄭武夫人規孺子中的喪禮用語與相關的禮制問題〉，《中國史研究》，2016 年 2 月，頁 11～18。

15. 趙平安：〈清華簡第六輯文字補釋六則〉，《出土文獻》（第九輯），2016 年 02 期，頁 183～189。

16. 李守奎：〈釋楚簡中的「規」——兼說「支」亦「規」之表意初文〉，《復旦學報（社會科學版）》，2016 年第 3 期，頁 80～86。

17. 李學勤：〈有關春秋史事的清華簡五種綜述〉，《文物》，2016 年第三期，頁 79～83。

18. 馬楠：〈清華簡《鄭文公問太伯》與鄭國早期史事〉，《文物》，2016 年 3 月，頁 84～87。

19. 韓高年:〈子產年譜（上）〉,《中國文學研究（輯刊）》,2016 年 6 月,頁 1～17。

20. 王永昌:〈清華簡研究二題〉,《延安大學學報（社會科學版）》,2016 年 10 月,頁 82～84。

21. 吳良寶:〈清華簡地名「鄭、邖」小考〉,《出土文獻（第九輯）》,中西書局,2016 年 10 月,頁 178～182。

22. 石小力:〈清華簡第六輯中的訛字研究〉,《出土文獻》,2016 年 10 月,頁 190～197。

23. 王挺斌:〈清華簡第六輯研讀箚記〉,《出土文獻》,2016 年 10 月,頁 198～204。

24. 劉光:〈清華簡《鄭文公問太伯》所見鄭國初年史事研究〉,《山西檔案》,2016 月 11 月,頁 31～34。

25. 單育辰:〈清華六《鄭文公問太伯》釋文商榷〉,《語言研究集刊》,2017 年 01 期,頁 308～313。

26. 單育辰:〈清華六《子產》釋文商榷〉,《出土文獻》,2017 年 02 期,頁 210～218。

27. 孫合肥:〈清華簡《子產》簡 19～23 校讀〉,《淮南師範學院學報》,2017 年 04 月,頁 1～3。

28. 尉侯凱:〈讀清華簡六箚記（五則）〉,《出土文獻》,2017 年 4 月,頁 124～129。

29. 何有祖:〈讀清華簡六箚記（二則）〉,《出土文獻》,2017 年 4 月,頁 119～123。

30. 晁福林:〈談清華簡《鄭武夫人規孺子》的史料價值〉,《清華大學學報（哲學社會科學版）》,2017 年 5 月,頁 125～130。

31. 王捷:〈清華簡《子產》篇與「刑書」新析〉,《上海師範大學學報（哲學社會科學版）》,2017 年 7 月,頁 53～59。

32. 段凱:〈《清華大學藏戰國竹簡（六）》補釋〉,《中國文字研究》,2017 年 7 月,頁 67～71。

33. 陳偉武:〈讀清華簡第六冊小札〉,《出土文獻》第十一輯,2017 年 10 月,頁 205～209。

34. 蔣瓊傑:〈試說清華六〈子產〉中的「砡」〉,《出土文獻》第十一輯,2017 年 10 月,頁 219～224。

35. 林清源:〈清華簡（陸）《鄭武夫人規孺子》通釋〉,2017 年 11 月（三稿）。

36. 代生:〈清華簡（六）鄭國史類文獻初探〉,《濟南大學學報（社會科學版）》,2018 年 1 月,頁 104～112。

37. 高瑞傑:〈對讀《子產》篇與《大戴禮記》：兼論先秦儒家思想的兩條路徑〉,《殷都學刊》,2018 年 3 月,頁 48～53。

38. 賈連翔:〈清華簡《鄭武夫人規孺子》篇的再編連與復原〉,《文獻》,2018 年 5 月,頁 54～59。

39. 程浩:〈從「逃死」到「扞艱」：新史料所見兩周之際的鄭國〉,《歷史教學問題》,2018 年 8 月,頁 31～38。

40. 沈培:〈清華簡《鄭武夫人規孺子》校讀五則〉,《漢字漢語研究》,2018 年 12 月,頁 38～55。

41. 劉光勝：〈德刑分途：春秋時期破解禮崩樂壞困局的不同路徑——以清華簡《子產》為中心的考察〉，《孔子研究》，2019 年 1 月，頁 30～38。

42. 袁青：〈論清華簡《子產》的黃老學傾向〉，《哲學與文化》，2019 年 2 月，頁 153～165。

43. 韓高年：〈子產生平、辭令及思想新探——以清華簡《子產》《良臣》等為中心〉，《中原文化研究》，2019 年 03 期，頁 58～64。

44. 韓國河、陳康：〈鄭國東遷考〉，《鄭州大學學報（哲學社會科學版）》，2019 年 3 月，頁 66～72。

45. 程浩：〈牢鼠不能同穴：基于新出土文獻的鄭國昭厲之亂再考察〉，《史林》，2019 年 6 月，頁 34～43。

46. 程浩：〈清華簡新見鄭國人物考略〉，《文獻》，2020 年 1 月，頁 20～32。

47. 侯瑞華：〈清華簡《鄭武夫人規孺子》二題〉，《殷都學刊》，2020 年 3 月 15 日，頁 41～45。

48. 李松儒：〈清華簡《良臣》《祝辭》的形制與書寫〉，《漢字漢語研究》，2020 年 3 月 20 日，頁 32～38。

五、研討會論文

1. 趙平安：〈夬的形義和它在楚簡中的用法——兼釋其他古文字資料中的夬字〉，《第三屆國際中國古文字學研討會論文集》（香港：香港中文大學中國文化研究所、中國語文及文學系發行，1997 年 1 月第 1 版），頁 711～723。

2. 沈培：〈清華簡《鄭武夫人規孺子》校讀五則〉，中國簡帛學國際論壇 2017。

3. 沈培：〈從釋讀清華簡的一個實例談談在校讀古文獻中重視古人思想觀念的效用〉，「2017 出土文獻與傳世典籍的詮釋國際學術研討會」論文，復旦大學出土文獻與古文字研究中心主辦，2017 年 10 月 14 日～15 日。

4. 沈培：〈清華簡《鄭武夫人規孺子》「乃為之毀圖所賢者」釋義〉，「單周堯教授七秩華誕國際學術研討會」，饒宗頤文化館 2017 年 12 月 9 日。

六、網路論文、資料

1. 路得：〈說睡虎地秦簡《為吏之道》的「事有幾時」〉，簡帛網：http://www.bsm.org.cn/show_article.php?id=586，2007-06-27。

2. 沈培：〈由上博簡證「如」可訓為「不如」〉，簡帛網：http://www.bsm.org.cn/show_article.php?id=624，2007-07-15。

3. 陳劍：〈上博（八）·王居復原〉，復旦大學出土文獻與古文字研究中心：http://www.gwz.fudan.edu.cn/Web/Show/1604，2011/7/20。

4. 陳偉：〈《清華大學藏戰國竹簡·良臣》初讀——在《清華大學藏戰國竹簡（三）》成果發布會上的講話〉，簡帛網：http://www.bsm.org.cn/show_article.php?id=1769，2013-01-04。

5. 周飛：〈清華簡《良臣》篇箚記〉，清華大學出土文獻研究與保護中心：http://www.tsinghua.edu.cn/publish/cetrp/6831/2013/，2013 年 1 月 8 日。

6. 汗天山：簡帛研讀 » 清華簡三〈良臣〉箚記（第1樓），
簡帛論壇，http://www.bsm.org.cn/bbs/read.php?tid=3052&fpage=5，2013 年 1 月 9 日

7. 袁金平：簡帛研讀 » 清華簡三〈良臣〉箚記（第2樓），
簡帛論壇，http://www.bsm.org.cn/bbs/read.php?tid=3052&fpage=5，2013 年 1 月 9 日。

8. 苦行僧：簡帛研讀 » 清華簡三〈良臣〉箚記（第5樓），
簡帛論壇，http://www.bsm.org.cn/bbs/read.php?tid=3052&fpage=5，2013 年 1 月 9 日。

9. 海天遊蹤：簡帛研讀 » 清華簡三〈良臣〉箚記（第6樓），
簡帛論壇，http://www.bsm.org.cn/bbs/read.php?tid=3052&fpage=5，2013 年 1 月 9 日。

10. 暮四郎：簡帛研讀 » 清華簡三〈良臣〉箚記（第16樓），
簡帛論壇，http://www.bsm.org.cn/bbs/read.php?tid=3052&fpage=5，2013 年 3 月 30 日。

11. 暮四郎：簡帛研讀 » 說清華簡《皇門》簡12「律臣」、「蓋臣」（第0樓），
簡帛論壇：http://www.bsm.org.cn/bbs/read.php?tid=3201，2014 年 10 月 5 日。

12. 王寧：簡帛研讀 » 說清華簡《皇門》簡12「律臣」、「蓋臣」（第4樓），
簡帛論壇：http://www.bsm.org.cn/bbs/read.php?tid=3201，2015 年 6 月 3 日。

13. 楊蒙生：〈讀清華六《子儀》筆記五則——附《鄭文公問太伯》筆記一則〉，清華大學出土文獻研究與保護中心：http://www.ctwx.tsinghua.edu.cn/publish/cetrp/6831/2016，2016 年 3 月 22 日。

14. 羅小華：〈試論清華簡中的幾個人名〉，
簡帛網：http://www.bsm.org.cn/show_article.php?id=2514，2016-04-08。

15. ee：簡帛研讀 » 清華六《鄭武夫人規孺子》初讀（第0樓），
簡帛論壇，http://www.bsm.org.cn/bbs/read.php?tid=3345&page=7，2016 年 4 月 16 日。

16. 暮四郎：《清華六〈鄭武夫人規孺子〉初讀》第1樓，
簡帛論壇：http://www.bsm.org.cn/bbs/read.php?tid=3345，2016 年 4 月 16 日。

17. 暮四郎：簡帛研讀 » 清華六《鄭武夫人規孺子》初讀（第2樓），
簡帛論壇，http://www.bsm.org.cn/bbs/read.php?tid=3345&page=7，2016 年 4 月 16 日。

18. 王挺斌（清華大學出土文獻讀書會）：〈清華六整理報告補正〉，
清華大學出土文獻研究與保護中心：http://www.ctwx.tsinghua.edu.cn/publish/cetrp/6842/20160416052940099595642/1460755813610.doc，2016 年 4 月 16 日。

19. 程浩（清華大學出土文獻讀書會）：〈清華六整理報告補正〉，
清華大學出土文獻研究與保護中心：http://www.ctwx.tsinghua.edu.cn/publish/cetrp/6842/20160416052940099595642/1460755813610.doc，2016 年 4 月 16 日。

20. 石小力（清華大學出土文獻讀書會）：〈清華六整理報告補正〉，
清華大學出土文獻研究與保護中心：http://www.ctwx.tsinghua.edu.cn/publish/cetrp/6842/20160416052940099595642/1460755813610.doc，2016 年 4 月 16 日。

21. 馬楠（清華大學出土文獻讀書會）：〈清華六整理報告補正〉，
清華大學出土文獻研究與保護中心：http://www.ctwx.tsinghua.edu.cn/publish/cetrp/

6842/20160416052940099595642/1460755813610.doc，2016 年 4 月 16 日。

22. 心包：簡帛研讀 » 清華六《鄭武夫人規孺子》初讀（第 3 樓），
簡帛論壇，http://www.bsm.org.cn/bbs/read.php?tid=3345&page=7，2016 年 4 月 16 日。

23. 心包：簡帛研讀 » 清華六《鄭文公問太伯》初讀（第 0 樓），
簡帛論壇：http://www.bsm.org.cn/bbs/read.php?tid=3346，2016-04-16。

24. 暮四郎：簡帛研讀 » 清華六《鄭文公問太伯》初讀（第 1 樓），
簡帛論壇：http://www.bsm.org.cn/bbs/read.php?tid=3346，2016-04-16。

25. ee：簡帛研讀 » 清華六〈子產〉初讀（第 0 樓），
簡帛論壇：http://www.bsm.org.cn/bbs/read.php?tid=3345，2016 年 4 月 16 日。

26. 薛后生：簡帛研讀 » 清華六〈子產〉初讀（第 1 樓），
簡帛論壇：http://www.bsm.org.cn/bbs/read.php?tid=3345，2016 年 4 月 16 日。

27. 心包：簡帛研讀 » 清華六〈子產〉初讀（第 2 樓），
簡帛論壇：http://www.bsm.org.cn/bbs/read.php?tid=3345，2016 年 4 月 16 日。

28. 易泉：簡帛研讀 » 清華六〈子產〉初讀（第 3 樓），
簡帛論壇：http://www.bsm.org.cn/bbs/read.php?tid=3345，2016 年 4 月 16 日。

29. 趙平安：〈清華簡（陸）文字補釋（六則）〉，
清華大學出土文獻研究與保護中心：http://www.tsinghua.edu.cn/publish/cetrp/6831/
2016/20160416052835466553594/，2016-04-16。

30. 易泉：簡帛研讀 » 清華六〈鄭武夫人規孺子〉初讀（第 4 樓），
簡帛論壇，http://www.bsm.org.cn/bbs/read.php?tid=3345&page=3，2016 年 4 月 17 日。

31. 易泉：簡帛研讀 » 清華六〈鄭武夫人規孺子〉初讀（第 5 樓），
簡帛論壇，http://www.bsm.org.cn/bbs/read.php?tid=3345&page=3，2016 年 4 月 17 日。

32. ee：簡帛研讀 » 清華六《鄭武夫人規孺子》初讀（第 7 樓），
簡帛論壇，http://www.bsm.org.cn/bbs/read.php?tid=3345&page=7，2016 年 4 月 17 日。

33. 暮四郎：簡帛研讀 » 清華六《鄭武夫人規孺子》初讀（第 8 樓），
簡帛論壇，http://www.bsm.org.cn/bbs/read.php?tid=3345&page=7，2016 年 4 月 17 日。

34. bulang：簡帛研讀 » 清華六《鄭文公問太伯》初讀（第 2 樓），
簡帛論壇：http://www.bsm.org.cn/bbs/read.php?tid=3346，2016-04-17。

35. ee：簡帛研讀 » 清華六《鄭文公問太伯》初讀（第 4 樓），
簡帛論壇：http://www.bsm.org.cn/bbs/read.php?tid=3346，2016-04-17。

36. ee：簡帛研讀 » 清華六《鄭文公問太伯》初讀（第 5 樓），
簡帛論壇：http://www.bsm.org.cn/bbs/read.php?tid=3346，2016-04-17。

37. 無痕：簡帛研讀 » 清華六《鄭文公問太伯》初讀（第 6 樓），
簡帛論壇：http://www.bsm.org.cn/bbs/read.php?tid=3346，2016-04-17。

38. ee：簡帛研讀 » 清華六《鄭文公問太伯》初讀（第 9 樓），
簡帛論壇：http://www.bsm.org.cn/bbs/read.php?tid=3346，2016-04-17。

39. ee：簡帛研讀 » 清華六《鄭文公問太伯》初讀（第 10 樓），
簡帛論壇：http://www.bsm.org.cn/bbs/read.php?tid=3346，2016-04-17。

40. 薛後生：簡帛研讀 » 清華六《鄭文公問太伯》初讀（第 11 樓），

簡帛論壇：http://www.bsm.org.cn/bbs/read.php?tid=3346，2016-04-17。

41. 無痕：簡帛研讀 » 清華六《鄭文公問太伯》初讀（第 12 樓），
簡帛論壇：http://www.bsm.org.cn/bbs/read.php?tid=3346，2016-04-17。

42. 徐在國：〈清華六《鄭文公問太伯》箚記一則〉，
簡帛網：http://www.bsm.org.cn/show_article.php?id=2519，2016-04-17。

43. 暮四郎：簡帛研讀 » 清華六〈子產〉初讀（第 4 樓），
簡帛論壇：http://www.bsm.org.cn/bbs/read.php?tid=3345，2016 年 4 月 17 日。

44. 暮四郎：簡帛研讀 » 清華六〈子產〉初讀（第 6 樓），
簡帛論壇：http://www.bsm.org.cn/bbs/read.php?tid=3345，2016 年 4 月 17 日。

45. 暮四郎：簡帛研讀 » 清華六〈子產〉初讀（第 7 樓），
簡帛論壇：http://www.bsm.org.cn/bbs/read.php?tid=3345，2016 年 4 月 17 日。

46. 暮四郎：簡帛研讀 » 清華六〈子產〉初讀（第 8 樓），
簡帛論壇：http://www.bsm.org.cn/bbs/read.php?tid=3345，2016 年 4 月 17 日。

47. 暮四郎：簡帛研讀 » 清華六〈子產〉初讀（第 10 樓），
簡帛論壇：http://www.bsm.org.cn/bbs/read.php?tid=3345，2016 年 4 月 17 日。

48. 暮四郎：簡帛研讀 » 清華六〈子產〉初讀（第 11 樓），
簡帛論壇：http://www.bsm.org.cn/bbs/read.php?tid=3345，2016 年 4 月 17 日。

49. 此心安處是吾鄉：簡帛研讀 » 清華六〈子產〉初讀（第 12 樓），
簡帛論壇：http://www.bsm.org.cn/bbs/read.php?tid=3345，2016 年 4 月 17 日

50. ee：簡帛研讀 » 清華六〈子產〉初讀（第 13 樓），
簡帛論壇：http://www.bsm.org.cn/bbs/read.php?tid=3345，2016 年 4 月 17 日。

51. bulang：簡帛研讀 » 清華六〈子產〉初讀（第 14 樓），
簡帛論壇：http://www.bsm.org.cn/bbs/read.php?tid=3345，2016 年 4 月 17 日。

52. ee：簡帛研讀 » 清華六〈子產〉初讀（第 15 樓），
簡帛論壇：http://www.bsm.org.cn/bbs/read.php?tid=3345，2016 年 4 月 17 日。

53. bulang：簡帛研讀 » 清華六〈子產〉初讀（第 17 樓），
簡帛論壇：http://www.bsm.org.cn/bbs/read.php?tid=3345，2016 年 4 月 17 日。

54. 薛后生：簡帛研讀 » 清華六〈子產〉初讀（第 19 樓），
簡帛論壇：http://www.bsm.org.cn/bbs/read.php?tid=3345，2016 年 4 月 17 日。

55. 薛后生：簡帛研讀 » 清華六〈子產〉初讀（第 20 樓），
簡帛論壇：http://www.bsm.org.cn/bbs/read.php?tid=3345，2016 年 4 月 17 日。

56. 無痕：簡帛研讀 » 清華六〈子產〉初讀（第 21 樓），
簡帛論壇：http://www.bsm.org.cn/bbs/read.php?tid=3345，2016 年 4 月 17 日。

57. 暮四郎：簡帛研讀 » 清華六〈子產〉初讀（第 22 樓），
簡帛論壇：http://www.bsm.org.cn/bbs/read.php?tid=3345，2016 年 4 月 17 日。

58. ee：簡帛研讀 » 清華六〈子產〉初讀（第 23 樓），
簡帛論壇：http://www.bsm.org.cn/bbs/read.php?tid=3345，2016 年 4 月 17 日。

59. ee：簡帛研讀 » 清華六〈子產〉初讀（第 25 樓），
簡帛論壇：http://www.bsm.org.cn/bbs/read.php?tid=3345，2016 年 4 月 17 日。

60. bulang：簡帛研讀 » 清華六〈子儀〉初讀（第 22 樓），
簡帛論壇：http://www.bsm.org.cn/bbs，2016 年 4 月 17 日。

61. 無痕：簡帛研讀 » 清華六〈鄭武夫人規孺子〉初讀（第 9 樓），
簡帛論壇，http://www.bsm.org.cn/bbs/read.php?tid=3345&page=3，2016 年 4 月 18 日。

62. 暮四郎：簡帛研讀 »清華六〈鄭武夫人規孺子〉初讀（第 10 樓），
簡帛論壇，http://www.bsm.org.cn/bbs/read.php?tid=3345&page=3，2016 年 4 月 18 日。

63. 暮四郎：簡帛研讀 » 清華六《鄭武夫人規孺子》初讀（第 11 樓），
簡帛論壇，http://www.bsm.org.cn/bbs/read.php?tid=3345&page=7，2016 年 4 月 18 日。

64. 暮四郎：簡帛研讀 » 清華六〈鄭武夫人規孺子〉初讀（第 12 樓），
簡帛論壇，http://www.bsm.org.cn/bbs/read.php?tid=3345&page=3，2016 年 4 月 18 日。

65. 暮四郎：簡帛研讀 »清 華六〈鄭武夫人規孺子〉初讀（第 13 樓），
簡帛論壇，http://www.bsm.org.cn/bbs/read.php?tid=3345&page=3，2016 年 4 月 18 日。

66. ee：簡帛研讀 » 清華六《鄭武夫人規孺子》初讀（第 14 樓），
簡帛論壇，http://www.bsm.org.cn/bbs/read.php?tid=3345&page=7，2016 年 4 月 18 日。

67. 暮四郎：簡帛研讀 » 清華六〈鄭武夫人規孺子〉初讀（第 15 樓），
簡帛論壇，http://www.bsm.org.cn/bbs/read.php?tid=3345&page=3，2016 年 4 月 18 日。

68. bulang：簡帛研讀 » 清華六〈鄭武夫人規孺子〉初讀（第 16 樓），簡
帛論壇，http://www.bsm.org.cn/bbs/read.php?tid=3345&page=3，2016 年 4 月 18 日。

69. 暮四郎：簡帛研讀 » 清華六《鄭武夫人規孺子》初讀（第 18 樓），
簡帛論壇，http://www.bsm.org.cn/bbs/read.php?tid=3345&page=7，2016 年 4 月 18 日。

70. 暮四郎：簡帛研讀 » 清華六〈鄭武夫人規孺子〉初讀（第 19 樓），
簡帛論壇，http://www.bsm.org.cn/bbs/read.php?tid=3345&page=3，2016 年 4 月 18 日。

71. 劉孟瞻：簡帛研讀 » 清華六〈鄭武夫人規孺子〉初讀（第 20 樓），
簡帛論壇，http://www.bsm.org.cn/bbs/read.php?tid=3345&page=3，2016 年 4 月 18 日。

72. 暮四郎：簡帛研讀 » 清華六〈鄭武夫人規孺子〉初讀（第 21 樓），
簡帛論壇，http://www.bsm.org.cn/bbs/read.php?tid=3345&page=3，2016 年 4 月 18 日。

73. 魚游春水：簡帛研讀 » 清華六《鄭武夫人規孺子》初讀（第 24 樓），
簡帛論壇，http://www.bsm.org.cn/bbs/read.php?tid=3345&page=7，2016 年 4 月 18 日。

74. 厚予：簡帛研讀 » 清華六《鄭武夫人規孺子》初讀（第 25 樓），
簡帛論壇，http://www.bsm.org.cn/bbs/read.php?tid=3345&page=7，2016 年 4 月 18 日。

75. ee：簡帛研讀 » 清華六《鄭文公問太伯》初讀（第 13 樓），
簡帛論壇：http://www.bsm.org.cn/bbs/read.php?tid=3346，2016-04-18。

76. 魚游春水：簡帛研讀 » 清華六《鄭文公問太伯》初讀（第 14 樓），
簡帛論壇：http://www.bsm.org.cn/bbs/read.php?tid=3346，2016-04-18。

77. bulang：簡帛研讀 » 清華六〈鄭文公問太伯〉初讀（第 16 樓），
簡帛論壇：http://www.bsm.org.cn/bbs/read.php?tid=3346，2016-04-18。

78. 紫竹道人：簡帛研讀 » 清華六〈鄭文公問太伯〉初讀（第 17 樓），
簡帛論壇：http://www.bsm.org.cn/bbs/read.php?tid=3346，2016-04-18。

79. 明珍：簡帛研讀 » 清華六〈子產〉初讀（第 28 樓），

簡帛論壇：http://www.bsm.org.cn/bbs/read.php?tid=3345，2016 年 4 月 18 日。

80. ee：簡帛研讀 » 清華六《子產》初讀（第 29 樓），
簡帛論壇：http://www.bsm.org.cn/bbs/read.php?tid=3345，2016 年 4 月 18 日。

81. bulang：簡帛研讀 » 清華六〈子產〉初讀（第 30 樓），
簡帛論壇：http://www.bsm.org.cn/bbs/read.php?tid=3345，2016 年 4 月 18 日。

82. 易泉：簡帛研讀 » 清華六〈子產〉初讀（第 34 樓），
簡帛論壇：http://www.bsm.org.cn/bbs/read.php?tid=3345，2016 年 4 月 18 日。

83. 無痕：簡帛研讀 » 清華六〈子產〉初讀（第 38 樓），
簡帛論壇：http://www.bsm.org.cn/bbs/read.php?tid=3345，2016 年 4 月 18 日。

84. 無痕：簡帛研讀 » 清華六〈子產〉初讀（第 39 樓），
簡帛論壇：http://www.bsm.org.cn/bbs/read.php?tid=3345，2016 年 4 月 18 日。

85. bulang：簡帛研讀 » 清華六〈子產〉初讀（第 40 樓），
簡帛論壇：http://www.bsm.org.cn/bbs/read.php?tid=3345，2016 年 4 月 18 日。

86. bulang：簡帛研讀 » 清華六〈子產〉初讀（第 42 樓），
簡帛論壇：http://www.bsm.org.cn/bbs/read.php?tid=3345，2016 年 4 月 18 日。

87. 孟躍龍：〈清華簡「伊𨵗」即「伊闕」說〉，
簡帛網：http://bsm.org.cn/show_article.php?id=2521，2016-04-18。

88. 劉孟瞻：簡帛研讀 » 清華六《鄭武夫人規孺子》初讀（第 28 樓），
簡帛論壇，http://www.bsm.org.cn/bbs/read.php?tid=3345&page=7，2016 年 4 月 19 日。

89. 厚予：簡帛研讀 » 清華六《鄭武夫人規孺子》初讀（第 29 樓），
簡帛論壇，http://www.bsm.org.cn/bbs/read.php?tid=3345&page=7，2016 年 4 月 19 日。

90. 魚游春水：簡帛研讀 » 清華六《鄭武夫人規孺子》初讀（第 30 樓），
簡帛論壇，http://www.bsm.org.cn/bbs/read.php?tid=3345&page=7，2016 年 4 月 19 日。

91. 厚予：簡帛研讀 » 清華六〈鄭武夫人規孺子〉初讀（第 31 樓），
簡帛論壇，http://www.bsm.org.cn/bbs/read.php?tid=3345&page=3，2016 年 4 月 19 日。

92. 厚予：簡帛研讀 » 清華六《鄭武夫人規孺子》初讀（第 32 樓），
簡帛論壇，http://www.bsm.org.cn/bbs/read.php?tid=3345&page=7，2016 年 4 月 19 日。

93. 暮四郎：簡帛研讀 » 清華六〈鄭文公問太伯〉初讀（第 18 樓），
簡帛論壇：http://www.bsm.org.cn/bbs/read.php?tid=3346，2016-04-19。

94. 暮四郎：簡帛研讀 » 清華六《鄭文公問太伯》初讀（第 19 樓），
簡帛論壇：http://www.bsm.org.cn/bbs/read.php?tid=3346，2016-04-19。

95. 暮四郎：簡帛研讀 » 清華六《鄭文公問太伯》初讀（第 21 樓），
簡帛論壇：http://www.bsm.org.cn/bbs/read.php?tid=3346，2016-04-19。

96. 程燕：〈清華六考釋三則〉，
簡帛網：http://www.bsm.org.cn/show_article.php?id=2525，2016 年 4 月 19 日。

97. 林少平：簡帛研讀 » 清華六〈子產〉初讀（第 43 樓），
簡帛論壇：http://www.bsm.org.cn/bbs/read.php?tid=3345，2016 年 4 月 19 日。

98. 無痕：簡帛研讀 » 清華六〈子產〉初讀（第 45 樓），
簡帛論壇：http://www.bsm.org.cn/bbs/read.php?tid=3345，2016 年 4 月 19 日。

99. 難言：簡帛研讀 » 清華六〈子產〉初讀（第 48 樓），
簡帛論壇：http://www.bsm.org.cn/bbs/read.php?tid=3345，2016 年 4 月 19 日。

100. 徐在國：〈談清華六《子產》中的三個字〉，
簡帛網：http://www.bsm.org.cn/show_article.php?id=2523，2016-04-19。

101. 薛後生：簡帛研讀 » 清華六《鄭文公問太伯》初讀（第 22 樓），
簡帛論壇：http://www.bsm.org.cn/bbs/read.php?tid=3346，2016-04-20。

102. 紫竹道人：簡帛研讀 » 清華六《鄭文公問太伯》初讀（第 23 樓），
簡帛論壇：http://www.bsm.org.cn/bbs/read.php?tid=3346，2016-04-20。

103. 問道：簡帛研讀 » 清華六《鄭文公問太伯》初讀（第 24 樓），
簡帛論壇：http://www.bsm.org.cn/bbs/read.php?tid=3346，2016-04-20。

104. 雲間：簡帛研讀 » 清華六《鄭文公問太伯》初讀（第 25 樓），
簡帛論壇：http://www.bsm.org.cn/bbs/read.php?tid=3346，2016-04-20。

105. 余小真：簡帛研讀 » 清華六《鄭文公問太伯》初讀（第 26 樓），
簡帛論壇：http://www.bsm.org.cn/bbs/read.php?tid=3346，2016-04-20。

106. 薛后生：簡帛研讀 » 清華六〈子產〉初讀（第 50 樓），
簡帛論壇：http://www.bsm.org.cn/bbs/read.php?tid=3345，2016 年 4 月 20 日。

107. 東潮：簡帛研讀 » 清華六〈子產〉初讀（第 52 樓），
簡帛論壇：http://www.bsm.org.cn/bbs/read.php?tid=3345，2016 年 4 月 20 日。

108. 問道：簡帛研讀 » 清華六〈子產〉初讀（第 53 樓），
簡帛論壇：http://www.bsm.org.cn/bbs/read.php?tid=3345，2016 年 4 月 20 日。

109. 李鵬輝：〈清華簡陸筆記二則〉，復旦大學出土文獻與古文字研究中心網站：
http://www.gwz.fudan.edu.cn/Web/Show/2775，2016/4/20。

110. 華東師範大學中文系出土文獻研究工作室（本次參加戰國竹簡研讀會者有：黃人二、趙思木、楊耀文、耿昕、石光澤、童超，本文由黃人二執筆。）：〈讀清華大學藏戰國竹簡（陸）·鄭文公問太伯書後（一）〉，
簡帛網：http://www.bsm.org.cn/show_article.php?id=2527，2016 年 4 月 20 日。

111. 王寧：〈由清華簡六二篇說鄭的立國時間問題〉，復旦大學出土文獻與古文字研究中心：http://www.gwz.fudan.edu.cn/Web/Show/2777，2016 年 4 月 20 日。

112. 蘇建洲：〈《清華六》文字補釋〉，
簡帛網：http://www.bsm.org.cn/show_article.php?id=2526，2016-04-20。

113. 黔之菜：〈清華簡（陸）《子產》小札一則〉，
復旦大學出土文獻與古文字研究中心：http://www.gwz.fudan.edu.cn/，2016/4/20。

114. ee：簡帛研讀 » 清華六〈鄭武夫人規孺子〉初讀（第 33 樓），
簡帛論壇，http://www.bsm.org.cn/bbs/read.php?tid=3345&page=3，2016 年 4 月 21 日。

115. 明珍：簡帛研讀 » 清華六《鄭武夫人規孺子》初讀（第 34 樓），
簡帛論壇，http://www.bsm.org.cn/bbs/read.php?tid=3345&page=7，2016 年 4 月 21 日。

116. 楚竹客：學術討論 »〈清華六《鄭武夫人規孺子》箚記一則〉，
復旦大學出土文獻與研究中心：http://www.gwz.fudan.edu.cn/forum/forum.php?mod=viewthread&tid=7828，2016-4-22。

117. 明珍：簡帛研讀 » 清華六《鄭文公問太伯》初讀（第 27 樓），
簡帛論壇：http://www.bsm.org.cn/bbs/read.php?tid=3346，2016-04-22。

118. 明珍：簡帛研讀 » 清華六〈鄭文公問太伯〉初讀（第 28 樓），
簡帛論壇：http://www.bsm.org.cn/bbs/read.php?tid=3346，2016-04-22。

119. 明珍：簡帛研讀 » 清華六《鄭文公問太伯》初讀（第 29 樓），
簡帛論壇：http://www.bsm.org.cn/bbs/read.php?tid=3346，2016-04-22。

120. 苦行僧：簡帛研讀 » 清華六《鄭文公問太伯》初讀（第 30 樓），
簡帛論壇：http://www.bsm.org.cn/bbs/read.php?tid=3346，2016-04-22。

121. blackbronze：簡帛研讀 » 清華六〈鄭文公問太伯〉初讀（第 32 樓），
簡帛論壇：http://www.bsm.org.cn/bbs/read.php?tid=3346，2016-04-22。

122. ee：簡帛研讀 » 清華六〈子產〉初讀（第 56 樓），
簡帛論壇：http://www.bsm.org.cn/bbs/read.php?tid=3345，2016 年 4 月 22 日。

123. 曹方向：〈清華六饋而不二試解〉，
簡帛網：http://www.bsm.org.cn/show_article.php?id=2529，2016 年 4 月 22 日。

124. blackbronze：簡帛研讀 » 清華六《鄭武夫人規孺子》初讀（第 35 樓），
簡帛論壇，http://www.bsm.org.cn/bbs/read.php?tid=3345&page=7，2016 年 4 月 23 日。

125. 蔣偉男：〈簡牘「毀」字補說〉，
簡帛網：http://www.bsm.org.cn/show_article.php?id=2531，2016-04-23。

126. 曰古氏：學術討論 »〈清華六《鄭武夫人規孺子》箚記一則〉，
復旦大學出土文獻與研究中心：http://www.gwz.fudan.edu.cn/forum/forum.php?mod
=viewthread&tid=7828，2016-4-23。

127. ee：簡帛研讀 » 清華六《鄭文公問太伯》初讀（第 33 樓），
簡帛論壇：http://www.bsm.org.cn/bbs/read.php?tid=3346，2016-04-23。

128. ee：簡帛研讀 » 清華六〈子產〉初讀（第 59 樓），
簡帛論壇：http://www.bsm.org.cn/bbs/read.php?tid=3345，2016 年 4 月 23 日。

129. ee：簡帛研讀 » 清華六〈子產〉初讀（第 60 樓），
簡帛論壇：http://www.bsm.org.cn/bbs/read.php?tid=3345，2016 年 4 月 23 日。

130. 東山鐸：簡帛研讀 » 清華六〈鄭武夫人規孺子〉初讀（第 36 樓），
簡帛論壇，http://www.bsm.org.cn/bbs/read.php?tid=3345&page=3，2016 年 4 月 24 日。

131. 此心安處是吾鄉：簡帛研讀 » 清華六《鄭文公問太伯》初讀（第 34 樓），
簡帛論壇：http://www.bsm.org.cn/bbs/read.php?tid=3346，2016-04-24。

132. 苦行僧：簡帛研讀 » 清華六《鄭文公問太伯》初讀（第 35 樓），
簡帛論壇：http://www.bsm.org.cn/bbs/read.php?tid=3346，2016-04-24。

133. 東山鐸：簡帛研讀 » 清華六〈鄭武夫人規孺子〉初讀（第 37 樓），
簡帛論壇，http://www.bsm.org.cn/bbs/read.php?tid=3345&page=3，2016 年 4 月 25 日。

134. ee：簡帛研讀 » 清華六〈鄭文公問太伯〉初讀（第 36 樓），
簡帛論壇：http://www.bsm.org.cn/bbs/read.php?tid=3346，2016-04-25。

135. ee：簡帛研讀 » 清華六〈子產〉初讀（第 62 樓），
簡帛論壇：http://www.bsm.org.cn/bbs/read.php?tid=3345，2016 年 4 月 25 日。

136. 華東師範大學中文系出土文獻研究工作室：〈讀《清華大學藏戰國竹簡（陸）‧子產》書後（一）〉，
簡帛網：http://www.bsm.org.cn/show_article.php?id=2533，2016-04-25。

137. 紫竹道人：簡帛研讀 » 清華六〈鄭武夫人規孺子〉初讀（第38樓），
簡帛論壇，http://www.bsm.org.cn/bbs/read.php?tid=3345&page=3，2016年4月26日。

138. 明珍：簡帛研讀 » 清華六〈子產〉初讀（第63樓），
簡帛論壇：http://www.bsm.org.cn/bbs/read.php?tid=3345，2016年4月26日。

139. 暮四郎：簡帛研讀 » 清華六〈子產〉初讀（第64樓），
簡帛論壇：http://www.bsm.org.cn/bbs/read.php?tid=3345，2016年4月26日。

140. 蘇建洲：〈《清華六‧鄭文公問大伯》「饋而不二」補說〉，
簡帛網：http://www.bsm.org.cn/show_article.php?id=2535，2016-04-26。

141. 東山鐸：簡帛研讀 » 清華六〈鄭武夫人規孺子〉初讀（第39樓），
簡帛論壇，http://www.bsm.org.cn/bbs/read.php?tid=3345&page=3，2016年4月27日。

142. 此心安處是吾鄉：簡帛研讀 » 清華六《鄭文公問太伯》初讀（第37樓），
簡帛論壇：http://www.bsm.org.cn/bbs/read.php?tid=3346，2016-04-27。

143. 東山鐸：簡帛研讀 » 清華六《鄭文公問太伯》初讀（第38樓），
簡帛論壇：http://www.bsm.org.cn/bbs/read.php?tid=3346，2016-04-27。

144. 暮四郎：簡帛研讀 » 清華六〈鄭文公問太伯〉初讀（第39樓），
簡帛論壇：http://www.bsm.org.cn/bbs/read.php?tid=3346，2016-04-27。

145. 暮四郎：簡帛研讀 » 清華六〈子產〉初讀（第65樓），
簡帛論壇：http://www.bsm.org.cn/bbs/read.php?tid=3345，2016年4月27日。

146. 暮四郎：簡帛研讀 » 清華六〈子產〉初讀（第66樓），
簡帛論壇：http://www.bsm.org.cn/bbs/read.php?tid=3345，2016年4月27日。

147. 明珍：簡帛研讀 » 清華六〈子產〉初讀（第67樓），
簡帛論壇：http://www.bsm.org.cn/bbs/read.php?tid=3345，2016年4月27日。

148. 心包：簡帛研讀 » 清華六〈子產〉初讀（第68樓），
簡帛論壇：http://www.bsm.org.cn/bbs/read.php?tid=3345，2016年4月27日。

149. 因次：簡帛研讀 » 清華六〈子產〉初讀（第69樓），
簡帛論壇：http://www.bsm.org.cn/bbs/read.php?tid=3345，2016年4月27日。

150. 暮四郎：簡帛研讀 » 清華六《子產》初讀（第71樓），
簡帛論壇：http://www.bsm.org.cn/bbs/read.php?tid=3345，2016年4月28日。

151. ee：簡帛研讀 » 清華六〈子產〉初讀（第72樓），
簡帛論壇：http://www.bsm.org.cn/bbs/read.php?tid=3345，2016年4月28日。

152. sting：簡帛研讀 » 清華六〈子產〉初讀（第75樓），
簡帛論壇：http://www.bsm.org.cn/bbs/read.php?tid=3345，2016年4月28日。

153. bulang：簡帛研讀 » 清華六《鄭武夫人規孺子》初讀（第40樓），
簡帛論壇，http://www.bsm.org.cn/bbs/read.php?tid=3345&page=7，2016年4月29日。

154. 暮四郎：簡帛研讀 » 清華六〈子產〉初讀（第76樓），
簡帛論壇：http://www.bsm.org.cn/bbs/read.php?tid=3345，2016年4月29日。

155. 薛后生：簡帛研讀 » 清華六〈子產〉初讀（第 79 樓），
簡帛論壇：http://www.bsm.org.cn/bbs/read.php?tid=3345，2016 年 4 月 29 日。

156. 暮四郎：簡帛研讀 » 清華六〈子產〉初讀（第 81 樓），
簡帛論壇：http://www.bsm.org.cn/bbs/read.php?tid=3345，2016 年 4 月 30 日。

157. 王寧：〈清華簡六《鄭武夫人規孺子》寬式文本校讀〉，復旦大學出土文獻與古文字研究中心網站：http://www.gwz.fudan.edu.cn/SrcShow.asp?Src_ID=2784，2016 年 5 月 1 日。

158. 子居：〈清華簡鄭文公問太伯（甲本）解析〉，
中國先秦史網站：http://xianqin.byethost10.com/2016/05/01/327，2016 年 5 月 1 日。

159. 暮四郎：簡帛研讀 » 清華六〈子產〉初讀（第 82 樓），
簡帛論壇：http://www.bsm.org.cn/bbs/read.php?tid=3345，2016 年 5 月 1 日。

160. 薛后生：簡帛研讀 » 清華六〈子產〉初讀（第 83 樓），
簡帛論壇：http://www.bsm.org.cn/bbs/read.php?tid=3345，2016 年 5 月 1 日。

161. 暮四郎：簡帛研讀 » 清華六〈子產〉初讀（第 85 樓），
簡帛論壇：http://www.bsm.org.cn/bbs/read.php?tid=3345，2016 年 5 月 2 日。

162. 薛后生：〈清華六《鄭文公問太伯》「饋而不二」引喻考論〉第 1 樓，復旦大學出土文獻與古文字研究中心：http://www.gwz.fudan.edu.cn/Web/Show/2786，2016/5/2。

163. 桂珍明：〈清華六《鄭文公問太伯》「饋而不二」引喻考論〉，復旦大學出土文獻與古文字研究中心：http://www.gwz.fudan.edu.cn/Web/Show/2786，2016/5/2。

164. 梁園客：〈清華六《鄭文公問太伯》「饋而不二」引喻考論〉第 3 樓，復旦大學出土文獻與古文字研究中心：http://www.gwz.fudan.edu.cn/Web/Show/2786，2016/5/3。

165. 暮四郎：簡帛研讀 » 清華六〈子產〉初讀（第 87 樓），
簡帛論壇：http://www.bsm.org.cn/bbs/read.php?tid=3345，2016 年 5 月 3 日。

166. 暮四郎：簡帛研讀 » 清華六〈子產〉初讀（第 88 樓），
簡帛論壇：http://www.bsm.org.cn/bbs/read.php?tid=3345，2016 年 5 月 3 日。

167. 此心安處是吾鄉：簡帛研讀 » 清華六〈子產〉初讀（第 89 樓），
簡帛論壇：http://www.bsm.org.cn/bbs/read.php?tid=3345，2016 年 5 月 3 日。

168. 王寧：簡帛研讀 » 清華六〈子產〉初讀（第 91 樓），
簡帛論壇：http://www.bsm.org.cn/bbs/read.php?tid=3345，2016 年 5 月 3 日。

169. 薛後生：簡帛研讀 » 清華六《鄭文公問太伯》初讀（第 40 樓），
簡帛論壇：http://www.bsm.org.cn/bbs/read.php?tid=3346，2016-05-04。

170. 薛後生：簡帛研讀 » 清華六《鄭文公問太伯》初讀（第 41 樓），
簡帛論壇：http://www.bsm.org.cn/bbs/read.php?tid=3346，2016-05-04。

171. 暮四郎：簡帛研讀 » 清華六〈子產〉初讀（第 93 樓），
簡帛論壇：http://www.bsm.org.cn/bbs/read.php?tid=3345，2016 年 5 月 4 日。

172. 王寧：簡帛研讀 » 清華六〈子產〉初讀（第 94 樓），
簡帛論壇：http://www.bsm.org.cn/bbs/read.php?tid=3345，2016 年 5 月 4 日。

173. 薛后生：簡帛研讀 » 清華六〈子產〉初讀（第 95 樓），
簡帛論壇：http://www.bsm.org.cn/bbs/read.php?tid=3345，2016 年 5 月 4 日。

174. 王寧：簡帛研讀 » 清華六〈子產〉初讀（第 97 樓），
簡帛論壇：http://www.bsm.org.cn/bbs/read.php?tid=3345，2016 年 5 月 5 日。

175. 劉偉浠：簡帛研讀 » 清華六〈子產〉初讀（第 98 樓），
簡帛論壇：http://www.bsm.org.cn/bbs/read.php?tid=3345，2016 年 5 月 5 日。

176. 劉偉浠：簡帛研讀 » 清華六《鄭武夫人規孺子》初讀（第 41 樓），
簡帛論壇，http://www.bsm.org.cn/bbs/read.php?tid=3345&page=7，2016 年 5 月 6 日。

177. 雲間：簡帛研讀 » 清華六《鄭武夫人規孺子》初讀（第 42 樓），
簡帛論壇，http://www.bsm.org.cn/bbs/read.php?tid=3345&page=7，2016 年 5 月 7 日。

178. 王寧：簡帛研讀 » 清華六〈鄭文公問太伯〉初讀（第 42 樓），
簡帛論壇：http://www.bsm.org.cn/bbs/read.php?tid=3346，2016-05-07。

179. 海天遊蹤：簡帛研讀 » 清華六《鄭文公問太伯》初讀（第 43 樓），
簡帛論壇：http://www.bsm.org.cn/bbs/read.php?tid=3346，2016-05-08。

180. 張伯元：〈清華簡六《子產》篇「法律」一詞考〉，
簡帛網：http://www.bsm.org.cn/show_article.php?id=2551，2016-05-10。

181. 雲間：簡帛研讀 » 清華六《鄭武夫人規孺子》初讀（第 43 樓），
簡帛論壇，http://www.bsm.org.cn/bbs/read.php?tid=3345&page=7，2016 年 5 月 12 日。

182. 黔之菜：〈清華簡（陸）《子產》篇之「勦勉」或可讀為「毗勉」〉，復旦大學出土
文獻與古文字研究中心：http://www.gwz.fudan.edu.cn/Web/Show/2791，2016/5/12。

183. 薛后生：〈清華簡六《鄭文公問太伯》「函」「訾」別解〉第 1 樓，復旦大學出土
文獻與古文字研究中心：http://www.gwz.fudan.edu.cn/Web/Show/2801，2016/5/20。

184. 王寧：〈清華簡六《鄭文公問太伯》「函」「訾」別解〉，復旦大學出土文獻與古文
字研究中心：http://www.gwz.fudan.edu.cn/Web/Show/2801，2016/5/20。

185. 東山鐸：簡帛研讀 » 清華六〈鄭武夫人規孺子〉初讀（第 44 樓），
簡帛論壇，http://www.bsm.org.cn/bbs/read.php?tid=3345&page=3，2016 年 5 月 26 日。

186. 東山鐸：簡帛研讀 » 清華六〈鄭武夫人規孺子〉初讀（第 45 樓），
簡帛論壇，http://www.bsm.org.cn/bbs/read.php?tid=3345&page=3，2016 年 5 月 26 日。

187. 陳偉：〈鄭伯克段「前傳」的歷史敘事〉，
中國社會科學網：http://www.cssn.cn/lsx/lskj/201605/t20160530_3028614.shtml，
2016 年 05 月 30 日。

188. 王寧：〈清華簡六《鄭文公問太伯》（甲本）釋文校讀〉，復旦大學出土文獻與古
文字研究中心：http://www.gwz.fudan.edu.cn/Web/Show/2809，2016/5/30。

189. 悅園：簡帛研讀 » 清華六《鄭文公問太伯》初讀（第 48 樓），
簡帛論壇：http://www.bsm.org.cn/bbs/read.php?tid=3346，2016-05-31。

190. 悅園：簡帛研讀 » 清華六《鄭文公問太伯》初讀（第 49 樓），
簡帛論壇：http://www.bsm.org.cn/bbs/read.php?tid=3346，2016-05-31。

191. 薛后生：簡帛研讀 » 清華六《鄭文公問太伯》初讀（第 50 樓），
簡帛論壇：http://www.bsm.org.cn/bbs/read.php?tid=3346，2016-06-02。

192. 白天霸：簡帛研讀 » 清華六《鄭武夫人規孺子》初讀（第 52 樓），
簡帛論壇，http://www.bsm.org.cn/bbs/read.php?tid=3345&page=7，2016 年 6 月 6 日。

193. 尉侯凱:〈《鄭文公問太伯》（甲本）注釋訂補（三則）〉,
簡帛網:http://bsm.org.cn/show_article.php?id=2569,2016-06-06。

194. 子居:〈清華簡《鄭武夫人規孺子》解析〉,
中國先秦史網:http://xianqin.byethost10.com/2016/06/07/338,2016 年 6 月 7 日。

195. 王寧:〈釋清華簡六《子產》中的「完」字〉,
簡帛網:http://www.bsm.org.cn/show_article.php?id=2578,2016-06-14。

196. 王寧:〈清華簡《良臣》《子產》中子產師、輔人名雜識〉,復旦大學出土文獻與
古文字研究中心:http://www.gwz.fudan.edu.cn/Web/Show/2843,2016/6/27。

197. 王寧:〈清華簡《良臣》《子產》中子產師、輔人名雜識〉第 4 樓,復旦大學出土
文獻與古文字研究中心:http://www.gwz.fudan.edu.cn/Web/Show/2843,2016/6/28。

198. 王寧:〈清華簡六子產釋文校讀〉,復旦大學出土文獻與古文字研究中心:
http://www.gwz.fudan.edu.cn/Web/Show/2851,2016/7/4。

199. 心包:簡帛研讀 » 清華六《鄭文公問太伯》初讀（第 50 樓）,
簡帛論壇:http://www.bsm.org.cn/bbs/read.php?tid=3346,2016-08-05。

200. 劉偉浠:簡帛研讀 » 清華六《鄭文公問太伯》初讀（第 52 樓）,
簡帛論壇:http://www.bsm.org.cn/bbs/read.php?tid=3346,2016-08-23。

201. 黃聖松、黃庭頎:〈《清華六‧鄭文公問太伯》箚記〉,
簡帛網:http://www.bsm.org.cn/show_article.php?id=2628,2016-09-07。

202. 黃聖松、黃庭頎:〈《清華六‧鄭文公問太伯》箚記（二）〉,
簡帛網:http://bsm.org.cn/show_article.php?id=2631,2016-09-14。

203. 陳治軍:〈清華簡六《子產》中的竈字補釋〉,復旦大學出土文獻與古文字研究中
心:http://www.gwz.fudan.edu.cn/Web/Show/2905,2016/9/24。

204. 范雲飛:〈《清華陸‧子產》「尊令裕義」解〉,
簡帛網:http://www.bsm.org.cn/show_article.php?id=2646,2016-10-18。

205. 劉偉浠:簡帛研讀 » 清華六〈子產〉初讀（第 101 樓）,
簡帛論壇:http://www.bsm.org.cn/bbs/read.php?tid=3345,2016 年 11 月 17 日。

206. 青荷人:簡帛研讀 » 清華六〈子產〉初讀（第 102 樓）,
簡帛論壇:http://www.bsm.org.cn/bbs/read.php?tid=3345,2016 年 12 月 11 日。

207. 青荷人:簡帛研讀 » 清華六〈子產〉初讀（第 104 樓）,
簡帛論壇:http://www.bsm.org.cn/bbs/read.php?tid=3345,2016 年 12 月 15 日。

208. 青荷人:簡帛研讀 » 清華六〈子產〉初讀（第 105 樓）,
簡帛論壇:http://www.bsm.org.cn/bbs/read.php?tid=3345,2016 年 12 月 15 日。

209. 青荷人:簡帛研讀 » 清華六〈子產〉初讀（第 106 樓）,
簡帛論壇:http://www.bsm.org.cn/bbs/read.php?tid=3345,2016 年 12 月 15 日。

210. 青荷人:簡帛研讀 » 清華六〈子產〉初讀（第 107 樓）,
簡帛論壇:http://www.bsm.org.cn/bbs/read.php?tid=3345,2016 年 12 月 15 日。

211. 青荷人:簡帛研讀 » 清華六〈子產〉初讀（第 109 樓）,
簡帛論壇:http://www.bsm.org.cn/bbs/read.php?tid=3345,2016 年 12 月 15 日。

212. 青荷人:簡帛研讀 » 清華六〈子產〉初讀（第 112 樓）,

簡帛論壇：http://www.bsm.org.cn/bbs/read.php?tid=3345，2016 年 12 月 28 日。

213. 青荷人：簡帛研讀 » 清華六〈子產〉初讀（第 113 樓），
簡帛論壇：http://www.bsm.org.cn/bbs/read.php?tid=3345，2016 年 12 月 29 日。

214. 青荷人：簡帛研讀 » 清華六〈子產〉初讀（第 115 樓），
簡帛論壇：http://www.bsm.org.cn/bbs/read.php?tid=3345，2017 年 2 月 9 日。

215. ee：簡帛研讀 » 清華六《鄭文公問太伯》初讀（第 53 樓），
簡帛論壇：http://www.bsm.org.cn/bbs/read.php?tid=3346，2017-06-13。

216. 羅小虎：簡帛研讀 » 清華六《鄭武夫人規孺子》初讀（第 53 樓），
簡帛論壇，http://www.bsm.org.cn/bbs/read.php?tid=3345&page=7，2017 年 6 月 16 日。

217. 羅小虎：簡帛研讀»清華六〈鄭武夫人規孺子〉初讀（第 54 樓），
簡帛論壇，http://www.bsm.org.cn/bbs/read.php?tid=3345&page=3，2017 年 6 月 16 日。

218. 羅小虎：簡帛研讀»清華六《鄭武夫人規孺子》初讀（第 55 樓），
簡帛論壇，http://www.bsm.org.cn/bbs/read.php?tid=3345&page=7，2017 年 6 月 17 日。

219. 羅小虎：簡帛研讀»清華六《鄭武夫人規孺子》初讀（第 56 樓），
簡帛論壇，http://www.bsm.org.cn/bbs/read.php?tid=3345&page=7，2017 年 6 月 19 日。

220. 羅小虎：簡帛研讀 » 清華六《鄭武夫人規孺子》初讀（第 57 樓），簡帛論壇，
http://www.bsm.org.cn/bbs/read.php?tid=3345&page=7，2017 年 6 月 19 日。

221. 羅小虎：簡帛研讀 » 清華六《鄭武夫人規孺子》初讀（第 60 樓），簡帛論壇，
http://www.bsm.org.cn/bbs/read.php?tid=3345&page=7，2017 年 6 月 26 日。

222. 羅小虎：簡帛研讀 » 清華六《鄭武夫人規孺子》初讀（第 61 樓），簡帛論壇，
http://www.bsm.org.cn/bbs/read.php?tid=3345&page=7，2017 年 6 月 27 日。

223. 蕭旭：簡帛研讀 » 清華六《鄭文公問太伯》初讀（第 54 樓），簡帛論壇：
http://www.bsm.org.cn/bbs/read.php?tid=3346，2017-07-06。

224. 易泉：簡帛研讀 » 清華六《鄭武夫人規孺子》初讀（第 62 樓），簡帛論壇，
http://www.bsm.org.cn/bbs/read.php?tid=3345&page=7，2017 年 8 月 14 日。

225. 羅小虎：簡帛研讀 » 清華六《鄭武夫人規孺子》初讀（第 63 樓），簡帛論壇，
http://www.bsm.org.cn/bbs/read.php?tid=3345&page=7，2017 年 8 月 17 日。

226. 何有祖：〈讀清華簡六箚記（二則）〉，
簡帛網：http://www.bsm.org.cn/show_article.php?id=2867，2017-08-17。

227. 易泉：簡帛研讀 » 清華六《鄭武夫人規孺子》初讀（第 64 樓），簡帛論壇，
http://www.bsm.org.cn/bbs/read.php?tid=3345&page=7，2017 年 10 月 6 日。

228. 許文獻：〈清華簡六《鄭武夫人規孺子》「死次」字釋讀疑義淺說〉，
簡帛網：http://www.bsm.org.cn/show_article.php?id=2937，2017-11-07。

229. 仲時：簡帛研讀 » 清華六〈子產〉初讀（第 116 樓），
簡帛論壇：http://www.bsm.org.cn/bbs/read.php?tid=3345，2017 年 11 月 20 日。

230. 仲時：簡帛研讀 » 清華六〈子產〉初讀（第 117 樓），
簡帛論壇：http://www.bsm.org.cn/bbs/read.php?tid=3345，2017 年 11 月 25 日。

231. 許文獻：〈關於清華《鄭武夫人規孺子》簡 7 之「弞」字〉，
簡帛網：http://www.bsm.org.cn/show_article.php?id=3024，2018-03-16。

232. 羅小虎：簡帛研讀 » 清華六《鄭武夫人規孺子》初讀（第 65 樓），
簡帛論壇，http://www.bsm.org.cn/bbs/read.php?tid=3345&page=7，2018-04-18。

233. 趙平安：〈清華簡第六輯文字補釋六則〉，《出土文獻》（第九輯），清華大學出土
文獻研究與保護中心：http://www.tsinghua.edu.cn/publish/cetrp/6830，2018/5/24。

234. 張崇禮：〈清華簡《鄭武夫人規孺子》考釋〉，復旦大學出土文獻與古文字研究中
心：http://www.gwz.fudan.edu.cn/Web/Show/4306，2018/10/17。

七、電子資料庫

1. 殷周金文暨青銅器資料庫：http://bronze.asdc.sinica.edu.tw/。

2. 小學堂：http://xiaoxue.iis.sinica.edu.tw。

3. 先秦甲骨金文簡牘詞彙資料庫：http://inscription.asdc.sinica.edu.tw/c_index.php。

4. 教育部《異體字字典》：https://dict.variants.moe.edu.tw/variants/rbt/home.do。

5. 國學大師：http://www.guoxuedashi.com/hydcd/194879o.html。

6. 中國哲學書電子化計劃：https://ctext.org/pre-qin-and-han/zh。

7. 古音小鏡：http://www.guguolin.com/。

8. 《王力古漢語字典》電子版。

9. 《漢語大詞典》電子版。

10. 《漢語大字典》電子版。

11. 文淵閣《四庫全書》電子版。

12. 《全清經解》電子版。

附　錄

附錄一　〈繫年〉第二章與鄭國相關部分之集釋

此部分釋文採李學勤主編《清華大學藏戰國竹簡（貳）》下冊之原文，並依其注釋順序作集釋。

【釋文】

奠（鄭）武公亦政（正）東方之者（諸）侯〔一〕。武公即殜（世）〔二〕，臧（莊）公即立（位）；臧（莊）公即殜（世），卲（昭）公即立（位）〔三〕。【十】亓（其）夫=（大夫）高之巨（渠）爾（彌）殺卲（昭）公而立亓（其）弟子覺（眉）壽〔四〕。齊襄公會者（諸）侯於首沚（止），殺子【十一】覺（眉）壽，車畝（轘）高之巨（渠）爾（彌），改立東（厲）公〔五〕，奠（鄭）以訂（始）政（正）〔六〕。〔註1〕

【集釋】

〔一〕奠（鄭）武公亦政（正）東方之者（諸）侯

清華簡整理者：鄭武公，周宣王弟鄭桓公友之子，《史記‧鄭世家》：「犬

〔註1〕清華大學出土文獻研究與保護中心編，李學勤主編：《清華大學藏戰國竹簡（貳）》下冊，上海：中西書局，2011 年 12 月，頁 138。

戎殺幽王於驪山下，並殺桓公。鄭人共立其子掘突，是為武公。」「政」與「正」通，訓為「長」，此云鄭武公為東方諸侯之長。〔註2〕

華東師範大學中文系戰國簡讀書小組：據《詩·鄶風》正義引東漢·鄭玄《詩譜》，鄭武公東遷時，滅東虢、鄶，簡文殆即指此。又，鄭國本居在今陝西華縣之地，東遷結果，則至今河南新鄭之地。〔註3〕

子居：「奠（鄭）武公亦政（正）東方之者（諸）侯。」前為晉人啟土之事，後為楚人啟土之事，則所言鄭武公事，亦當為拓疆啟土之事。且鄭武公謚號為「武」，自是武功顯著的緣故，所以〈繫年〉此處的「政」字或當讀為「征」（二字通，見《古字通假會典》第60頁「征與政」條。）「鄭武公亦征東方之諸侯」事可參看《韓非子·說難》：「鄭武公欲伐胡，先以其女妻胡君，因問於群臣：『吾欲用兵，誰可伐者？』大夫關其思曰：『胡可伐。』武公怒而戮之。曰：『胡，兄弟之國也，子言伐之何也？』胡君聞之，以鄭為親己，遂不備鄭，鄭人襲胡，取之。」及鄭玄《詩譜·鄭譜》：「其子武公與晉文侯定平王于東都王城，卒取史伯所云十邑之地。」〔註4〕

劉建明：政，從正從攵，可作動詞用。正，首先來看「正諸侯」。見墨子《尚賢中·第九》：「故唯昔三代聖王堯、舜、禹、湯、文、武，之所以王天下正諸侯者，此亦其法已……今王公大人欲王天下，正諸侯，夫無德義將何以哉？」根據隸定字形解釋，「正」字從一，從止，會意。「一」意為「一天下」、「天下定於一」、「天下一統」。「止」意為「止步」。「一」與「止」聯合起來表示「征戰止步於天下一統之時」。故「正」字本義為：為統一天下而戰；正加上形旁攵為政，可引申為：統一天下、天下統一。故此處可直接釋讀為「政」亦可。〔註5〕

〔註2〕 清華大學出土文獻研究與保護中心編，李學勤主編：《清華大學藏戰國竹簡（貳）》下冊，頁140。

〔註3〕 華東師範大學中文系戰國簡讀書小組（黃人二、趙思木等）：〈讀《清華大學藏戰國竹簡（貳）·繫年》書後（一）〉，簡帛網：http://www.bsm.org.cn/show_article.php?id=1609，2011-12-29。

〔註4〕 子居：〈清華簡《繫年》1～4章解析〉，中國先秦史：http://www.xianqin.tk/2012/01/06/201/，2012年1月6日。

〔註5〕 劉建明：〈清華簡《繫年》釋讀辨疑〉，孔子2000網「清華大學簡帛研究」專欄，2012年12月26日，http://www.confucius.com/admin/list。轉引自找資源：http://vdisk.weibo.com/s/lDYWI/1356496884、李松儒：〈清華簡《繫年》集釋〉，上海：中西書局，2015年11月，頁80。

〔二〕武公即殜（世）

　　清華簡整理者：即世，意為亡卒，見《左傳》成公十三年、十六年，襄公二十九年，昭公十九年、二十六年等，如成公十三年「穆、襄即世」，杜注：「文六年晉襄、秦穆皆卒。」〔註6〕

〔三〕臧（莊）公即立（位）；臧（莊）公即殜（世），卲（昭）公即立（位）

　　清華簡整理者：《左傳》桓公十一年及《鄭世家》記莊公卒後，其子厲公曾一度繼位，簡文不載。〔註7〕

　　李旭穎：即世，去世。此用法《左傳》中也常見，如《左傳》成公十三年云：「無祿，獻公即世。」〔註8〕

　　廖名春：「世」不可能有「去世」義，「殜」表「去世」義，當為本字。「殜」有「歿」義。《左傳》之「即世」當讀為「既殜」，也就是「既歿」。簡文之「即殜」當讀為「既殜」。〔註9〕

　　蘇建洲：「即」的意思如同「就」一般，皆訓為「終」，雖然文獻未見「即」有「終」的義項，但藉由「相因生義」的理論〔註10〕，「即」有「終」的義項是可能的。而「即」與「就」在「靠近」這個義項上是同義的。因為「就」有「終」的義項，因為相因生義或同步引伸，所以「即」也取得了「終」的義項。所以說「即世」就是「就世」，也就是「終世」的意思。〔註11〕

　　吳雯雯：據《史記‧鄭世家》所載世系，鄭之始封君為桓公友（806～771 B.C 在位），為周厲王少子、宣王庶弟，宣王二十二年時封於鄭，於幽王時任

〔註6〕 清華大學出土文獻研究與保護中心編，李學勤主編：《清華大學藏戰國竹簡（貳）》下冊，頁140。

〔註7〕 清華大學出土文獻研究與保護中心編，李學勤主編：《清華大學藏戰國竹簡（貳）》下冊，頁140。

〔註8〕 李旭穎：《繫年與左傳所載史事比較研究》，河北師範大學碩士學位論文，2012 年 11 月，頁24。

〔註9〕 廖名春：〈清華簡《繫年》管窺〉，《深圳大學學報（人文社科版）》，2012 年第 3 期，頁52。

〔註10〕 蔣紹愚說：「『相因生義』指的是甲詞有a、b 兩個義位，乙詞原來只有一個乙 a 義位，但因為乙 a 和甲 a 同義，逐漸地乙詞也產生一個和甲 b 同義的乙 b 義位」。反義的情況亦然。（《古漢語詞匯綱要》，頁82）許嘉璐稱之為「同步引申」。（見吳雯雯、蘇建洲、賴怡璇合著：《清華二繫年集解》，頁125。）

〔註11〕 吳雯雯、蘇建洲、賴怡璇合著：《清華二繫年集解》，頁125。

王室司徒，因王室朝政敗壞，而徙其人民至洛水之東。死於幽王驪山之亂。鄭人擁其子掘突，是為武公（770～744B.C 在位）；武公取申侯女為妻，生太子寤生、少子叔段，即《左傳》「鄭伯克段於鄢」的主要人物。寤生即位為莊公（743～701B.C 在位），莊公子有太子忽、公子突，公子子亹。「初，祭仲甚有寵於莊公，莊公使為卿；公使娶鄧女，生太子忽，故祭仲立之，是為昭公。」（《史記‧鄭世家》）先是太子忽即位為昭公，因宋莊公威脅祭仲改立公子突，昭公於是逃亡至衛。公子突即位，是為厲公。厲公四年（桓公十五年，前 697 年），因欲謀殺祭仲不成，後出居邊邑櫟，祭仲於是迎回昭公，厲公則殺掉守櫟的大夫單伯，此後據守於櫟邑。高渠彌與昭公舊有嫌隙，當昭公為太子時，莊公欲拜高渠彌為上卿，而昭公阻撓，然莊公終用之。故昭公復位二年後，高渠彌懼昭公殺己，故於此年冬趁著出遊打獵時，弒殺昭公於野外。祭仲、高渠彌不敢迎回厲公，故立昭公次弟公子亹為鄭君，史稱子亹，無諡號。子亹元年七月，齊襄公大會諸侯於衛邑首止，鄭子亹前往參加會盟，高渠彌隨行，而祭仲知曉子亹曾與仍是公子時的襄公有過衝突打鬥，害怕往日仇怨將波及於己，故勸子亹不要前往，子亹不聽，故稱病不與之同行。而「子亹至，不謝齊侯，齊侯怒，遂伏甲而殺子亹。高渠彌亡歸，歸與祭仲謀，召子亹弟公子嬰於陳而立之，是為鄭子。」子亹前往首止，不向襄公謝罪，齊襄公怒而暗中埋伏軍隊而殺子亹，而高渠彌逃回鄭國，又與祭仲合謀另立公子嬰於陳，是為鄭子。鄭子十四年時，厲公謀求回鄭，誘鄭大夫甫假與之結盟，殺鄭子，迎其復位。「厲公突後元年，齊桓公始霸。」其復位之時在齊桓公之時，與簡文有異。又《史記》云：「秋，厲公卒，子文公踕立。厲公初立四歲，亡居櫟，居櫟十七歲，復入，立七歲，與亡凡二十八年。」從厲公立、流亡、復位及卒，共二十八年，中有昭公復位、子亹立、鄭子立，皆莊公子。而簡文云殺昭公而後子亹立，子亹於齊襄公會盟首止被殺，又以車裂之刑殺高渠彌，並改立厲公，簡文與《史記‧鄭世家》所載世系、時間有異。〈繫年〉停筆於「改立厲公，鄭以始正。」前略去厲公曾在昭公後一度即位，及至齊桓公時才復位（據《左傳》莊公十四年），後七年而卒之事。然參照《左傳》、《史記》所記載，可以明白〈繫年〉云立厲公後，「鄭以始正」的意涵，歷經昭公、子亹、鄭子，結束繼承人之爭，確實使得鄭國政治能平定下來。〔註12〕

〔註12〕吳雯雯、蘇建洲、賴怡璇合著：《清華二繫年集解》，萬卷樓圖書股份有限公司，

〔四〕亓（其）夫=（大夫）高之巨（渠）爾（彌）殺卲（昭）公而立亓（其）弟子𦥑（眉）壽

清華簡整理者：高之巨爾，即高渠彌。之，助詞。先秦古書習見在人姓名中加「之」的用法，可參看楊樹達《古書疑義舉例續補》「人姓名之間加助字例」條。高渠彌殺鄭昭公，事見《左傳》桓公十七年。𦥑壽，傳文作「公子亹」，「𦥑」、「亹」為通假字。〔註13〕

吳雯雯：高渠彌嘗於魯桓公五年，在周王伐鄭時，以中軍奉鄭莊公。方炫琛云：「左桓五年『原繁』、『高衢彌』以中軍奉公，左恒十七謂高渠彌弒昭公，《史記‧秦本紀》『鄭高渠眯殺其君昭公』，彌作『眯』，而鄭世家仍作彌，與《左傳》同，渠彌蓋其名也，高則其氏也，故左桓十七公子達稱其為『高伯』，楊注：『高伯，伯蓋渠彌之字，所謂五十以伯仲也。』」（《人物名號研究》，條1442「高渠彌、高伯」，頁448）〔註14〕

李旭穎：高之渠彌，即高渠彌，又稱高伯，生活于鄭莊公、鄭昭公時期，是春秋時期鄭國著名的大將。立，做扶立、即位之意；「其弟子眉壽」，當理解為鄭昭公其弟名為「子眉壽」，即公子亹。〔註15〕

華東師範大學中文系戰國簡讀書小組：「立其弟子沬（眉，亹）壽【衍文】」，「沬」，整理者隸為「𦥑」，有誤（第138頁），此字是「沬」，並有多體的異寫（《說文解字注》第563～564頁，龍宇純《中國文字學》第162～163頁）；假讀為「眉」，則是。「子沬」，在古書之中，都作「子亹」，是以疑「沬」通假為「亹」。簡文「壽」字，殆因前一字可讀為「眉」而羨衍於此，當視為衍文。〔註16〕

吳雯雯：整理者解釋的詞條作「𦥑壽」不妥，由上下文來看，實為「子𦥑壽」，應該相應於文獻上的「子亹」，方炫琛云：「亹，蓋其名也，左桓十八年

2013年12月，頁126、127、132。

〔註13〕清華大學出土文獻研究與保護中心編，李學勤主編：《清華大學藏戰國竹簡（貳）》下冊，頁140。

〔註14〕吳雯雯、蘇建洲、賴怡璇合著：《清華二繫年集解》，頁132。

〔註15〕李旭穎：《繫年與左傳所載史事比較研究》，河北師範大學碩士學位論文，2012年11月，頁24。

〔註16〕華東師範大學中文系戰國簡讀書小組（黃人二、趙思木等）：〈讀《清華大學藏戰國竹簡（貳）‧繫年》書後（一）〉，簡帛網：http://www.bsm.org.cn/show_article.php?id=1609，2011-12-29。

稱子亹，蓋名上冠男子之美稱『子』字也。」（《人物名號研究》，條 0307「公子亹、子亹」，頁 172）。〔註 17〕

〔五〕齊襄公會者（諸）侯於首沚（止），殺子【十一】釁（眉）壽，車敓（轘）高之巨（渠）爾（彌），改立柬（厲）公

清華簡整理者：《左傳》桓公十八年：「秋，齊侯師於首止，子亹會之，高渠彌相。七月戊戌，齊人殺子亹而轘高渠彌。」未言會諸侯。又：「祭仲逆鄭子於陳而立之」，杜注：「鄭子，昭公弟子儀也。」子儀，《鄭世家》作「公子嬰」，簡文不載其事。〔註 18〕

李旭穎：車轘，「車裂曰轘。轘，散也，肢體分散也。」〔註 19〕

子居：齊襄公改立厲公事，見《左傳‧桓公十七年》：「初，鄭伯將以高渠彌為卿，昭公惡之，固諫，不聽。昭公立，懼其殺己也，辛卯，弒昭公而立公子亹。君子謂昭公知所惡矣。公子達曰：『高伯其為戮乎！複惡已甚矣。』」及《左傳‧桓公十八年》：「秋，齊侯師於首止，子亹會之，高渠彌相。七月戊戌，齊人殺子亹，而轘高渠彌。祭仲逆鄭子於陳而立之。是行也，祭仲知之，故稱疾不往。」杜預注：「車裂曰轘。」〈繫年〉所記與《左傳》同，而《史記》以為高渠彌亡歸，則恐是傳聞的訛誤。〔註 20〕又據《春秋‧桓公十五年》：「冬十有一月，公會宋公、衛侯、陳侯於袲，伐鄭。」《左傳‧桓公十五年》：「冬，會於袲，謀伐鄭，將納厲公也。弗克而還。」《公羊傳‧桓公十五年》：「冬十有一月，公會齊侯、宋公、衛侯、陳侯於侈，伐鄭。」《說文‧衣部》：「袳，衣張也。從衣多聲。《春秋傳》曰：公會齊侯於袳。」可見袲之會本有齊侯，且意在納厲公，今《左傳》文有脫誤。《史記‧鄭世家》：「子亹元年七月，齊襄公會諸侯于首止，鄭子亹往會，高渠彌相，從，祭仲稱疾不行。所以然者，子亹自齊襄公為公子之時，嘗會鬥，相仇，及會諸侯，祭仲請子亹無行。子亹曰：『齊強，而厲公居櫟，即不往，是率諸侯伐我，內厲公。我不如往，往何遽必辱，且又何至是！』卒行。於是祭仲恐齊並殺之，故稱疾。子亹至，不謝齊侯，齊

〔註 17〕吳雯雯、蘇建洲、賴怡璇合著：《清華二繫年集解》，頁 133。

〔註 18〕清華大學出土文獻研究與保護中心編，李學勤主編：《清華大學藏戰國竹簡（貳）》下冊，頁 140。

〔註 19〕李旭穎：《繫年與左傳所載史事比較研究》，頁 24。

〔註 20〕子居：〈清華簡《繫年》1～4 章解析〉，中國先秦史：http://www.xianqin.tk/2012/01/06/201/，2012 年 1 月 6 日。

侯怒，遂伏甲而殺子亹。高渠彌亡歸，歸與祭仲謀，召子亹弟公子嬰于陳而立之，是為鄭子。」說明首止之會後齊襄公或即立鄭厲公於櫟，但並未護送其歸鄭。《左傳‧莊公十四年》：「鄭厲公自櫟侵鄭，及大陵，獲傅瑕。傅瑕曰：『苟舍我，吾請納君。』與之盟而赦之。六月甲子，傅瑕殺鄭子及其二子，而納厲公。初，內蛇與外蛇鬥于鄭南門中，內蛇死。六年而厲公入。」可見鄭厲公最終成功歸鄭已是齊桓公時事，而清華簡〈繫年〉此章僅記至「齊襄公會諸侯于首止，殺子眉壽，車轘高之渠彌，改立厲公，鄭以始正」，說明本章原記錄者很可能並不知道齊襄公立鄭厲公之後的史事，這也說明下句「楚文王以啟漢陽」當是後人補入，因此本章的成文時間下限可以推測是在西元前694年後不久。〔註21〕

　　吳雯雯：「首止」，杜預注：「首止，衛地，陳留襄邑縣東南有首鄉。」（卷7，頁244）楊伯峻先生注云：「首止，衛地，近於鄭。當在今河南省睢縣東南。」（頁153）此次會盟，杜預以為齊陳師首止，乃為討鄭弒君，而子亹前去，不知是為討己而來。（卷7，頁244）蓋魯桓公十五年鄭厲公出奔蔡，後又居櫟，諸侯嘗會於袤，欲伐鄭納厲公，然而伐鄭不勝，且昭公又歸國，因此厲公守於櫟地。至桓公十七年高渠彌又弒昭公，因不敢納厲公，而立子亹，因其立不正，故諸侯又討之。車轘高渠彌一事，〈繫年〉、《左傳》同，《史記》與之相異。楊伯峻其下注云：「轘音患，以車裂人使肢體分散之刑，《史記‧龜策列傳》所謂『頭懸車軫，四馬曳行』者也。《鄭世家》謂高渠彌逃亡回鄭，且與祭仲謀立子儀，與《傳》不同，司馬遷或採異說。」（《左傳注》，頁153）厲公，即公子突，又字子元，方炫琛先生云：「左莊二十一經『鄭伯突卒』，則突為其名，詳0857公宋固條。經又云：『葬鄭厲公』，厲蓋其諡也。〔註22〕左隱五鄭『使曼伯與子元潛軍軍其後』，又稱曼伯與子元為『鄭二公子』，左昭十一『鄭莊公成櫟而寘子元焉，使昭公不立』，則子元蓋莊公之子。顧炎武《左傳杜解補正》云：『子元疑即厲公之字……蓋莊公在時，即以櫟為子元之邑，如重耳之浦、夷吾之屈，故厲公於出奔之後取之特易。』以子元為厲公之字，左隱五《會箋》亦云：『子元即厲公字……突、出貌，詩曰「突而弁兮」，

〔註21〕子居：〈清華簡《繫年》1～4章解析〉，中國先秦史：http://www.xianqin.tk/2012/01/06/201/，2012年1月6日。

〔註22〕吳雯雯、蘇建洲、賴怡璇合著：《清華二繫年集解》，頁135。

元、首也，厲公名突，蓋取首出萬物之義，故字之曰子元。』由突與元二字相應，證元為鄭厲公突之字，其說是也。左昭十一杜注不以子元即鄭厲公，孔疏引鄭眾之說，以子元即左桓十五之鄭大夫檀伯，皆非。」（《人物名號研究》，條 2118「鄭伯突、子元、公子突、鄭厲公」，頁 604）另，厲公之事簡文不詳。〔註 23〕

〔六〕奠（鄭）以矤（始）政（正）

清華簡整理者：政，通「正」，《周禮·宰夫》注：「猶定也。」在此指鄭公子爭位之亂的結束。〔註 24〕

李旭穎：鄭昭公史事記載於〈繫年〉第二章。〔註 25〕該章云：「莊公即世，昭公即位。其大夫高之渠彌殺昭公而立其弟子眉壽。齊襄公會諸侯于首止，殺子眉壽，車轘高之渠彌，改立厲公，鄭以始正。」此段記載了高渠彌殺鄭昭公而立其弟，後齊襄公於首止會諸侯，殺鄭昭公弟以及高渠彌，改立鄭厲公一事。〔註 26〕

羅運環：「改立厲公」，何以記到齊襄公名下？有兩種可能，即：對「鄭以始正」的正重新解讀；在「改立」前以句號斷句。其一……「正」，既可按原整者理解為「定」，也可以理解為：「正，謂承嫡。」……鄭厲公就是唯一公認的「承嫡」者，故可曰「正」。……其二，在「改立」前以句號斷句。……按歷史進程，在「改立」前以句號斷句，則本章的歷史寫到了楚文王十一年（西元前

〔註 23〕吳雯雯、蘇建洲、賴怡璇合著：《清華二繫年集解》，頁 135、136。

〔註 24〕清華大學出土文獻研究與保護中心編，李學勤主編：《清華大學藏戰國竹簡（貳）》下冊，頁 140。

〔註 25〕李旭穎：〈繫年〉此章所記鄭昭公相關史事，也見於《左傳》，分別記於桓公十七年和桓公十八年。桓公十七年云：「初，鄭伯將以高渠彌為卿，昭公惡之，固諫，不聽。昭公立，懼其殺己也，辛卯，弒昭公，而立公子亹。君子謂『昭公知所惡矣』。公子達曰：『高伯其為戮乎！復惡已甚矣。』」桓公十八年云：「秋，齊侯師於首止，子亹會之，高渠彌相。七月戊戌，齊人殺子亹，而轘高渠彌。祭仲逆鄭子於陳而立之。是行也，祭仲知之，故稱疾不往。人曰：『祭仲以知免。』仲曰：『信也。』」通過對比可以發現，〈繫年〉與《左傳》對鄭昭公史事的記載，在基本史實上是一致的，但又有三點不同。首先，《左傳》敘述鄭昭公史事，比〈繫年〉更為詳細。第二，《左傳》所記史事還有一個特點，就是兩段史事記載後，分別有一句對人物的評論。第三，〈繫年〉所敘述的這一件史事，分記于《左傳》的兩年。同一件史事，〈繫年〉略去時間，單記事件程式；而《左傳》分兩年記載。（見氏著：《繫年與左傳所載史事比較研究》，河北師範大學碩士學位論文，2012 年 11 月，頁 24、25。）

〔註 26〕李旭穎：《繫年與左傳所載史事比較研究》，頁 24。

679 年），「鄭以始正」的「正」義為「定」，《史記‧楚世家》記該年「齊桓公始霸，楚亦始大」，正與本章「鄭以始正」的下句「楚文王以啓漢陽」意思相近，如此，則本章的內容可前後貫通。……以上這兩種可能，顯然後者更合文意，也符合歷史的真實。這樣，既不存在「原記錄者很可能並不知道齊襄公立鄭厲公之後的史事」、「『楚文王以啓漢陽』當是後人補入」的問題；也無須在「以」字後補一「始」字。〔註27〕

李松儒：政，整理者通「正」，訓為「定」。此處與上文「鄭武公亦政（征）東方之諸侯」之「政」用為「征」應相一致，指征伐鄭諸鄰國。〔註28〕

【語譯】

吳雯雯、蘇建洲：「鄭武公也征伐東邊的諸侯國。鄭武公薨，鄭莊公即位；鄭莊公薨，鄭昭公即位。大夫高渠彌弒其君昭公，而立昭公弟子亹。齊襄公與諸侯會盟於衛地首止，殺子亹，對高渠彌施以車裂之刑，並改立厲公，鄭國公子爭位之亂於此結束。」〔註29〕

附錄二　〈繫年〉第八章與鄭國相關部分之集釋

此部分釋文採李學勤主編《清華大學藏戰國竹簡（貳）》下冊之原文，並依其注釋順序作集釋。

【釋文】

晉文公立七年，秦、晉回（圍）奠=（鄭，鄭）降秦不降晉=（晉，晉）人以不懟〔一〕。秦人豫成於奠=（鄭，鄭）人致（屬）北門之笑（管）於秦=之=【四十五】戍=人=（秦之戍人，秦之戍人）吏（使）人歸（歸）告曰：「我既旻（得）奠（鄭）之門笑（管）也，杢（來）富（襲）之。」〔二〕秦㠁（師）牉（將）東富（襲）奠=（鄭，鄭）之賈人弦高牉（將）西【四十六】市，遇之，乃以奠（鄭）君之命袋（勞）秦三衛（帥），秦㠁（師）

〔註27〕羅運環：〈清華簡《繫年》楚文王史事考論〉，《出土文獻與中國古代文明學術研討會論文》，北京：清華大學，2013 年 6 月。轉引自李松儒：〈清華簡《繫年》集釋〉，頁 73。

〔註28〕李松儒：〈清華簡《繫年》集釋〉，上海：中西書局，2015 年 10 月，頁 73。

〔註29〕吳雯雯、蘇建洲、賴怡璇合著：《清華二繫年集解》，頁 38。

乃復（復），伐頵（滑），取之〔三〕。〔註30〕

【集釋】

〔一〕晉文公立七年，秦、晉回（圍）奠＝（鄭，鄭）降秦不降晉＝（晉，晉）人以不懸。

　　清華簡整理者：《左傳》僖公三十年：「九月甲午，晉侯、秦伯圍鄭，以其無禮於晉，且貳於楚也。……秦伯說，與鄭人盟，使杞子、逢孫、揚孫戍之，乃還。」魯僖公三十年正當晉文公七年。不懸，不悅，《說文》：「懸……一曰：說（悅）也。」〔註31〕

　　華東師範大學中文系戰國簡讀書小組：懸，《說文》：「一曰說也。」此事可見於《左傳・僖公三十年》：「九月甲午，晉侯、秦伯圍鄭，以其無禮于晉，且貳于楚也。（中略）秦伯說，與鄭人盟，使杞子、逢孫、揚孫戍之，乃還。」魯僖公三十年正當晉文公七年。〔註32〕

　　子居：整理者所未引的《左傳》僖公三十年內容中，尚有鄭大夫燭之武退秦師〔註33〕、子犯建議晉文公擊秦戍人而被晉文公拒絕〔註34〕、鄭國以承諾立親晉的鄭公子蘭（鄭穆公）為太子的條件與晉人講和〔註35〕等事件的記述，而這些事件，正是之後秦、晉崤之戰的導火索。〔註36〕燭之武退秦師的

〔註30〕清華大學出土文獻研究與保護中心編，李學勤主編：《清華大學藏戰國竹簡（貳）》下冊，頁155。

〔註31〕清華大學出土文獻研究與保護中心編，李學勤主編：《清華大學藏戰國竹簡（貳）》下冊，頁155。

〔註32〕華東師範大學中文系戰國簡讀書小組（黃人二、趙思木等）：〈讀《清華大學藏戰國竹簡（貳）・繫年》書後（三）〉，簡帛網：http://www.bsm.org.cn/show_article.php?id=1613，2012-01-01。

〔註33〕《左傳・僖公三十年》：「佚之狐言于鄭伯曰：『國危矣，若使燭之武見秦君，師必退。』公從之。辭曰：『臣之壯也，猶不如人，今老矣，無能為也已。』公曰：『吾不能早用子，今急而求子，是寡人之過也。然鄭亡，子亦有不利焉。』許之，夜縋而出，見秦伯，曰：『秦、晉圍鄭，鄭既知亡矣。若亡鄭而有益於君，敢以煩執事。越國以鄙遠，君知其難也，焉用亡鄭以陪鄰。鄰之厚，君之薄也。若舍鄭以為東道主，行李之往來，共其乏困，君亦無所害。且君嘗為晉君賜矣，許君焦、瑕，朝濟而夕設版焉，君之所知也。夫晉何厭之有？既東封鄭，又欲肆其西封，不闕秦，將焉取之？闕秦以利晉，唯君圖之。』」

〔註34〕《左傳・僖公三十年》：「子犯請擊之，公曰：『不可。微夫人力不及此。因人之力而敝之，不仁。失其所與，不知。以亂易整，不武。吾其還也。』亦去之。」

〔註35〕《左傳・僖公三十年》：「初，鄭公子蘭出奔晉，從于晉侯。伐鄭，請無與圍鄭。許之，使待命於東。鄭石甲父、侯宣多逆以為大子，以求成于晉，晉人許之。」

〔註36〕子居：〈清華簡《繫年》8～11章解析〉，中國先秦史：http://www.xianqin.tk/2012/

說辭是「越國以鄙遠，君知其難也，焉用亡鄭以陪鄰。鄰之厚，君之薄也。若舍鄭以為東道主，行李之往來，共其乏困，君亦無所害。」也就是說，鄭人承諾，若秦人存鄭，鄭人將親秦而疏鄰（晉），因此秦穆公才留下戍人守鄭之後還師。但對於晉人來講，顯然是不能眼看秦人染指中原的，所以才有子犯勸晉文公擊秦戍人，而晉文公則拒絕了這個建議，轉而選擇了通過外交手段來加強對鄭的影響，故有鄭人立奔晉的子蘭為太子的情況。〔註37〕鄭人立子蘭為太子，自然會被秦人視為鄭背秦而親晉的行為，但晉文公並未與秦發生直接衝突，且晉之霸業正隆，秦人無意在此情況下直接與晉翻臉，所以秦人襲鄭之事，是一直等到晉文公去世後才發生的。〔註38〕

劉建明：懋，甘也，即甘心、情願。《說文》：「懋，問也。謹敬也。從心嫩聲。一曰說也。一曰甘也。《春秋傳》曰：『昊天不懋。』又曰：『兩君之士皆未懋。』魚覬切。」懋，可釋為甘亦可，即願意、情願。《國語·楚語》：「吾懋寘之于耳」，韋注：「猶願也」。〔註39〕

海天：〈繫年〉45「晉人以不懋」，「懋」作 ，與《包山》15反 相比，多一「臼」旁，可以證明《包山》簡16 就是「懋」字「心」旁省減了。又「來」旁可以參考 （釐（理），《尊德義》39）。此字學者有很多說法，如湖北省荊沙鐵路考古隊編《包山楚簡》：隸作從「椽」從「臼」，考釋云：讀如「隊」。《廣雅·釋詁二》：「隊，陳也。」（北京：文物出版社，1991年10月），頁41。李零《包山楚簡研究（文書類）》：從原釋文解為「不遂」。（《李零自選集》，桂林：廣西師範大學出版社，1998年2月），頁136。史傑

鵬《包山楚簡研究四則》：此字從「夅」得聲，和 15 號簡反面的「憖」可能是通假字。（湖北民族學院學報（哲學社會科學版），2005 年，第 3 期），頁 117。《十四種》11 頁以為不識字，《楚文字編》609～610 頁「憖」下也未收此字。只有劉信芳《從夂之字彙釋》：視為簡 15 反「憖」之異體，說「不憖」為古代常用語，《詩・小雅・十月之交》：「不憖遺一老。」鄭玄箋：「憖者，心不欲自強之辭也。」平輿令薛君碑：「不憖遺君」。《國語・楚語上》：「下穀雖不能用，吾憖置之於耳。」韋昭注：「憖，猶願也。」「不憖新造尹」，意謂不願再勉強新造尹斷案。（廣州東莞：《紀念容庚先生百年誕辰暨中國古文字學國際學術研討會論文》，1994 年 8 月），頁 616。〔註 40〕

〔二〕秦人豫戍於奠＝（鄭，鄭）人敓（屬）北門之笑（管）於秦＝之＝【四十五】戍＝人＝（秦之戍人，秦之戍人）吏（使）人歸（歸）告曰：「我既旻（得）奠（鄭）之門笑（管）也，坴（來）䇫（襲）之。」

黃杰：豫可讀為舍，謂舍鄭之圍。「豫」下應當斷開。本篇「豫」字四見，另外三處（簡 42、52、117）均用為舍。〔註 41〕

孫飛燕：「豫」讀為「舍」，然反對在「舍」下斷讀。此處「舍戍於鄭」的「舍」不是捨棄的意思，而是指置。《左傳》僖公三十年：「秦伯說，與鄭人盟，使杞子、逢孫、楊孫戍之，乃還。」《左傳》襄公十四年戎子駒支對范宣子追述殽之戰的起因時說：「昔文公與秦伐鄭，秦人竊與鄭盟而舍戍焉，於是乎有殽之師。」楊伯峻先生注：「舍，置也。即僖三十年傳『秦伯說，與鄭人盟，使杞子、逢孫、楊孫戍之』之事。」（楊伯峻：《春秋左傳注》（修訂本）第 1006 頁，中華書局，1990 年。）簡文的「舍戍」即《左傳》的「舍戍」。〔註 42〕

飛馬：簡 41「戍穀」的「戍」為動詞，此「豫（舍）戍」的「戍」似亦可

〔註40〕海天：〈由《繫年》重新認識幾個楚文字〉，學術討論，復旦大學出土文獻與古文字研究中心：http://www.gwz.fudan.edu.cn/forum/forum.php?mod=viewthread&tid=5422&extra=page%，2012-1-9。

〔註41〕黃杰：〈初讀《清華大學藏戰國竹簡（貳）》筆記〉，論壇區 › 學術討論 › 復旦大學出土文獻與古文字研究中心：http://www.gwz.fudan.edu.cn/forum/forum.php?mod=viewthread&tid，2011-12-21。

〔註42〕孫飛燕：〈讀《繫年》簡記三則〉，復旦大學出土文獻與古文字研究中心：http://www.gwz.fudan.edu.cn/Web/Show/1801，2012/3/9。

理解為動詞，則「舍戍」也可理解為並列式片語，「舍」即居止。〔註43〕

華東師範大學中文系戰國簡讀書小組：「秦人豫（釋）戍」，此處作「戍」更好，「秦人釋戍」與後文「秦之戍人」相呼應，且「釋戍」又見上文，即《左傳》所謂「出戍」。又「筦」，從竹、夅聲，整理者通作「管」，其說可從。《左傳‧僖公三十二年》杜注：「管，籥也。」即鑰匙。另《左傳‧僖公三十二年》：「杞子自鄭始告于秦，曰：『鄭人使我掌其北門之管，若潛師以來，國可得也。』」《史記‧秦本紀》：「鄭人有賣鄭於秦曰：『我主其城門，鄭可襲也。』」《左傳》謂內應為秦之大夫，《史記》則以為鄭本國人，說不同。〔註44〕

劉建明：「晉文公立七年，秦、晉圍鄭，鄭降秦不降晉，晉人以不懟。秦人豫（舍）戍於鄭，鄭人屬北門之管于秦之戍人。」這就是歷史上著名的「肴之戰」，是在晉秦爭霸戰爭中，發生於周襄王二十六年（西元前627年）的一場晉襄公率軍在晉國郁山（今河南陝縣東）隘道全殲秦軍的重要伏擊殲滅戰。見《左傳‧僖公三十二年、三十三年》，亦見於《左傳‧襄公十四年》：「昔文公與秦伐鄭，秦人竊與鄭盟而舍戍焉，於是乎有殽之師。」此即〈繫年〉可以與傳世文獻相佐證的地方。因此，〈繫年〉的出現，無論是對於佐證傳統文獻還是對於當代古史的研究走出「疑古時代」，都有著極其重大的價值和意義。〔註45〕

清華簡整理者：《左傳》僖公三十二年：「杞子自鄭使告于秦，曰：『鄭人使我掌其北門之管，若潛師以來，國可得也。』」《史記‧秦本紀》：「鄭人有賣鄭於秦曰：『我主其城門，鄭可襲也。』」敓，讀作「屬」，表示委託、交付。筦，通「管」。《左傳》僖公三十二年杜注：「管，籥也。」即鑰匙。富，又見於戰國銅器厵（廠矗）羌鐘（《集成》157～161），李家浩讀作「襲」（《釋上博戰國竹簡〈緇衣〉中的「𤔲臣」合文──兼釋兆域圖「逫」和厵羌鐘「富」等字》，《康樂集──曾憲通教授七十壽慶論文集》第24頁，中山大學出版社，206），簡文「富」用法相同。〔註46〕

〔註43〕飛馬：〈讀《繫年》劄記三則〉第3樓，復旦大學出土文獻與古文字研究中心：http://www. gwz.fudan.edu.cn/Web/Show/1801，2012/3/11。

〔註44〕華東師範大學中文系戰國簡讀書小組（黃人二、趙思木等）：〈讀《清華大學藏戰國竹簡（貳）‧繫年》書後（三）〉，簡帛網：http://www.bsm.org.cn/show_article.php?id=1613，2012-01-01。

〔註45〕劉建明：〈清華簡《繫年》研究〉，安徽大學碩士學位論文，2014年5月，頁38。

〔註46〕清華大學出土文獻研究與保護中心編，李學勤主編：《清華大學藏戰國竹簡（貳）》

陳劍：簡46「我既得鄭之門管巳（已）」,「巳（已）」誤釋為了「也」。〔註47〕

陳偉：《左傳》僖公三十二年記秦戍人之語云：「鄭人使我掌其北門之管，若潛師以來，國可得也。」管後一字除可能是「巳」之外，也有可能是「云」字。〈繫年〉「云」字，上部多作實心，但也有空心的寫法，如85、86號簡二見的「芸」字所從。在此疑可讀為「陰」，與「潛」義通。〔註48〕

所述各字如下〔註49〕：

46號簡	佘（94號簡）	𠂤（陰，55號簡）	芸（85號簡）

蘇建洲：字作，釋為「巳」讀為「已」可從，相同用法如《郭店・老子甲》15「皆知善，此其不善巳（已）」。此字筆順與「云」不同，不能釋為「云」。〔註50〕

暮四郎：簡46：「我既得鄭之門管」下之字原釋「也」，蓋偶疏。字當釋巳，讀為矣。郭店老子甲組簡15「巳」用為矣。〔註51〕

海天：「因襲」、「襲擊」現在都寫為「襲」，《繫年》則是分得很清楚：37～38「懷公自秦逃歸，秦穆公乃召【三七】文公於楚，使袞（襲）懷公之室。」111「戉（越）人因袞（襲）吳之與晉為好。」「袞」字形是表示穿衣加服的表意字，用為「因襲」義。46「我既得鄭之門管巳（已），來𣆚（襲）之。秦師將東𣆚（襲）鄭，鄭之賈人弦高將西」、93「欒盈𣆚（襲）巷（絳）而不果」、94「莊公涉河𣆚（襲）朝歌」。依照唐蘭先生的說法：𣆚訓疾言也。𣆚敓猶襲奪，

下冊，頁155、156。

〔註47〕復旦大學出土文獻與古文字研究中心讀書會（陳劍）：《清華（貳）》討論記錄》，復旦大學出土文獻與古文字研究中心：http://www.gwz.fudan.edu.cn/Web/Show/1746，2011/12/23。

〔註48〕陳偉：〈讀清華簡《繫年》箚記（二）〉，簡帛網：http://www.bsm.org.cn/show_article.php?id=1598，2011-12-21。

〔註49〕見陳偉：〈讀清華簡《繫年》箚記（二）〉，簡帛網：http://www.bsm.org.cn/show_article.php?id=1598，2011-12-21。

〔註50〕吳雯雯、蘇建洲、賴怡璇合著：《清華二繫年集解》，頁396。

〔註51〕暮四郎：簡帛研讀 »〈清華簡（貳）簡46「我既得鄭之門管巳（矣）」〉（第0樓），簡帛論壇：http://www.bsm.org.cn/bbs/read.php?tid=2856&fpage=17，2011-12-21。

襲為覰取，故利疾速，襲聲同，故可假用。畫應是「偷襲」、「襲擊」的專字。〔註52〕

〔三〕秦𦥑（師）牆（將）東畫（襲）奠=（鄭，鄭）之賈人弦高牆（將）西【四十六】市，遇之，乃以奠（鄭）君之命袋（勞）秦三衒（帥），秦𦥑（師）乃逯（復），伐龥（滑），取之。

　　蘇建洲 A：〈繫年〉「襲」的意思有二，一為因襲、繼承也，如簡 37～38「秦穆公乃召【三七】文公於楚，使衺（襲）懷公之室。」簡 111「越人因衺（襲）吳之與晉為好。」二為「偷襲」、「襲擊」，除本簡外，又見於簡 93「欒盈畫（襲）巷（絳）而不果」、94「莊公涉河畫（襲）朝歌」。兩種用法各有相應的字體。「衺」象重衣之形，應該就是因襲的本字。字形亦見於《上博三・瓲先》簡 3。其次，「畫」從「畾」聲。《說文》：「畾，疾言也。從三言。讀若沓。徒合切。」上古音「畾」屬定母緝部，「襲」屬邪母緝部，音韻皆近，是以「畫」可以讀為「襲」。現在我們知道「畫」表示「襲」的用法，不僅見於三晉系，亦見於楚系出土文獻。當然，不少學者提出〈繫年〉的底本是三晉系的，此處亦有可能是三晉系用法的延續。〔註53〕

　　蘇建洲 B：「弦」字形作。「糸」已見於西周晚期孟弜父簋（《集成》3962）「白」，一般釋為「幻伯」。戰國璽印作（《璽彙》0391），一般也釋為「幻」。《曾侯》簡 3「二秦弓，糸賠。」裘錫圭、李家浩先生考釋說：「古文字『糸』旁或寫作『幺』（《說文》『糸』字古文作『幺』），疑與簡文『糸』當是一字。舊或釋古印文字為『幻』，不一定可信。『糸』在簡文中都是在講到弓的時候提及的，或疑即『弦』字。」（頁 504）。蕭聖中先生便直接釋為「弦」。（《曾侯乙墓竹簡釋文補正暨車馬制度研究》，頁 49 注 3）。蕭曉暉先生認為「幻」、「弦」古本一字，氏名「幻」皆當讀為「弦」。（〈說「幻」〉，《考古與文物 2005 增刊・古文字論集三》，頁 156～157）。單育辰：「釋之為『幻』是有問題的。『糸』是一個會意字，其所表示的正是弓上的『弦』。」（《楚地戰國簡帛與傳世文獻對讀之研究》，頁 99）。根據古文字材料反映出來的用

〔註52〕海天：〈《繫年》的「蔡」字〉，論壇區 › 學術討論 › 復旦大學出土文獻與古文字研究中心：http://www.gwz.fudan.edu.cn/forum/forum.php?mod=viewthread&tid=5378，2011-12-29。

〔註53〕吳雯雯、蘇建洲、賴怡璇合著：《清華二繫年集解》，頁 397。

字習慣以及學者的意見，「㢩」字確實應該釋為「弦」，〈繫年〉整理者將直接釋為「弦」無疑是對的。另，〈繫年〉的「復」字皆作，「复」旁有所省簡，參見《字形表》頁 214。〔註54〕又「䯏」字從頁骨聲，簡文讀為「滑」。《繫年》的「骨」旁在骨架橫筆上多一直飾筆。這種在橫筆上加直飾筆的書寫習慣是〈繫年〉書手習慣性的寫法。關於「滑」的地望，《左傳》莊公十六年杜預注曰：「滑國都費，河南緱氏縣。」張以仁《春秋史論集》：「滑確是指河南的緱氏縣，也就是今天河南省偃師以南二十里的地方。」（頁 363）〔註55〕

　　華東師範大學中文系戰國簡讀書小組：從古書對文角度看，當讀為「弦」，然從簡文字形上看，實為「幻」字。整理者直接隸定為「弦」，並不妥當。幻，古音匣母、元部，弦，匣母、真部，音近可通。又䯏，參《左傳》等史料，知即為「滑」。蓋兩字同從骨聲，音近可通。另「取之」事見《左傳・僖公三十三年》：「三十三年春，秦師（中略）及滑，鄭商人弦高將市於周，遇之。以乘韋先，牛十二犒師，曰：『寡君聞吾子將步師出於敝邑，敢犒從者，不腆敝邑，為從者之淹，居則聚一日之積，行則備一夕之衛。』且使遽告于鄭。（中略）孟明曰：『鄭有備矣，不可冀也。攻之不克，圍之不繼，吾其還也。』滅滑而還。」《史記・晉世家》：「兵至滑，鄭賈人弦高將市于周，遇之，以十二牛勞秦師。秦師驚而還，滅滑而去。」〔註56〕

　　清華簡整理者：《左傳》僖公三十三年：「三十三年春，秦師……及滑，鄭商人弦高將市於周，遇之。以乘韋先，牛十二犒師，曰：『寡君聞吾子將步師出於敝邑，敢犒從者，不腆敝邑，為從者之淹，居則具一日之積，行則備一夕之衛。』且使遽告於鄭。……孟明曰：『鄭有備矣，不可冀也。攻之不克，圍之不繼，吾其還也。』滅滑而還。」滑，姬姓國，在今河南偃師南。簡文「䯏」和「滑」同從骨聲，音近通假。〔註57〕

　　子居：晉文公去世後，秦人襲鄭，卻「恰遇」鄭國商人弦高將市于周，結

〔註54〕吳雯雯、蘇建洲、賴怡璇合著：《清華二繫年集解》，頁 398、399。

〔註55〕吳雯雯、蘇建洲、賴怡璇合著：《清華二繫年集解》，頁 400。

〔註56〕華東師範大學中文系戰國簡讀書小組（黃人二、趙思木等）：〈讀《清華大學藏戰國竹簡（貳）・繫年》書後（三）〉，簡帛網：http://www.bsm.org.cn/show_article.php?id=1613，2012-01-01。

〔註57〕清華大學出土文獻研究與保護中心編，李學勤主編：《清華大學藏戰國竹簡（貳）》下冊，頁 156。

果為弦高所誆，以為鄭已有備，於是轉而滅滑，此事恐也是有內情的。由於說鄭商弦高遇秦師屬於「偶遇」這樣的情況，其資訊來源顯然會非常單一，畢竟，當時並非間諜游士遍天下的戰國時期，若不是有鄭國的遍告天下行為，則鄭商弦高借犒賞秦師而嚇退秦師及鄭人嚇走秦戍人之事，各國何以得知？秦人所能記述的，也只是突遇鄭商弦高犒軍，故不得不臨時改變計畫而已。因此，當時事實究竟為何，全是憑鄭人的一面之辭。且對於鄭國而言，國君剛亡，即將北門之管交給秦之戍人，即位的鄭穆公又明明是借晉人勢力得立的，不能不說這一點是顯得非常可疑的。更兼在晉文公出殯時卜偃就已預言「將有西師過軼我」，彼時秦師未發，卜偃何以會知道秦國會出兵，且清楚地知道並非是襲晉而只是過之呢？若晉與秦失和且鬥得兩敗俱傷，自然會是一直受秦晉雙方夾板氣乃至於幾近亡國的鄭國非常希望看到的情況。從這個角度來看，卜偃預知秦將出師過晉，秦師遠襲卻恰遇鄭商弦高，以及晉師在崤之役大敗秦師，秦師懷恨復仇，諸事或皆是出自鄭國故意使秦之戍人得北門之管且將此情況密告于晉人的謀略，這樣的可能性也是非常高的。〔註58〕

　　子居：秦、楚交好的舉措，奠定了之後秦與楚的霸業根基，兩國配合默契，楚伐鄭與秦伐晉輪番進行，而晉國則因此救鄭則為秦所攻，伐秦則難以安鄭，終於首尾難顧，霸業難繼。〔註59〕

【語譯】

　　蘇建洲：「晉文公七年，秦晉兩國包圍鄭國，但鄭國卻只對秦國投降而不向晉國投降，晉國覺得很不是滋味。（這時）秦國在鄭國設置守衛，鄭國將北門的鑰匙交給秦國的守衛，秦國的守衛派人回國通報說：『我們已經拿到鄭國北門的鑰匙了，來偷襲他們吧。』秦國的軍隊將往東偷襲鄭國，（正好）碰到了將到西邊做買賣的鄭國商人弦高，弦高就（編造）鄭國國君的命令慰勞秦國的三位將軍（百里孟明視、西乞術、白乙丙）。秦國的軍隊（以為鄭國已經知道偷襲的軍情）就返國了，途中順便攻取滑國。」〔註60〕

〔註58〕子居：〈清華簡《繫年》8～11 章解析〉，中國先秦史：http://www.xianqin.tk/2012/06/27/206/，2012 年 6 月 27 日。

〔註59〕子居：〈清華簡《繫年》8～11 章解析〉，中國先秦史：http://www.xianqin.tk/2012/06/27/206/，2012 年 6 月 27 日。

〔註60〕吳雯雯、蘇建洲、賴怡璇合著：《清華二繫年集解》，頁 392。

附錄三　〈繫年〉第十三章與鄭國相關部分之集釋

此部分釋文採李學勤主編《清華大學藏戰國竹簡（貳）》下冊之原文，並依其注釋順序作集釋。

【釋文】

……[臧（莊）]王回（圍）奠（鄭）三月〔一〕，奠（鄭）人為成〔二〕。晉中行林父衒（率）自（師）栽（救）奠（鄭）〔三〕，臧（莊）王述（遂）北〔四〕【六十三】……[楚]人明（盟）〔五〕。〔註61〕

【集釋】

〔一〕[臧（莊）]王回（圍）奠（鄭）三月

清華簡整理者：簡上部殘失，約缺七或八字。楚莊王圍鄭，事見《春秋》宣公十二年經傳，卽楚莊王十七年。《左傳》云：「十二年春，楚子圍鄭，旬有七日。鄭人卜行成，不吉；卜臨于大宮，且巷出車，吉。國人大臨，守陴者皆哭。楚子退師。鄭人修城。進復圍之，三月，克之。」孔疏指出三月非季春之月，而是圍鄭至克共經三月，由簡文知其正確。〔註62〕

子居：簡上部殘失之字，依上章之文例，或可補「楚莊王立十又七年」八字。〔註63〕

清華大學出土文獻讀書會：頗疑本簡開頭所殘當作「楚臧王立十又七年」，適為八字，則「王圍鄭三月」之王自為「莊王」無疑，如第十二章「楚莊王立十又四年，王會諸侯于厲」，整理者補「臧（莊）」字實無必要。〔註64〕

〔二〕奠（鄭）人為成

清華簡整理者：楚莊王許鄭平，詳《左傳》宣公十二年及《史記·楚世

〔註61〕清華大學出土文獻研究與保護中心編，李學勤主編：《清華大學藏戰國竹簡（貳）》下冊，頁165。

〔註62〕清華大學出土文獻研究與保護中心編，李學勤主編：《清華大學藏戰國竹簡（貳）》下冊，頁165。

〔註63〕子居：〈清華簡《繫年》12～15章解析〉，中國先秦史：http://www.xianqin.tk/2012/10/02/208/，2012年10月2日。

〔註64〕清華大學出土文獻讀書會（馬楠、鄧少平等）：〈《清華大學藏戰國竹簡》（貳）研讀箚記（二）〉，復旦大學出土文獻與古文字研究中心：http://www.gwz.fudan.edu.cn/Web/Show/1760，2011/12/31。

家》。〔註65〕

　　蘇建洲：《左傳》宣公十二年：「……進復圍之，三月，克之。人自皇門，至于逵路。鄭伯肉袒牽羊以逆，曰：『孤不天，不能事君，使君懷怒以及敝邑，孤之罪也，敢不唯命是聽？其俘諸江南，以實海濱，亦唯命；其翦以賜諸侯，使臣妾之，亦唯命。若惠顧前好，徼福於厲、宣、桓、武，不泯其社稷，使改事君，夷於九縣，君之惠也，孤之願也，非所敢望也。敢布腹心，君實圖之。』左右曰：『不可許也，得國無赦。』王曰：『其君能下人，必能信用其民矣，庸可幾乎！』退三十里，而許之平。潘尪入盟，子良出質。」〔註66〕

〔三〕晉中行林父衔（率）自（師）救（救）奠（鄭）

　　清華簡整理者：中行林父，即荀林父、中行桓子。《左傳》宣公十二年：「夏六月，晉師救鄭。荀林父將中軍，先縠佐之。士會將上軍，郤克佐之。趙朔將下軍，欒書佐之。趙括、趙嬰齊為中軍大夫。鞏朔、韓穿為上軍大夫。荀首、趙同為下軍大夫。韓厥為司馬。」〔註67〕

　　方炫琛：左僖二十七「荀林父御戎」，杜注：「荀林父，中行桓子。」左文七稱荀林父為荀伯，史記趙世家索隱引世本，謂荀林父與荀首為兄弟，可證荀為其氏也。左宣十二荀林父請死，晉侯欲許之，士貞子諫晉侯曰：「林父之事君也……」於君前稱林父，則林父，其名也。同傳稱桓子，桓蓋其諡也。左宣十五晉侯稱荀林父曰「伯氏」，楊注云：「字伯。」謂伯為其行次。左成二載申公巫臣稱荀首為「中行伯之季弟」，中行伯即荀林父，其弟荀首又稱知季，則傳稱荀林父曰荀伯、中行伯、伯氏，伯皆其行次也。其稱中行伯者，史記趙世家索隱云：「系本云：晉大夫逝遨生桓伯林父，林父生宣伯庚宿，庚宿生獻伯偃，偃生穆伯吳，吳生寅，本姓荀，自荀偃將中軍，晉改中軍為中行，因氏焉。」謂荀林父為逝遨之子，本姓荀，自其孫荀偃將中軍後氏中行；然左僖二十八載「晉侯作三行以禦狄，荀林父將中行」，則將中行始自荀林父，稱中行者，亦始自荀林父，是以左文十三即稱荀林父為中行桓子，左宣十五、左成二亦載羊舌職及申公巫臣稱荀林父為「中行伯」，時人稱荀林父為中行

〔註65〕清華大學出土文獻研究與保護中心編，李學勤主編：《清華大學藏戰國竹簡（貳）》下冊，頁165。

〔註66〕吳雯雯、蘇建洲、賴怡璇合著：《清華二繫年集解》，頁483。

〔註67〕清華大學出土文獻研究與保護中心編，李學勤主編：《清華大學藏戰國竹簡（貳）》下冊，頁165。

伯，則中行之稱始自荀林父。通志氏族略第四「荀林父將中行，故曰中行氏」是也，故左傳稱其子荀庚、其孫荀偃為中行伯，止襲父祖之稱耳。(《左傳人物名號研究》頁 434，1396「荀林父」條)〔註68〕

　　蘇建洲：稱「中行林父」，以荀林父曾率領晉國步兵建制「左行」。其稱名格式如同第九章簡 51「左行蔑」，皆以官名冠名上。〔註69〕

〔四〕臧（莊）王述（遂）北

　　清華簡整理者：《左傳》宣公十二年云：「楚子北，師次於郔。」〔註70〕

〔五〕[楚]人明（盟）

　　清華簡整理者：簡上部殘失，約缺十一或十二字。《左傳》云楚莊王「使求成於晉，晉人許之，盟有日矣」。〔註71〕

　　蘇建洲：整理者的釋文作「……[楚]人明（盟）」，補出「楚」字，不過對照《左傳》的史實，簡文或可擬補為「[楚求成于晉＝（晉，晉）人許之，遂與楚]人明（盟）」，恰好十二字。〔註72〕

【語譯】

　　蘇建洲：「楚莊王十七年，楚王包圍鄭國歷經三個月，鄭國與楚國媾和。晉國中行林父率領軍隊搭救鄭國，楚莊王遂北上（軍隊駐紮在郔地）。……（楚王派使者向晉國求和，晉國答應，於是與楚）人結盟。」〔註73〕

附錄四　〈繫年〉第二十三章與鄭國相關部分之集釋

　　此部分釋文採李學勤主編《清華大學藏戰國竹簡（貳）》下冊之原文，並依其注釋順序作集釋。

〔註68〕方炫琛：《左傳人物名號研究》，臺北：政治大學中文研究所博士論文，1983 年 7月，頁 434。轉引自吳雯雯、蘇建洲、賴怡璇合著：《清華二繫年集解》，頁 483、484。
〔註69〕吳雯雯、蘇建洲、賴怡璇合著：《清華二繫年集解》，頁 484。
〔註70〕清華大學出土文獻研究與保護中心編，李學勤主編：《清華大學藏戰國竹簡（貳）》下冊，頁 166。
〔註71〕清華大學出土文獻研究與保護中心編，李學勤主編：《清華大學藏戰國竹簡（貳）》下冊，頁 166。
〔註72〕吳雯雯、蘇建洲、賴怡璇合著：《清華二繫年集解》，頁 485。
〔註73〕吳雯雯、蘇建洲、賴怡璇合著：《清華二繫年集解》，頁 482。

【釋文】

　　楚聖（聲）趄（桓）王立四年〔一〕，宋公畋（田）、奠（鄭）白（伯）
刟（駘）皆朝于楚。王衒（率）宋公以城鐭鬮（關）〔二〕，是（實）武腸
（陽）〔三〕。秦人【一二六】敗晉自（師）於菩（洛）合（陰）〔四〕，以為楚
敚（援）。聖（聲）王即殜（世），勿（悼）折（哲）王即立（位）〔五〕。
奠（鄭）人戠（侵）懬鬮（關），腸（陽）城洹（桓）恖（定）君衒（率）
【一二七】瀆鬮（關）之自（師）與上或（國）之自（師）以迄（交）之〔六〕，
與之戠（戰）於珪（桂）陵〔七〕，楚自（師）亡工（功）。競（景）之
賈與鬙（舒）子共戠（止）而死〔八〕。昷（明）【一二八】戠（歲），晉睡餘
衒（率）晉自（師）與奠（鄭）自（師）以內（入）王子定〔九〕。遞（魯）
易公衒（率）自（師）以迄（交）晉=人=（晉人〔十〕，晉人）還，不果
內（入）王子。昷（明）戠（歲），【一二九】郎臧（莊）坪（平）君衒（率）
自（師）戠（侵）奠=（鄭〔十一〕，鄭）皇子=（子、子）馬、子池、子坆
（封）子衒（率）自（師）以迄（交）楚=人=（楚人〔十二〕，楚人）涉
沬（氾）〔十三〕，牂（將）與之戠（戰），奠（鄭）自（師）逃【一三〇】內
（入）於蔑〔十四〕。楚自（師）回（圍）之於鄺，聿（盡）逾奠（鄭）
自（師）與亓（其）四遄（將）軍，以歸（歸）於郢〔十五〕，奠（鄭）
大割（宰）慬（欣）亦记（起）褅（禍）於【一三一】奠=（鄭〔十六〕，鄭）
子腸（陽）用滅〔十七〕，亡遂（後）於奠（鄭）。昷（明）戠（歲），楚
人歸（歸）奠（鄭）之四牂（將）軍與亓（其）萬民於奠（鄭）〔十八〕。

〔註74〕

【集釋】

〔一〕楚聖（聲）趄（桓）王立四年

　　清華簡整理者：楚聖（聲）趄（桓）王立四年，為周威烈王二十二年。此
時三晉正忙於與越聯兵攻打齊國，楚乘機發展其在中原的勢力。〔註75〕

　　蘇建洲：楚聖（聲）趄（桓）王四年相當於周安王元年，公元前四〇一

〔註74〕清華大學出土文獻研究與保護中心編，李學勤主編：《清華大學藏戰國竹簡（貳）》
　　　　下冊，頁196。
〔註75〕清華大學出土文獻研究與保護中心編，李學勤主編：《清華大學藏戰國竹簡（貳）》
　　　　下冊，頁197。

年。「宋公畋」即宋休公田,悼公之子,《宋微子世家》:「悼公八年卒,子休公田立。」,「奠(鄭)白(伯)駘」,即鄭繻公駘,《鄭世家》:「幽公元年,韓武子伐鄭,殺幽公。鄭人立幽公弟駘,是為繻公。」皆見於二十二章簡124。〈六國年表〉周安王六年、繻公二十七年(前396年)「鄭相子陽之徒殺其君繻公。」〔註76〕

〔二〕宋公畋(田)、奠(鄭)白(伯)訬(駘)皆朝于楚。王銜(率)宋公以城龥罰(關)

清華簡整理者:龥罰,楡關。犢,定母屋部;楡,喻母侯部,古音很近。地在今河南中牟南。《史記·楚世家》「(悼王)十一年,三晉伐楚,敗我大梁、楡關」,索隱:「此楡關當在大梁之西也。」一說地在今河南汝州東南。〔註77〕

楊寬:楡關在新鄭與大梁之間,原為鄭地,為出入中原之重要門戶,成為此後魏與楚爭奪之地。〔註78〕

裘錫圭:「俞」、「賣」上古音相近,「俞」聲與「賣」聲相通之例頗多。古書中,「崙」和「崳」皆與「寶」通。古代有一種細布,其名稱有「綸此、綸岵、綸貲、俞此」等寫法,漢簡作「寶此」。清華簡〈繫年〉第二十章簡113有「句俞之門」,整理者謂「俞」、「瀆」古音相近,「句俞之門」宜讀為「句瀆之門」,可能與「句瀆之丘」相關,其說當是。同書第二十三章有一地名,簡128作「犢(聲旁原作「峀」)關」,127作「價(聲旁原作从「峀」聲之「犢」,下「覿」字同)關」,126作「覿關」,整理者謂即古書之「楡關」,亦可信。所以,將用作「賣」字聲旁的「峀」釋為「踰」之初文,從字音上看是十分合適的。……從現有資料看,在戰國文字裏,似乎只有楚文字使用從「峀」聲的「賣」。從「峀」聲的「犢」字以及以之為聲的那些字,見於璽印的大都屬於三晉。楚簡中也出現了這些字,可能是由於受了三晉文字的影響。〔註79〕

蘇建洲:簡文的「王」指楚聲桓王。「龥」字作,也見於簡127作、

〔註76〕吳雯雯、蘇建洲、賴怡璇合著:《清華二繫年集解》,頁874。

〔註77〕清華大學出土文獻研究與保護中心編,李學勤主編:《清華大學藏戰國竹簡(貳)》下冊,頁197。

〔註78〕楊寬:《戰國史料編年輯證》,上海:上海人民出版社,2001年11月,頁206。轉引自吳雯雯、蘇建洲、賴怡璇合著:《清華二繫年集解》,頁874。

〔註79〕裘錫圭:〈說從「峀」聲的從「貝」與從「辵」之字〉,《文史》2012年第3輯,頁18。轉引自吳雯雯、蘇建洲、賴怡璇合著:《清華二繫年集解》,頁875。

簡 128 作□。裘先生認為楚文字出現□寫法，是受到三晉文字的影響，當是。新出《上博九‧卜書》簡 4 亦有「瀆」作□，與□相比，在「中」形與「目」旁之間多出一橫筆，寫法比較特別。這段歷史似未見于史書。《史記‧六國年表》載前三九九年楚悼王三年歸榆關于鄭。《史記‧楚世家》載楚悼王十一年「十一年，三晉伐楚，敗我大梁、榆關。」〔註 80〕楊寬《戰國史料編年輯證》云：「《史記會注考證》引《正義》佚文云：『《年表》云：『悼王三年歸榆關于鄭。按榆關當鄭之南，大梁之西也。榆關在大梁之境。此時屬楚，故云敗我大梁榆關也。』（見南化、楓、梅、贅異本）」此說甚是。呂祖謙《大事記》云：「大梁魏地，不知楚追三晉之師至于是歟？或者是楚伐魏而韓、趙救之，《世家》誤以為三晉伐楚歟？」此說不確。榆關在大梁之西南，介于今新鄭與開封之間，原為鄭地，為楚所攻占。楚悼王三年楚曾一度以榆關歸還于鄭，但不久仍為楚佔有。榆關為出入中原之重要門戶，因而成為三晉與楚爭奪之地。此年（引按：指悼王十一年）三晉合兵敗楚于大梁、榆關，從此大梁為魏所占有，但榆關仍為楚所有。魏惠王欲遷都大梁，榆關勢在必得，《魏策四》第二章載有人為魏王曰：「鄭恃魏以輕韓，伐榆關而韓氏亡鄭。」《韓非子‧飾邪》云：「鄭恃魏而不聽韓，魏攻荊而韓滅鄭。」當魏全力攻取楚之榆關時，韓即乘機滅鄭。魏取得榆關後，於是遷都大梁。（頁 221～222）」

今由〈繫年〉本章可知「榆關」於楚聲王四年（前 401 年）已歸楚國所有。所以悼王即位之時（前 400 年），鄭人侵討榆關，陽城桓定君率駐桼在「犢（榆）關」的楚國軍隊與鄭國交兵，結果「楚師亡工（功）」。故前三九九年時楚悼王二年（《史記》說是三年）乃以榆關歸還鄭國，相關的史實聯繫得很緊密。即使楚聲王四年鄭伯駘朝于楚，也無法改變榆關被楚國占領的結果。這也說明楚聲王在位時間確實只能是四年，否則依舊說聲王在位六年，是前三九九年，這就與此年「楚悼王」歸還鄭國以榆關相衝突了。其次，楚王在榆關建城應該是為了與三晉的戰爭，否則下一句「秦人【一二六】敗晉師於雒陰，以為楚援。」就失去聯繫了。〔註 81〕

〔三〕是（寔）武牓（陽）

〔註 80〕吳雯雯、蘇建洲、賴怡璇合著：《清華二繫年集解》，頁 875。

〔註 81〕吳雯雯、蘇建洲、賴怡璇合著：《清華二繫年集解》，頁 875、876。

　　清華簡整理者：是，讀為「寔」，設置。是，禪母支部；寔，章母支部，二字古音較近。武旝，《水經注》中武陽同名異地多處，簡文武陽尚難確指，從所述戰爭形勢看，地在今山東陽穀西的可能性較大。《水經・河水注》之武陽：「河水又東，逕武陽縣東、範縣西而東北流也。又東北過東阿縣北。」第二種可能是《水經注》中提到的「武陽關」，在今河南舞陽西，參看《中國歷史地圖集》三五至三六。諸祖耿《戰國策集注匯考》卷二十二云：舞陽「史作武陽，以音近通用也」。然此時的主戰場在宋、衛等國境，舞陽關緊鄰方城，此時應尚屬相對安全的後方，楚人在出擊遠方前，卻在後方預先防禦，亦有可疑。〔註82〕

　　吳良寶：上古音「武」在明母、魚部，「鄦」在曉母、魚部，古音相近，傳世文獻、古文字資料中也有二者相通假的例證，頗疑簡文的「武陽」可讀為「鄦陽」。楚文字中「許」字作「鄦」，有從無聲、亡聲的多種異體……簡文「武陽」不直接見於記載，可能在楚國「鄦（許，今許昌市東）」地一帶。〔註83〕

　　蘇建洲：《會典》頁461有【眡與瑱】的通假例證。又第九章簡52「而女（焉）牁（將）寔（賓－寔）此子也」，「寔」寫作「賓」，與本簡寫作「是」，為同詞異字的關係。〔註84〕

　　蘇建洲：「武陽」確實常見於典籍，請見《中國歷史大辭典―歷史地理卷》491頁的說明。又后曉榮：《戰國政區地理》附表一「關東六國縣邑表」記載趙國、楚國、齊國均有地名「武陽」（頁294～295。另見頁195對於齊國「武陽」位置的推論）。整理者所說山東陽穀西，即西漢東郡東武陽縣。《懸泉漢簡》87～89C：10所載「轉卒東郡武陽東里宮賦」，胡平生、張德芳《敦煌懸泉漢簡釋粹》指出：「武陽，即東武陽，漢東郡屬縣。《漢書・地理志》顏注引應劭曰：『武水之陽也。』故城在今山東莘縣東南」（頁97）此地亦見於《張家山漢簡・秩律》簡460「東阿、聊城、燕、觀、白馬、東武陽、茌平、甄（鄄）城、揗（頓）丘」，注釋說：「東阿、聊城、觀、白馬、東武陽、茌平、

〔註82〕清華大學出土文獻研究與保護中心編，李學勤主編：《清華大學藏戰國竹簡（貳）》下冊，頁197。

〔註83〕吳良寶：〈清華簡《繫年》「武陽」考〉，《吉林大學古籍研究所建所三十周年紀念論文集》，上海古籍出版社，2014年，頁69～72。轉引自李松儒：《清華簡繫年集釋》，頁318。

〔註84〕吳雯雯、蘇建洲、賴怡璇合著：《清華二繫年集解》，頁876、877。

鄄城、頓丘，屬東郡。」(《張家山漢墓竹簡（釋文修訂本）》頁78，注97)」。
至於整理者所說的「舞陽」，亦見於《張家山漢簡・秩律》簡460「潁陰、定
陵、舞陽」，注釋說：「潁陰、定陵、舞陽，屬潁川郡。」(頁77，注91)。亦
見后曉榮：《戰國政區地理》頁98「魏國政區地理一舞陽」。《張家山漢簡・
秩律》亦有地名「武陽」，注釋說：「漢初屬廣漢郡。武帝建元六年置犍為郡，
武陽從廣漢郡劃入該郡。」(頁72，注5)。此地應即《華陽國志・蜀志》所
記蜀王所遁走的地點，與〈繫年〉所述的「武陽」無關。〔註85〕

〔四〕秦人【一二六】敗晉自（師）於洛洽（陰）

　　清華簡整理者：洛洽，洛陰，在今陝西大荔西。洛陰是魏太子擊在四年
前所築。《魏世家》：「十七年，伐中山，使子擊守之，趙倉唐傅之。子擊逢文
侯之師田子方於朝歌……子擊不懌而去。西攻秦，至鄭而還，築雒陰、合陽。」
〔註86〕

　　蘇建洲：「洛洽」整理者讀為「洛陰」，不如依《史記・魏世家》讀為「雒
陰」。《正義》曰：「雒，漆沮水也，城在水南。《括地志》云，雒陰在同州西
也。」《水經・河水注》云：「洛水自獵山枝分東派，東南注于河，昔魏文侯
築館雒陰，謂是水也。」雒陰故址在今陝西大荔縣西南洛河南岸(后曉榮：《戰
國政區地理》，頁91～92)。〈六國年表〉載前四〇八年，魏文侯十七年(楊寬
《輯證》以為是魏文侯38年)「擊宋〈守〉中山。伐秦至鄭，還築洛陰、合
陽。」楊寬先生按語說：「魏于上年與此年連續伐秦，先後攻取臨晉(今陝西
大荔縣東南)、元里(今陝西澄縣東南)、洛陰(今大荔縣西南)、郃陽(今陝
西合陽縣東南)等地，並築城，並曾長驅直入至鄭(今陝西華縣)。」(頁167)
而簡文所述是楚聲王四年，前四〇一年的事情，則上距魏太子擊築「洛陰」
有七年的時間，而非整理者所說的四年。又〈六國年表〉載前四〇一年，秦
簡公十四年「伐魏至陽狐」，亦見《史記・魏世家》：「(魏文侯)二十四年，
秦伐我至陽狐。」(楊寬《輯證》以為當是魏文侯四十五年)。則前四〇一年，
秦國攻打了魏邑洛陰與陽狐，前者不見於史書記載。附帶一提，《集成》11379
「十七年丞相啟狀戈」的「內」反面刻銘「郃陽」，王輝《秦銅器銘文編年集

〔註85〕吳雯雯、蘇建洲、賴怡璇合著：《清華二繫年集解》，頁877、878、879。
〔註86〕清華大學出土文獻研究與保護中心編，李學勤主編：《清華大學藏戰國竹簡（貳）》
　　　　下冊，頁197。

《釋》頁五八已提到魏文侯十七年「築部陽」，但認為此年是前三四一年則不確。〔註87〕

〔五〕以為楚敷（援）。聖（聲）王即殜（世），勿（悼）折（哲）王即立（位）

清華簡整理者：聖（聲）王即殜（世），《楚世家》：「聲王六年，盜殺聲王。」《六國年表》在周威烈王二十四年。勿（悼）折（哲）王，楚悼王熊疑，楚簡又作「恕折王」等。勿字在楚簡中多是「間」字異體「閼」的省形，此處則疑讀為「悼」，字從刀聲。《六國年表》楚悼王元年在周安王元年（前四〇一），是逾年改制。〔註88〕

蘇建洲：根據〈繫年〉的資料，聲王恐怕只在位四年，相當於周安王元年，前四〇一年。請見第二十二章「宋悼公將會晉公，卒于鄯」條注釋。另，「勿折王」的「勿」見於《祭公》03 卲（昭） （4 見，《耆夜》也有一例），一般作 。〔註89〕

董珊：楚悼王之名號「勿折王」。楚悼王稱恕（悼）折王，已見于夕陽坡簡和望山簡，請參看《出土文獻所見「以謚為族」的楚王族》的有關材料與討論。就李學勤先生文中對相當于「恕」的那個字的隸定為從夕、從刀來看，清華簡〈繫年〉的「恕」字原不從心、口二旁，應是從阝、刀聲的字，阝與夕字形本有些相近之處，遂至混淆。也許隸定為「叨」、「𠚂」更好一些。〔註90〕

白光琦：此章連續記事在五年以上，所以「聲王即世，悼哲王即位」應為悼王元年。聲王四年卒，悼王元年應為 400B.C.。這一年份，還可通過以下二事來考察：一是楚敗鄭，鄭殺子陽。〈繫年〉在悼王三年，而《六國年表》當悼王二年，可見《六國年表》不是采自楚國史料，疑出鄭史。二是王子定奔晉。《六國年表》當悼王三年，而〈繫年〉晉、鄭以兵入王子定不果，在悼王二年。晉、鄭納王子定不可能早于王子定出奔，可見〈六國年表〉的這一條也不是采自楚史。鄭人既參與此事，史官有所記載，太史公見鄭國史料有

〔註87〕吳雯雯、蘇建洲、賴怡璇合著：《清華二繫年集解》，頁 879、880。
〔註88〕清華大學出土文獻研究與保護中心編，李學勤主編：《清華大學藏戰國竹簡（貳）》下冊，頁 197、198。
〔註89〕吳雯雯、蘇建洲、賴怡璇合著：《清華二繫年集解》，頁 881。
〔註90〕董珊：〈清華簡《繫年》所見的「衛叔封」與「悼折王」〉，復旦大學出土文獻與古文字研究中心：http://www.gwz.fudan.edu.cn/Web/Show/1448，2011/4/1。

「王子定奔晉」，誤以為周之王子，遂置于周欄。〔註91〕

　　陶金：第二十三章則證明，楚聲王實際上僅在位四年。《史記》中的《楚世家》與《六國年表》均以楚聲王在位六年。可能是篆文「四」與「六」極易混淆。既然楚聲王在位的時間有變化，那麼楚簡王的紀年有無問題呢？根據〈繫年〉第二十一章的記載，楚簡王七年，「宋悼公朝於楚，告以宋司城㓸之弱公室。王命莫敖陽為率師以定公室」。《史記》以楚簡王在位二十四年。相距十七年，再補上楚聲王元年恰好為十八年。可見宋悼公朝於楚的時間實際上是宋昭公剛剛去世的時間，狀告司城㓸（即皇喜，司城子罕）侵佔君位，楚簡王幫助宋悼公復位。楚簡王八年即宋悼公元年。由此看來，楚簡王在位年數沒有問題，但要下移三年。楚聲王之後的楚悼王元年延後一年，同時在位年數減去一年。這樣年表與相關記載基本可以融洽。〔註92〕

　　李銳：〈繫年〉敘事緊密，看起來楚聲王在位似乎只有四年，而非《史記》等所說的六年。如果以楚聲王在位僅四年計，則楚悼王（即簡文中的悼哲王）元年是 400BC，楚悼王二年（399BC），「晉𥅆（貝重）余率晉師與鄭師以入王子定。魯陽公率師以交晉人，晉人還，不果入王子」，這合于《六國年表》399BC 所記的「王子定奔晉」；「明歲」，楚悼王三年（398BC），「鄭太宰欣亦起禍于鄭，鄭子陽用滅」，合于《六國年表》398BC 所記「鄭殺其相駟子陽」。如此看來，楚聲王在位可能只有四年，而《史記》記為六年。《史記》戰國年表多據「秦記」推定，而秦小篆文字「四」與「六」形近，《說文》古文「四」與秦小篆「六」形更近，可能由此而產生訛誤。然則楚聲王元年推遲三年所造成的變動，當去掉兩年，只剩下一年了。由〈繫年〉來看，楚悼王當是逾年改元。古史年代參校而相差一年者多見。因此以楚聲王元年為周威烈王二十二年，問題可以算已經解決了一半。〔註93〕

　　蘇建洲：根據〈繫年〉的資料來看，楚悼王元年是前四百年。且根據本章簡 133～136 所述，〈繫年〉最後記錄的事件的年代在前三九四年，悼王七年，

〔註91〕白光琦：〈由清華簡《繫年》訂正戰國楚年〉，簡帛網 http://www.bsm.org.cn/show_article.php?id=1659，2012-03-26。

〔註92〕陶金：〈由清華簡《繫年》談洹子孟姜壺相關問題〉，復旦大學出土文獻與古文字研究中心：http://www.gwz.fudan.edu.cn/Web/Show/1785，2012/2/14。

〔註93〕李銳：〈由清華簡《繫年》談戰國初楚史年代的問題〉，《史學史研究》，2013 年 2 期，頁 102。

請見「〈繫年〉大事年表」。加上本章已稱悼王的謚號，則〈繫年〉最早寫成於楚肅王時期。這與本章出現的「韓【一三三】取、魏擊」也不衝突。「韓取」是韓烈侯，其卒年是前三八七年（據〈六國年表〉、《戰國史料編年輯證》，頁 1176）；「魏擊」即魏武侯，其卒年是前三七一年（據〈六國年表〉、《戰國史料編年輯證》，頁 1178）。或以為此二人未稱謚號，則〈繫年〉寫作時還健在，那寫作時間不能晚於前三八七年，如此則與肅王元年（前 380 或前 379 年）不合。但是 21 章簡 116 提到「韓取」的祖父「韓啟章」亦用人名，不稱「韓武子」，而韓武子卒年是前四〇九年，時當楚簡王時期，在〈繫年〉寫作時他不可能還活著。換言之，此處的「韓取」是否稱謚不能用作時間斷點的依據。其次，「叨（悼）折（哲）王」的「叨」作【字】，整理者隸定作「𠛚」不妥。左邊的「夕」形實為「卩」旁之變，如《金縢》05「詔」作【字】，其「卩」旁便與「夕」形相近。「叨」的寫法與《祭公》03「周昭王」的「昭」作【字】（4 見，《耆夜》也有一例）、《周公之琴舞》13「篤其親邵」的「邵」作【字】、《赤𪔛之集湯之屋》04「邵（昭）然」的「邵」作【字】、《祭公》09「訽」作【字】上部相同。可見本簡「【字】」與「間」作【字】（《包山》220）只是偶而同形，來源並不相同。其次，〈繫年〉簡 135「平夜惄（悼）武君」的「悼」作【字】，則與卜筮祭禱簡常見楚悼王的「悼」作【字】（《包山》226）寫法相同。「悼武君」的「悼」在簡 133 作【字】，137 作【字】，即「悼」字，從心卓聲。如同包山楚簡所見的楚大司馬「惄體」（包山簡 226、249 等簡），267 簡作「惄戟」，在包山牘作「郚悄」。《望山》楚簡所祭禱的祖先之一是「惄王」，朱德熙等先生說：「惄」從「心」「邵」聲，不見字書。「邵」本從「刀」得聲，古音與「悼」極近，「惄」當即「悼」字異體（《望山楚簡》，頁 139）。董珊先生說「由此可見，楚文字中的『惄』字多應讀為謚法之『悼』。」（〈出土文獻所見「以謚為族」的楚王族——附說《左傳》「諸侯以字為謚因以為族」的讀法〉，復旦網，2008 年 2 月 17 日）。〈繫年〉楚悼王的「悼」不寫作「惄」卻寫作「叨」；同時寫作「惄」者也不代表楚悼王，平夜悼武君是平夜文君子良的後代，子良是昭王之子，惠王之弟，可見武悼君的出身與楚悼王無關，交叉比對可知〈繫年〉的底本確實沒有把「惄」當作謚法「悼」來使用，似乎可以說明〈繫年〉的底本非來自楚國。又《上博七・君人者何必安哉》中的楚王，陳偉先生認為是楚悼王，其說可能是對的，見氏著《楚簡冊概論》頁 155、

293～294。〔註94〕

〔六〕奠（鄭）人戠（侵）懭鬪（關），旟（陽）城洹惡（定）君衒
　　（率）【一二七】犢鬪（關）之㠯（師）與上或（國）之㠯（師）以逡
　　（交）之

　　清華簡整理者：旟城洹惡君，旟城君又見於曾侯乙墓簡一六三、一九三號
簡。陽城是封君的封地。戰國時期有多個地名叫陽城，疑此在今河南漯河東。
《文選・登徒子好色賦》「嫣然一笑，惑陽城，迷下蔡」，李善注：「陽城、下
蔡，二縣名，蓋楚之貴公子所封。」「洹惡」當是此封君的謚，讀為「桓定」。
包山楚簡中的陽城公則可能是陽城被佔領後，流落他處的陽城君後人。犢關
之師，駐守榆關的軍隊，當是楚軍。上國，《左傳》昭公十四年「楚子使然丹
簡上國之兵於宗丘」，杜注：「上國在國都之西，西方居上流，故謂之上國。」
「上國」與「東國」對稱。一說上國是對北方列國的稱謂，《水經・濟水注》：
「昔吳季箚聘上國，至衛。」逡，《說文》：「會也。」此處指交兵迎戰。「逡」
亦即「交」，《孫子・軍爭》杜牧注「交」云：「交兵也。」《楚世家》：「（悼王）
十一年，三晉伐楚，敗我大樑、榆關。楚厚賂秦，與之平。」〔註95〕

　　劉信芳：（包山）易成，讀為「陽城」，與下蔡相鄰，宋玉《登徒子好色
賦》：「嫣然一笑，惑陽城，迷下蔡」，《呂氏春秋・上德》有「陽城君」，為楚
悼王時人。曾侯乙簡所記「陽城君」為楚惠王時人。就目前所見到的資料來
看，張家山漢簡《秩律》457「陽成」應與包山簡120「易成」同指一地，即
《漢志》汝南郡之陽城，以其與下蔡、曾國相近故也。（《包山楚簡釋例》，頁
106～107）〔註96〕

　　陳穎飛：關於陽城君，《呂氏春秋・離俗覽》有一個很著名的故事。楚悼
王十五年（前 387），墨家巨子孟勝為陽城君守城而死難，「陽城君走，荊收
其國」，這是最後一代陽城君。他是〈繫年〉簡「陽城桓定君」的下一代封君，
很可能是其子輩。曾侯乙簡另有陽城君，疑是「陽城桓定君」的上一代，很
可能是第一代陽城君。作為「執珪之君」之一，與魯陽公、平夜君相類，陽

〔註94〕吳雯雯、蘇建洲、賴怡璇合著：《清華二繫年集解》，頁 882、883。
〔註95〕清華大學出土文獻研究與保護中心編，李學勤主編：《清華大學藏戰國竹簡（貳）》
　　　　下冊，頁 198。
〔註96〕劉信芳：《包山楚簡釋例》，頁 106-107。轉引自吳雯雯、蘇建洲、賴怡璇合著：《清
　　　　華二繫年集解》，頁 884。

城君也應出自王族，第一代陽城君很可能是王子或王孫。〔註97〕

　　鄭威：《曾侯》簡文所見的陽城君與《呂氏春秋》所記載的陽城君關係尚不明確，可能如（《曾侯》簡）考釋所言，二者所指為同一人，也有可能是前後承襲的關係。楚陽城君存續時間，上限至少在前四三三年，下限至悼王去世之年，即前三八一年。包山簡中有「陽城公」（簡120、121），說明至少在楚懷王時期，陽城以為楚縣。相關簡文記述了下蔡人在下蔡、陽城之間賣馬，並涉案殺人之事。何浩、徐少華、劉信芳等先生都引用宋玉《登徒子好色賦》：「嫣然一笑，惑陽城，迷下蔡」的詩句，認為楚「陽城」地當近於下蔡。先秦以「陽城」為名的城邑不少。徐少華先生曾結合前人研究略作總結說：一是秦漢潁川郡之陽城縣；二是秦南陽郡之陽城；三是漢汝南郡之陽城縣；四是《大明一統志》所載位于安徽宿州南之陽城。徐先生認為楚陽城縣當在今安徽宿州南，認為它位於下蔡以北（略偏東）一百多里，從相互之間的距離和關係來看，與簡文所載情況較為接近。鄭威認為西漢汝南郡陽城侯國大概在今河南汝南縣境，與楚陽城關係尚不明晰。（《楚國封君研究》，頁122～127）〔註98〕

　　蘇建洲：「𩏓（陽）城洹（桓）惡（定）君」的稱名方式如同「壚（盛）武君」（《新蔡》乙一13）、平夜文君、魯陽文君，都是「封地＋諡號＋君」。〔註99〕又整理者在頁一九九，注十九注釋認為鄭、宋、滕、魯等地是上國。《左傳》成公七年「吳始伐楚、伐巢、伐徐，子重奔命。馬陵之會，吳入州來，子重自鄭奔命。子重、子反於是乎一歲七奔命。蠻夷屬於楚者，吳盡取之，是以始大，通吳於上國。」此處的「上國」亦指北方各國或中原諸國。此外，陳松長曾撰寫〈湖南常德新出土銅距末銘文小考〉，發表在《文物》2002 年10 期和《古文字研究》第二十四輯，他認為銅距末是楚器，並考釋銘文：「㤠作距末，用差（佐）商國」的「商國」應讀為「上國」，也引用了上述《左傳》昭公十四年的證據，認為是常德的地理位置正在楚國郢都的西南方向，按理可以稱上國。謹按：銅距末應是宋器，且「商國」讀為「上國」實不可從，

〔註97〕陳穎飛：〈楚悼王初期的大戰與楚封君——清華簡《繫年》札記之一〉，《文史知識》，2012 年5 月，頁107。
〔註98〕鄭威：《楚國封君研究》，武漢：湖北教育出版社，2012 年9 月，頁122～127。轉引自吳雯雯、蘇建洲、賴怡璇合著：《清華二繫年集解》，頁885。
〔註99〕吳雯雯、蘇建洲、賴怡璇合著：《清華二繫年集解》，頁885。

參見李家浩：〈忏距末銘文研究〉《古文字與古代史》第二輯頁 202～203。

〔註 100〕另，李守奎先生贊同陳松長之說，認為「銘文中『商國』讀為『上國』，使用假借字『商』是為了避免與下文的『上』字重複。由於古人書寫追求美，導致『惡作距末，用佐上國，光張上下，四方是服』釋讀出現了誤解或分歧。」（〈釋惡距末與楚帛書中的「方」字〉，載《紀念何琳儀先生誕辰七十周年暨古文字學國際學術研討會，2013 年 8 月 1～3 日》）。謹案：李守奎之說不可從。「商國」是指「宋國」，當從上引李家浩先生所說。此外李守奎先生將距末中的「」、《楚帛書》乙篇的「」皆釋為「方」恐亦不可信。此二字恐當依李家浩先生釋為「夫」，距末「四夫」可讀為「四方」。請比對「夫」，《孔子見季趄子》簡 2 作 ■、簡 19 作 ■。《信陽》1.1 作 ■、《曾侯》170 作 ■。〔註 101〕

苦行僧：「交」字疑當讀為「邀」。「交」聲字與「歉」聲字古書中多有相通之例（參《漢字通用聲素研究》237～238 頁）。此處的「邀」當為阻截之義。《文選・張衡〈西京賦〉》「不邀自遇」。「邀」或作「徼」，《孫臏兵法・陳忌問壘》「短兵次之者，所以難其歸而徼其衰也」，《史記・司馬相如列傳》「徼麋鹿之怪獸」。〔註 102〕

王寧：「交」、「要」音近，此「交」該讀為「要」。《左傳・襄公三年》：「三年春，楚子重伐吳，為簡之師，克鳩茲，至於衡山。使鄧廖帥組甲三百、被練三千以侵吳。吳人要而擊之，獲鄧廖。其能免者，組甲八十、被練三百而已。」「要」應該是半路阻截的意思，〈繫年〉之「交」當與之義同。〔註 103〕

陳劍：幾個「这」字以及簡 43 之「交」字皆應讀為義為「遮攔、截擊、阻截、攔擊」一類意義之「邀／徼」；「这」就可看作此類義之本字、異構。〔註 104〕

〔註 100〕吳雯雯、蘇建洲、賴怡璇合著：《清華二繫年集解》，頁 886。

〔註 101〕吳雯雯、蘇建洲、賴怡璇合著：《清華二繫年集解》，頁 886、887。

〔註 102〕苦行僧：〈說清華簡《繫年》中的「交」〉，論壇區 › 學術討論 › 復旦大學出土文獻與古文字研究中心：http://www.gwz.fudan.edu.cn/forum/forum.php?mod=viewthread&tid，2011-12-22。

〔註 103〕王寧：〈說清華簡《繫年》中的「交」〉，論壇區 › 學術討論 › 復旦大學出土文獻與古文字研究中心：http://www.gwz.fudan.edu.cn/forum/forum.php?mod=viewthread&tid，2011-12-22。

〔註 104〕陳劍（復旦大學出土文獻與古文字研究中心讀書會）：〈《清華（貳）》討論記錄〉，復旦大學出土文獻與古文字研究中心：http://www.gwz.fudan.edu.cn/Web/Show/1746，2011/12/23。

董珊：「率師以交楚人」之「交」，在清華簡〈繫年〉多次出現，有學者已經指出讀為「邀」。這裡可以為之補充書證。幾年前我為劉釗老師寫了一篇書評《讀新出版的〈出土簡帛文字叢考〉》（董珊：《讀新出版的〈出土簡帛文字叢考〉》，簡帛研究網站，2004 年 11 月 9 日，http://www.jianbo.org/admin3/html/dongshan03.htm），其中曾援引陳劍先生的意見，指出《蓋廬》「毋要堤堤之期，毋擊堂堂之陣」與《孫子兵法·軍爭篇》云「無邀正正之旗，勿擊堂堂之陣」，顯然意思相同，「堤堤」自當讀為「正正」而「要」讀為「邀」，謂「邀擊」。「邀」訓為遮攔、截擊。〔註105〕

蘇建洲：这讀為「交」即可，即交兵、兵交的「交」，《孫子兵法·軍爭》：「故不知諸侯之謀者，不能豫交」，杜牧注：「交，交兵也。言諸侯之謀先須知之，然後可交兵合戰；若不知其謀，固不可與交兵也。」（《十一家注孫子校理》，頁 140）《左傳》成公九年：「兵交，使在其間可也。」《淮南子·兵略訓》：「兩軍相當，鼓鐸相望，未至兵交接刃。」參看第七章簡 44 的相關注釋。值得注意的是，清高士奇《左傳紀事本末》卷四十五〈楚伐滅小國〉云：「春秋時期滅國之最多者，莫楚若矣……夫先世帶礪之國，碁布星羅，南桿荊蠻，而北為中原之蔽者，最大陳、蔡，其次申、息，其次江、黃，其次唐、鄧，而唐、鄧尤逼處方城之外，為楚門戶。自鄧亡，而楚之兵申、息受之；申、息亡，而楚之兵江、黃受之；江、黃亡，而楚之兵陳、蔡受之；陳、蔡不支，而楚兵且交于上國矣。」（中華書局，1979 年，頁 660），此云「楚兵且交于上國」可與簡文「陽城桓定君率【一二七】榆關之師與上國之師以交之」參看對讀，可以證明讀為「交」是對的。〔註106〕

〔七〕與之戰（戰）於珪（桂）陵

清華簡整理者：珪陵，桂陵，在今河南長垣北。《水經·濟水注》：「《竹書紀年》：『梁惠成王十七年，齊田期伐我東鄙，戰于桂陽，我師敗逋。』亦曰桂陵。按《史記》（田完世家）：『齊威王使田忌擊魏，敗之桂陵，齊於是彊，自稱為王，以令天下。』」熊會貞注：「《括地志》，故桂城在乘氏縣東北二十一里，故老云此即桂陵也。《寰宇記》亦云，乘氏縣有桂城，即田忌敗魏師處。但乘

〔註105〕董珊：〈讀清華簡《繫年》〉，復旦大學出土文獻與古文字研究中心：http://www.gwz.fudan.edu.cn/Web/Show/1752，2011/12/26。

〔註106〕吳雯雯、蘇建洲、賴怡璇合著：《清華二繫年集解》，頁 887、888。

氏之桂陵，在今菏澤縣東北二十里，與此注所指之地異，驗此注所指，當在今長垣縣西境。」〔註107〕

《中國歷史大辭典》：桂陵：戰國魏地。在今河南長垣縣西南。公元前353年，齊田忌用孫臏「圍魏救趙」計，大敗魏軍于此。一說在今山東菏澤市東北。〔註108〕

〔八〕楚臼（師）亡工（功）。競（景）之賈與齮（舒）子共戠（止）而死

清華簡整理者：競之賈，楚公族，楚平王謚競（景）平，競之賈為平王之後，亦卽楚之景氏。楚青銅器有競（景）之定，見張光裕《新見楚式青銅器羣器銘試釋》（《文物》二〇〇八年第一期）。齮子共，舒子共，舒滅於楚，其後人以舒為氏，見秦嘉謨《世本輯補》。〔註109〕

田成方：景氏出自楚平王，以王謚為氏。救秦戎鐘、崇源銅器中的「景之定」即析君公孫寧，是最早的景氏貴族之一。約從威王時期開始，景氏大宗在威、懷、襄三王時期世代出任柱國一職，在楚國軍事活動中扮演重要角色。〔註110〕

陳槃：「舒」與「徐」雖可通作，然春秋時代已有舒，復有徐，亦是史實。僖三年經「徐人取舒」，舒在今安徽舒城縣；又有舒蓼、舒庸、舒鳩、舒龔、舒鮑、舒龍之屬號為「群舒」、「眾舒」，是其證。舒之與徐，蓋本同而末異。〔註111〕

蘇建洲：《包山》「舒慶」的「舒」有三種寫法，一是 （簡135反）、（簡136反），《楚文字編》頁250隸定為「𡥀」，可从。「予」旁可參「豫」作 （《包山》07）。這種寫法亦見於 （《新收》0365，十一年皋落戈）、

〔註107〕清華大學出土文獻研究與保護中心編，李學勤主編：《清華大學藏戰國竹簡（貳）》下冊，頁198。

〔註108〕譚其驤主編：《中國歷史大辭典・歷史地理卷》，上海辭書出版社，1997年7月，頁727。

〔註109〕清華大學出土文獻研究與保護中心編，李學勤主編：《清華大學藏戰國竹簡（貳）》下冊，頁198。

〔註110〕田成方：《東周時期楚國宗族研究》，武漢大學博士論文，2011年4月，摘要頁1。

〔註111〕陳槃：《春秋大事表列國爵姓及存滅表譔異（三訂本）》，台北：中研院史語所，1997年6月，頁578。轉引自吳雯雯、蘇建洲、賴怡璇合著：《清華二繫年集解》，頁890。

（《集成》11376，十八年冢子戈）。〈繫年〉的「舒」作則是在「夅」旁加上「晉」。

第二種寫作（簡 132）、（簡 137）。第三種寫法是（《包山》120），亦見於《新蔡》封泥作，吳良寶《地名輯證》頁 229 釋為「舒」，可從。李守奎：〈包山楚簡姓氏用字考釋〉（《簡帛》第六輯）、《包山楚墓文字全編》頁 162 皆從此說，可信。〈包山楚簡姓氏用字考釋〉一文提到說：「楚人用字，通假雖多，但並不漫無邊際，亦有其用字習慣，並非毫無規律可循。雖然『舒』、『徐』音近，皆以『余』為聲符，但舒字在『余』的側面或下方另有『巫』或『予』等音符，單以『余』為音符的姓氏用字當是『徐』。（引按：指「邻」）」（頁 232）按：「舒」除了加「巫」或「予」外，還有第三種「舍」寫法，在「余」下加上「甘」旁，或訛為「○（日）」旁。李先生說「邻」多作「徐」姓，以目前看到的例證來說，似可從。〈繫年〉十五章「陳公子謹（徵）邻（舒）」的「謹（徵）邻（舒）」是做人名用，並不違背上述的規律。一九八三年江蘇丹徒春秋墓出土的遷邥鍾銘文記有「舍王」，曹錦炎先生讀為「舒王」，周曉陸等學者主張釋為「徐王」，（參黃錦前〈談兩周金文中的「舍」字〉，頁 164）當以前說較為可信。《楚居》16「審（譺）」、《包山》145 號簡「審齘」，即在「舍」或「余」旁加上「晉」，此二字也應該是「舒」，簡文中皆讀為「中謝」。《姑成家父》簡 1「虐於百鍒（豫）」，「百豫」或讀為「百舒」，即「群舒」。裘錫圭先生讀「百豫」為「百輿」，「輿」即《左傳》裏提到的「輿人」，錢穆《國史大綱》論此種人之身分階級較確（大概是統治階層內部最低層的人），古書有管輿人的「七輿大夫」（2008 年在武漢大學簡帛論壇的演講《談談《姑成家父》的「士序」》，此文承鄔可晶先生提供）。史書未見晉厲公虐於群舒的記載，當以裘說較為合理。另，「譺」釋為「捷」。〔註112〕

〔九〕昷（明）【一二八】譺（歲），晉膧餘衔（率）晉臼（師）與奠（鄭）臼（師）以內（入）王子定

清華簡整理者：明歲，楚悼王二年。膧餘，人名。膧字右側偏旁上部不很清晰。入王子定，當是使王子定入周。《六國年表》王子定奔晉在楚悼王三年。晉入王子定未果，王子定奔晉。據簡文，王子定在三四年後流落到齊人田氏的

〔註112〕吳雯雯、蘇建洲、賴怡璇合著：《清華二繫年集解》，頁 890、891。

領地。〔註113〕

李松儒：，整理者隸為「賱」，然，此字右旁既非「重」也非「甫」，暫隸為「賡」。〔註114〕

蘇建洲：簡文前言「悼折（哲）王即位」，故此處「明歲」顯然是指楚悼王二年，前三九九年。〈六國年表〉前三九九年記載「周安王三年王子定奔晉」，但歸在悼王三年。周朝的王子定出奔到晉國，史書沒有記載這件事的前因後果。又整理者釋為「賱」不確，當隸定為「賻」。另，「內」讀為「納」。前三九九年王子定先奔晉，同年晉賻余率晉師與鄭師再納王子定於周。〈六國年表〉的悼王三年即〈繫年〉的悼王二年，皆是指前三九九年。不過由於楚國魯陽公與晉人交兵，晉人歸國，護送周王子定的事情並沒有成功。〔註115〕

海天：右旁實為「甫」。《天子建州》甲本簡 5「甫」作，中山王方壺「輔」作，其中間所從「用」旁也可以寫作「田」形，如（專，《老子甲》12）、（專，《孔子詩論》03）、（專，《容成氏》22）、（郙，《包山》228）、（郙，《包山》242），則自然可以寫作。《汗簡》「薄」作：（徐在國編：《傳抄古文字編》59 頁）其下作類似「東」形也是很好的例證。所以就是「賻」，字形見於《集成》1933「中賻王鼎」以及《集韻》。「甫」聲的字作為姓氏，古書及出土文獻常見，但是「賻余」是誰，待考。〔註116〕

有鬲散人：有可能與「專」和「甫」有關係，可能是「賻」字，其聲旁可能是「專」與「甫」的糅合之體，當然，也有可能就是「專」的訛變之體。傳抄古文中「薄」字的聲旁恐亦當作如是觀。《集成》1933 中的字當是「賻」字的異體。〔註117〕

〔註113〕清華大學出土文獻研究與保護中心編，李學勤主編：《清華大學藏戰國竹簡（貳）》下冊，頁 198。

〔註114〕李松儒：《清華簡繫年集釋》，頁 323。

〔註115〕吳雯雯、蘇建洲、賴怡璇合著：《清華二繫年集解》，頁 891、892。

〔註116〕海天：〈《繫年》簡 129 的人名〉，論壇區 › 學術討論 › 復旦大學出土文獻與古文字研究中心：http://www.gwz.fudan.edu.cn/forum/forum.php?mod=viewthread&tid，2012-1-5。

〔註117〕有鬲散人：〈《繫年》簡 129 的人名〉，論壇區 › 學術討論 › 復旦大學出土文獻與古文字研究中心：http://www.gwz.fudan.edu.cn/forum/forum.php?mod=viewthread&tid，2012-1-5。

白光琦：王子定奔晉。《六國年表》當悼王三年，而〈繫年〉晉、鄭以兵入王子定不果，在悼王二年。晉、鄭納王子定不可能早于王子定出奔，可見《六國年表》的這一條也不是采自楚史。鄭人既參與此事，史官有所記載，太史公見鄭國史料有「王子定奔晉」，誤以為周之王子，遂置于周欄。〔註118〕

〔十〕遬（魯）昜公衔（率）𠂤（師）以𡏇（交）晉=人=（晉人

清華簡整理者：遬昜公，曾侯乙墓一九五號簡作「遬𥊗公」，一六二號簡作「魯陽公」，又見於包山楚簡。魯陽在今河南魯山，楚蕭王時被魏國佔領，《六國年表》楚蕭王十年：「魏取我魯陽。」又《魏世家》：「（魏武侯）十六年，伐楚，取魯陽。」〔註119〕

李學勤：楚地魯陽在今河南魯山（錢穆：《史記地名考》，商務印書館，2001年，頁 582～585）。魯陽公系楚的縣公，其始封見《國語·楚語下》：「惠王以梁與魯陽文子，文子辭曰：『梁險而在北境，懼子孫之有貳者也。夫事君無憾，憾則懼偪，偪則懼貳。夫盈而不偪，憾而不貳者，臣能自壽也，不知其他。縱臣而得全其首領以沒，懼子孫之以梁之險而乏臣之祀也。』王曰：『子仁人，不忘子孫，施及楚國，敢不從子？』與之魯陽。」韋昭注：「文子，平王之孫，司馬子期子魯陽公也。」按司馬子期之子是公孫寬，也任司馬，見《左傳》哀公十六年（西元前479年），故清人高士奇《左傳姓名同異考》云：「公孫寬亦曰魯陽文子，亦曰魯陽公。」（楊伯峻：《春秋左傳注》，北京：中華書局，1993年，頁1704）但公孫寬的活動年代距這個魯陽文子過遠，不可能是同一人的異稱。韋昭的注文實際是本於漢末的高誘。高氏注《淮南子·覽冥》的「魯陽公」云：「魯陽，楚之縣公也，楚平王之孫，司馬子期之子，《國語》所謂魯陽文子。楚僭號稱王，其守縣大夫皆稱公，故曰魯陽公。今南陽魯陽是也。」《覽冥》篇文說「魯陽公與韓構難」，錢穆《先秦諸子繫年》已指出：「楚、韓交兵，始自悼王之世」，與司馬子期之子公孫寬年代無法相及。司馬子期死于白公之難，見《左傳》哀公十六年，公孫寬繼任其職，下距悼王有80年。（錢穆：《先秦諸子繫年》，北京：中華書局，1985年，頁180）魯陽公或魯陽文子，應當是公孫寬

〔註118〕白光琦：〈由清華簡《繫年》訂正戰國楚年〉，簡帛網 http://www.bsm.org.cn/show_article.php?id=1659，2012-03-26。

〔註119〕清華大學出土文獻研究與保護中心編，李學勤主編：《清華大學藏戰國竹簡（貳）》下冊，頁198。

的子輩，在惠王晚年受封，到悼王時也約有 40 年了。《墨子・耕柱》、《魯問》兩篇有魯陽文君，稱諡與新蔡葛陵楚簡的「平夜（輿）文君」相似（河南省文物考古研究所：《新蔡葛陵楚墓》，鄭州：大象出版社，2003 年，頁 183），自然就是魯陽文子或魯陽公。〔註120〕

吳良寶：《史記・楚世家》肅王十年（前 371 年）「魏取我魯陽」。楚懷王時，汝、穎上游一帶又為楚人控制，包山簡文「魯陽公以楚師後城鄭」表明，魯陽再次為楚所收復。具體的年代，徐少華推定在楚宣、威二王在位的公元前 369～公元前 329 年間。〔註121〕

何浩：《國語・楚語下》所載之魯陽文子，也就是《墨子・魯問》中的「魯陽文君」，即楚惠王「與之魯陽」後成為戰國早期楚國封君的魯陽君公孫寬。公孫寬，名寬，字文子，故又稱魯陽文君。另，魯陽公見於《淮南子・覽冥訓》、曾侯乙墓竹簡，是指魯陽縣的縣尹，非魯陽君。縣公、縣尹屬於官職，君、侯屬於爵稱，兩者有別。〔註122〕

鄭威：魯陽文君為楚平王之孫，司馬子期之子，名寬，因受封于魯陽而得名。史籍中又稱其魯陽文子、公孫寬。他請求惠王改封他于魯陽，表面上是懼怕子孫有逼上之貳心，實則因梁在邊地，擔心子孫失邑。楚惠王十年（西元前 479 年），司馬子期因白公之亂被殺。第二年（西元前 478 年），公孫寬繼任司馬之職，其受封于魯陽的時間，一般認為在此後不久。另，在整個楚國疆域範圍內，「邑名＋尹」一般指代縣尹，「邑名＋公」為縣尹通稱或尊稱，而「邑名＋君」，從傳世和出土文獻來看，在整個戰國時期，均為對封君的專稱。按此，「魯陽公」與「魯陽文君」所指不是同一人，不存在名稱交叉使用的情況。〔註123〕

蘇建洲：《覽冥》篇文說「魯陽公與韓構難」，上引李學勤文已指出此事是指西元前三九四年，「負黍」叛鄭歸韓，次年楚伐韓，取負黍。錢穆《先秦諸子

〔註120〕李學勤：〈論包山楚簡魯陽公城鄭〉，《清華大學學報》，2004 年第 3 期，頁 31。

〔註121〕吳良寶：《戰國楚簡地名輯證》，武漢大學出版社，2010 年 3 月，頁 167。轉引自吳雯雯、蘇建洲、賴怡璇合著：《清華二繫年集解》，頁 894。

〔註122〕何浩：《魯陽君、魯陽公及魯陽設縣的問題》，《中原文物》，1994 年第 4 期，頁 47、49。

〔註123〕鄭威：〈墨子游楚魯陽年代考──兼談出土材料所見楚國縣大夫與封君之稱謂〉，《江漢考古》，2012 年 9 月，頁 81、83。

繫年》指出:「楚、韓交兵,始自悼王之世」亦當可信。而簡文云「遬(魯)易公衛(率)自(師)以迹(交)晉人」是發生在楚悼王二年(前399年)。故李學勤認為魯陽公是公孫寬的子輩,從時間來看是合理的。《墨子・魯問》:「魯陽文君將攻鄭,子墨子聞而止之,謂陽文君曰:……魯陽文君曰:「先生何止我攻鄭也?我攻鄭,順於天之志。鄭人三世殺其父,天加誅焉,使三年不全,我將助天誅也。」孫詒讓指出「攷文君即公孫寬,為楚司馬子期子。據左傳,子期死白公之難,在魯哀公十六年,次年寬即嗣父為司馬,則白公作亂時,寬至少亦必已弱冠。」(頁430)孫詒讓之說可從。楚惠王十年(前479年),司馬子期死於白公之亂。隔年(前478年),公孫寬繼任司馬之職。其次,《國語・楚語下》:「惠王以梁與魯陽文子,文子辭曰:『梁險而在北境,懼子孫之有貳者也。夫事君無憾,憾則懼偪,偪則懼貳。夫盈而不偪,憾而不貳者,臣能自壽也,不知其他。縱臣而得全其首領以沒,懼子孫之以梁之險而乏臣之祀也。』王曰:『子仁人,不忘子孫,施及楚國,敢不從子?』與之魯陽。」而同為楚惠王時期的《曾侯》簡162「魯陽公」(簡119寫作「旅公」、簡195寫作「旅陽公」,〈曾侯乙墓竹簡釋文與考釋〉注177、注261)顯然就是公孫寬。《曾侯》最晚紀年「大莫敖陽為適𤜼之春」是楚惠王五十六年(前433年),以前四七八年公孫寬已經弱冠來算,此時已約六十五歲左右。《覽冥》篇「魯陽公與韓構難」的年代是楚悼王七年(前394年),可見此「魯陽公」顯然不能是公孫寬,而當如李學勤先生所說是公孫寬的子輩,也就是說從文獻以及〈繫年〉的資料來看,可以看出有兩代的魯陽公。

其次,〈繫年〉將魯陽公與平夜君、陽城君稱為「執珪之君」(簡135),可知「魯陽公」是封君無疑。何浩、鄭威先生曾力主楚國封君沒有稱「公」者,主張「魯陽公」為「縣公」,現在看來是不對的。李學勤先生既認為「《墨子・耕柱》、《魯問》兩篇有魯陽文君,自然就是魯陽文子或魯陽公。」但又認為「魯陽公」是楚的縣公,顯有矛盾。現在根據〈繫年〉的記載,可知「魯陽公」是封君,也就是魯陽文君、魯陽文子。《墨子・魯問》:「魯陽文君曰:『先生何止我攻鄭也?我攻鄭,順於天之志。鄭人三世殺其君,天加誅焉,使三年不全。我將助天誅也。』」《墨子閒詁》引蘇時學云「鄭人三世殺其君」是指:「據《史記・鄭世家》云:哀公八年,鄭人弒哀公而立聲公弟丑,是為

共公。三十年，共公卒，子幽公已立。幽公元年，韓武子伐鄭，殺幽公，鄭人立幽公弟駘，是為繻公。二十七年，子陽之黨共弒繻公，是三世弒君之事也。」楊寬先生也贊同此說。鄭威先生認為蘇說提到的鄭幽公卻不是被鄭人弒殺，而是死於韓武子伐鄭，所以認為魯陽文君所說之事當另有所指。他根據《史記・鄭世家》認為是鄭昭公、靈公、哀公被弒之事（《楚國封君研究》，頁 112～113）。鄭威之說實不足以否認「鄭人三世殺其君」包含「子陽之黨共弒繻公」，反過來說他認為「三世」是指昭公、靈公、哀公被弒之事其實也沒有必然性，因為這三位君主彼此年代距離較遠。而「子陽之黨共弒繻公」約在前三九六年，可見與墨子對答的這位「魯陽文君」就是《淮南子・覽冥》、〈繫年〉的「魯文公」。徐少華先生也有一段精闢的分析：「以魯陽為縣，在於對《淮南子》卷 6《覽冥訓》的誤信，《覽冥訓》說：「魯陽公與韓構難」，高誘注：「魯陽，楚之縣公。」然《國語・楚語下》載，楚惠王以梁予魯陽文子，文子辭曰：「梁險而在北境，懼子孫之有貳者也。」又曰：「懼子孫之以梁之險而乏臣之祀也。」《墨子》卷十三《魯問》載：「魯陽文君曰：『魯四境之內，皆寡人之臣也。』」既言「魯陽文君」，且又以「寡人」自居，並打算世代享有封地，說明其為楚之封君無疑，《淮南子・覽冥訓》之「魯陽公」應即「魯陽文君」之誤稱。(〈關於春秋楚縣的幾個問題〉，《荊楚歷史地理與考古探研》，頁 157)」今由〈繫年〉的記載可知《淮南子・覽冥訓》的「魯陽公」無誤，而且「魯陽公」確實是楚之封君，可證封君亦可稱「公」。又簡文背景是前三九九年，魯陽自然仍是楚國領地。〔註 124〕

〔十一〕晉人）還，不果內（入）王子。昷（明）戠（歲），【一二九】郎臧（莊）坪（平）君衒（率）自（師）戠（侵）奠＝（鄭

　　清華簡整理者：郎臧（莊）坪（平）君，楚之封君，莊平是其謚，郎為其封地。〔註 125〕

　　董珊：郎莊平君，「郎」疑讀為「梁」，可能即《左傳》哀公四年「為一昔（夕）之期，襲梁及霍」之梁，先為蠻子之邑，後屬楚，「郎莊平君」即該地

〔註 124〕吳雯雯、蘇建洲、賴怡璇合著：《清華二繫年集解》，頁 894、895、896。

〔註 125〕清華大學出土文獻研究與保護中心編，李學勤主編：《清華大學藏戰國竹簡（貳）》下冊，頁 199。

封君，又稱之為「上梁」，見《楚策一》「城渾出周」章：「鄭魏之弱，而楚以上梁應之」、「新城、上梁相去五百里〈百里〉。」戰國時又曾屬韓，稱之「南梁」，《田敬仲完世家》：「（齊宣王）二年，魏伐趙，趙與韓親，共擊魏，戰於南梁。」《正義》：「故梁在汝州西南二百步。《晉太康土地記》云：戰國時謂南梁者，別之於大梁、少梁也。古鑾子邑也。」《齊策一》：「南梁之難，韓氏請救于齊。」高誘注：「梁，韓邑也。大梁魏都在北，故曰南梁也。」《穰侯列傳》又稱「三梁」。此地《漢志》稱「梁」，屬河南郡。《括地志》：「故城在汝州西南。」在今河南臨汝縣西南四十五里。〔註126〕

〔十二〕鄭）皇子＝（子、子）馬、子池、子坖（封）子衒（率）𠂤（師）
　　　　以迻（交）楚＝人＝（楚人

清華簡整理者：鄭皇子，鄭有皇氏，如《左傳》僖公二十四年的皇武子、宣公十二年的皇戌、成公十八年的皇辰等。〔註127〕

肖攀：「皇氏」與「石氏」、「尉氏」、「司氏」等 13 族並為鄭國重要氏族，「皇氏」一族春秋經傳見「皇武子」、「皇戌」、「皇辰」、「皇耳」、「皇頡」等。〈繫年〉記「皇氏」禦楚事在楚悼王三年（約公元前 399 年），即鄭繻公二十四年時，說明「皇氏」延續到鄭滅亡前夕都一直是鄭國地位十分重要的權族。〔註128〕

董珊：鄭帥「子馬」見於《集成》01798「子馬氏」鼎，是知該鼎屬戰國早期鄭。〔註129〕

蘇建洲：「皇子」當理解為「以氏配子」，此春秋、戰國時卿大夫稱謂之通例。另，「坖」作 ![字形]，可以比對第四章簡 18「鄄（衛）弔（叔）坖（封）」的「坖（封）」![字形]。相同寫法還可參見：![字形]（《容成氏》18「坖（封）」）、![字形]（《凡物流形》甲 4「佳（封）」）、![字形]（《凡物流形》乙 4「佳（封）」）。「子坖（封）子」的稱名結構，可比對《左傳》襄公二十八年「子服子」。此人在昭

〔註126〕董珊：〈讀清華簡《繫年》〉，復旦大學出土文獻與古文字研究中心：http://www.gwz.fudan.edu.cn/Web/Show/1752，2011/12/26。

〔註127〕清華大學出土文獻研究與保護中心編，李學勤主編：《清華大學藏戰國竹簡（貳）》下冊，頁 199。

〔註128〕肖攀：《清華簡繫年文字研究》，吉林大學博士學位論文，2010 年 6 月，頁 79、80。

〔註129〕董珊：〈讀清華簡《繫年》〉，復旦大學出土文獻與古文字研究中心：http://www.gwz.fudan.edu.cn/Web/Show/1752，2011/12/26。

公三年《傳》稱為「子服椒」，方炫琛先生指出「子服椒」是「仲孫它」之子，「仲孫它」，名「它」，字「子服」。則「子服椒」是以父字為氏；稱「子服子」者，以氏配子，此春秋時卿大夫稱謂之通例。時人稱其「子服子」，可證子服為其氏。（《名號研究》頁 124，0103「子服椒」條）。又如《左傳》昭公二十五年「子家子」，此人又稱「子家羈」，則「子家」也是「氏」。「子家子」自然也是以氏配子（《名號研究》頁 126，0112「子家羈」條）。此觀之，則「子垶（封）子」當是以氏（「子垶（封）」）配子。其次，《集成》01798 子馬氏鼎出土於安徽省壽縣，與本簡的「子馬」似未必有關。「子馬」、「子池」可能是「美稱＋名」，如同二十二章的「子牛」；或是「字」；若比對其下「子垶（封）子」，則「子馬」、「子池」亦不能排除漏抄「子」，則「子馬」、「子池」可能是「氏」，疑未能定。〔註 130〕

〔十三〕楚人）涉沶（氾）

清華簡整理者：沶，見本篇第十六章八十五號簡，此「沶」可能就是新鄭東北的氾水。〔註 131〕

金宇祥：《清華貳・繫年》16 章 85 簡「為之師」及 23 章 130 簡「楚人涉」之實為「黍」字。見（前 4.39.8）（仲叔父盤）（天卜），如何通讀，待考。〔註 132〕

若蝶之慕：（水＋禾），《玉篇》、《集韻》：「胡戈切，音禾，水也。一曰水名。」〔註 133〕

董珊：「沶」即「氾」。另，楚人攻鄭，應由南往北，不可能先跑到新鄭東北再向南進攻，所以簡文兩見「沶」的位置，都應該是南氾，位于襄城的南氾。〔註 134〕

〔註 130〕吳雯雯、蘇建洲、賴怡璇合著：《清華二繫年集解》，頁 898、899。
〔註 131〕清華大學出土文獻研究與保護中心編，李學勤主編：《清華大學藏戰國竹簡（貳）》下冊，頁 199。
〔註 132〕金宇祥：〈《清華貳・繫年》簡 85、130 的[水禾]字〉，論壇區 › 學術討論 › 復旦大學出土文獻與古文字研究中心：http://www.gwz.fudan.edu.cn/forum/forum.php?mod=viewthread&tid，2013-7-3。
〔註 133〕若蝶之慕：〈《清華貳・繫年》簡 85、130 的[水禾]字〉，論壇區 › 學術討論 › 復旦大學出土文獻與古文字研究中心：http://www.gwz.fudan.edu.cn/forum/forum.php?mod=viewthread&tid，2015-12-14。
〔註 134〕董珊：〈讀清華簡《繫年》〉，復旦大學出土文獻與古文字研究中心：http://www.gwz.fudan.edu.cn/Web/Show/1752，2011/12/26。

〔十四〕牂（將）與之戰（戰），奠（鄭）㠯（師）逃【一三○】內（入）於
蔑

清華簡整理者：蔑，或作「鄺」，當是鄭地。〔註135〕

董珊：「鄭師逃入于蔑、楚師圍之于蔑」之地名「蔑」，應即「鄶」，見于以下兩件鼎銘：「鼎：廿三年鑄襪（鄶）平膚（容）㪷＝（少半）寊（鼎）（器口沿，以上魏刻銘）‧鑁（鄶）朕（厨），一斗半（蓋，韓刻銘）。（上海博物館藏。唐友波：《新見湏厨鼎小識》，《上海博物館集刊（第九期）》54～59 頁，上海書畫出版社，2002 年 12 月。）鼎：鑁（鄶）朕（厨）。一斗半（器，以上韓刻銘）‧商（蓋，漢刻銘）。（陳介祺舊藏。《集成》02103。《三代》2‧54‧1。）」廿三年鼎的器、蓋題銘分屬魏、韓。器口沿「鑄」下之字舊釋為「襄」。該字從「衣」旁，其餘的部分，可以與下列字形相比較：0 ⬛ 1 ⬛ 2 ⬛⬛。0、廿三年鼎；1、璽印：魏眉‧臣眉，（《珍秦齋藏印‧戰國篇》151 號，澳門基金會，2001 年。）；2、戈：五年龔命思左庫工師微史慶冶眉近（《集成》11348、11349。北京故宮博物院藏。）

該字從衣、從蔑省，應即「襪」字，「襪」與「鑁（沬）」聲同為唇音明母，韵同為月部，所以魏刻地名之「襪」即指韓刻銘中的「鑁（沬）」。「鑁」即「沬」字異體。（參看林澐：《古文字研究簡論》46 頁，吉林大學出版社，1986 年。）「襪」與「鑁（沬）」皆當讀為鄭武公所滅虢、鄶之「鄶」。其音韵關係，可與曹劌又作曹沬、曹蔑相類比。李家浩先生曾論證「會」、「沬」二字可以相通，亦請參看。（李家浩：〈信陽楚簡「澮」字及從「关」之字〉，《著名中年語言學家自選集‧李家浩卷》201 頁。）《史記‧楚世家》記載鄶人之先出自陸終氏六子「四曰會人」，《集解》：「《世本》曰：會人者，鄭是也。」《索隱》：「《系本》云：四曰求言，是為鄶人。鄶人者，鄭是。宋忠曰：求言，名也。妘姓所出，鄶國也。」《正義》引《括地志》云：「故鄶城在鄭州新鄭縣東北二十二里。《毛詩譜》云『昔高辛之土，祝融之墟，歷唐至周，重黎之後妘姓處其地，是為鄶國，為鄭武公所滅也』。」此地戰國時近韓新鄭，應多數時間屬韓。（黃盛璋先生曾指出地名「鑁」見于未發表的韓新鄭兵器。）據

〔註135〕清華大學出土文獻研究與保護中心編，李學勤主編：《清華大學藏戰國竹簡（貳）》下冊，頁 199。

銘文魏刻銘「襪」也可以讀為「鄶」，該地曾一度屬魏，但屬魏具體年代不可考。〔註 136〕

　　林宏佳：（【字形】）應改隸為「戡」，字从「莧」聲，故可通讀為「蔑」。就字形而言，此字所从的「戈」不像《曹沫之陳》【字形】、【字形】直接割畫過「首」之下，而僅單純寫出「戈」；並且，此字與「【字形】」同指一地，亦可證明「【字形】（莧）」是獨立的部件而非「蔑」字的一部分，其中的「勿」形自然也不是因聲化而來的聲旁。〔註 137〕

　　蘇建洲：簡 131 的「蔑」作【字形】（戡）、【字形】（鄒）。〔註 138〕

〔十五〕楚𠂤（師）回（圍）之於蔑，聿（盡）逾奠（鄭）𠂤（師）與亓（其）四遉（將）軍，以歸（歸）於鄆

　　清華簡整理者：聿，讀為「盡」，全部。逾，楚簡中義多為「下」，有征服、戰勝義，《逸周書・允文》：「上下和協，靡敵不下。」四將軍，指皇子、子馬、子池、子封子。鄆，此時的鄆當在郤鄆。〔註 139〕

　　思齊：簡 131「楚師圍之於蔑，盡逾鄭師與其四將軍」和簡 133「逾郤，止鄭公涉澗以歸」中的「逾」，我們認為可能應該讀為「降伏」之「降」。「逾」是喻母侯部字，「降伏」之「降」是匣母東部字，二者聲音相近，可以通假。而且已有學者指出古文字中有的「逾」或「俞」應讀為「下降」之「降」。「降伏」之「降」與「下降」之「降」為同源詞，「逾」可以讀為「下降」之「降」，那麼也應該可以讀為「降伏」之「降」。《史記・絳侯周勃世家》：「（周勃）以將軍從高帝擊反韓王信於代，降下霍人。」其中的「降」字即為降伏、征服之義。〔註 140〕

　　小狐：補充兩個用例：《左傳》襄公二十六年：晉降彭城而歸諸宋。《春秋

〔註 136〕董珊：〈讀清華簡《繫年》〉，復旦大學出土文獻與古文字研究中心：http://www.gwz.fudan.edu.cn/Web/Show/1752，2011/12/26。
〔註 137〕林宏佳：《說「莧」及其相關字形》，《出土文獻研究視野與方法》第五輯，[臺北] 政治大學中國文學系，2014 年，頁 37～71。轉引自李松儒：《清華簡繫年集釋》，頁 326。
〔註 138〕吳雯雯、蘇建洲、賴怡璇合著：《清華二繫年集解》，頁 900。
〔註 139〕清華大學出土文獻研究與保護中心編，李學勤主編：《清華大學藏戰國竹簡（貳）》下冊，頁 199。
〔註 140〕思齊：〈清華簡《繫年》中的「逾」〉，「復旦網」，2011 年 12 月 22 日。轉引自吳雯雯、蘇建洲、賴怡璇合著：《清華二繫年集解》，頁 900。

經》莊公三十年：秋七月，齊人降鄣。〔註141〕

蕭旭：《淮南子‧道應》「子發攻蔡，踰之」中的「踰」，不讀為降。許慎注：「踰，越，勝之也。」這個意義的字也作愈、瘉，戰勝疾病的專字。《史記‧汲鄭傳》：「無以踰人。」《索隱》：「踰，《漢書》作瘉。瘉猶勝也。此作踰，踰謂越過人也。」〔註142〕

思齊：李家浩先生對《淮南子‧道應》這句話的許注發表過評論：「許注將『踰』訓為『越』，再訓為『勝之也』，輾轉相訓，似不可信。」（參李家浩：《包山卜筮簡218～219號研究》，《長沙三國吳簡暨百年來簡帛發現與研究國際學術研討會論文集》203頁，中華書局，2005年12月。）我們同意李先生的觀點。〔註143〕

海天：「踰」讀為「降」，還可以補充一例：《武王踐阼》簡2「武王齊三日，耑（端）備（服）曼（冕），龠（踰）堂幾（階），南面而立」，對「龠（踰）堂幾（階）」，復旦讀書會注釋說：「[6]簡文 ▨ 亦當釋為「幾」，讀為「階」。簡文「踰堂階」，「踰」字意為「降」、「下」，陳偉、李家浩等已言之。《大戴禮記》作「王下堂，南面而立」可證。」今由〈繫年〉簡68「駒之克降堂而誓曰」，可知《武王踐阼》的「踰」可直接讀為「降」。〔註144〕

李學勤：楚自肥遺徙至鄢郢這件事，又見于新蔡葛陵簡的一條紀年：「王自肥遺郢徙于鄢郢之歲」，或省稱「王徙于鄢郢之歲」。「肥遺郢」就是「肥遺」，以為楚都，故稱為「肥遺郢」。……《楚居》簡的出現，可知楚王徙居鄢郢應在楚悼王四年，公元前398年。〔註145〕

李銳：葛陵簡的「王自肥遺郢徙於鄢郢之歲」之中的「王自肥遺郢徙於鄢郢」，根據重新考訂的楚悼王在位時間，當是楚悼王三年（398BC）歲首的事情。清華簡《楚居》說「悼折王猶居 ▨（郙）郢。中謝起禍，焉徙襲肥遺。

〔註141〕小狐：〈清華簡《繫年》中的「踰」〉，論壇區 ＞ 學術討論，復旦大學出土文獻與古文字研究中心：http://www.gwz.fudan.edu.cn/forum/forum.php?mod，2011-12-23。

〔註142〕蕭旭：〈清華簡《繫年》中的「踰」〉，論壇區 ＞ 學術討論，復旦大學出土文獻與古文字研究中心：http://www.gwz.fudan.edu.cn/forum/forum.php?mod，2011-12-23。

〔註143〕思齊：〈清華簡《繫年》中的「踰」〉，論壇區 ＞ 學術討論，復旦大學出土文獻與古文字研究中心：http://www.gwz.fudan.edu.cn/forum/forum.php?mod，2011-12-24。

〔註144〕海天：〈清華簡《繫年》中的「踰」〉，論壇區 ＞ 學術討論，復旦大學出土文獻與古文字研究中心：http://www.gwz.fudan.edu.cn/forum/forum.php?mod，2011-12-24。

〔註145〕李學勤：〈清華簡《楚居》與楚徙鄢郢〉，《江漢考古》，2011年2期，頁108、109。

邦大瘠，焉徙居鄩郢」，兩年之內發生這些事，是完全可能的。如果依照宋華強的看法，「王自肥遺郢徙於鄩郢」乃是楚悼王二年的事，而其意見並不能明確說「王自肥遺郢徙於鄩郢」一定是在歲末，不能排除年初及年中的可能性。一年多的時間發生「悼折王猶居朋郢。中謝起禍，焉徙襲肥遺。邦大瘠，焉徙居鄩郢」這些事，時間可能就有點緊了。當然，我們可以考慮楚悼王即位改元前有一段時間，但似乎終以楚悼王三年初「王自肥遺郢徙於鄩郢」之說穩妥。不論如何，「王自肥遺郢徙於鄩郢之歲」是記 398BC 的事，這是葛陵簡紀事最晚的一年。〔註 146〕

　　蘇建洲：「逾」讀為「降」，可從。《淮南子‧道應》：「子發攻蔡，逾之。」此「逾」亦可讀為「降」。又簡文云：「悼哲王即位，……明【一二八】歲，晉賵余率晉師與鄭師以納王子定。……明歲，【一二九】……楚師圍之於蔑，盡降鄭師與其四將軍，以歸於郢。」可見「歸於郢」的時間是「楚悼王三年」。同時，《楚居》簡 16 云：「至悼哲王猷居郿（鄩）郢。中謝起禍，焉徙襲肥遺。邦大疕，焉徙居鄩郢。」按理說楚國應該是在國內沒有憂禍的情況下方能夠侵伐鄭國，即當在「中謝起禍」、「邦大疕」之後，此時悼王已徙居「鄩郢」，故整理者認為簡文的「郢」當在「鄩郢」無疑是合理的，也就是說楚悼王三年已居鄩郢。這個認識有助於證實《新蔡》簡的「王自肥遺郢徙於鄩郢之歲」應訂在楚悼王三年，即前三九八年，請見〈《繫年》大事年表〉。此外，上引李學勤先生文章中已提到宋華強《初探》、劉彬徽先生已定《新蔡》簡最後一條紀年是前三九八年，這是很有見地的。後來宋華強在〈清華簡《楚居》1～2 號與楚人早期歷史傳說〉一文中又提到：「從《楚居》看，悼王始居郿郢，後徙肥遺郢，再徙鄩郢，其遷至鄩郢應該是在即位數年以後，這也符合我們上述悼王四年始徙於鄩郢的推斷。」（《文史》2012 年 2 輯）又陳偉先生認為「中謝起禍」與吳起之死有關（〈讀清華簡《楚居》札記〉，簡帛網，2010 年 1 月 8 日）。宋華強指出根據上述的看法，「中謝起禍」當在悼王四年之前，與吳起之死沒有關係。（《文史》2012 年 2 輯，頁 122、註 8）。另，除悼王四年應改為悼王三年外，餘皆可從。〔註 147〕

〔註 146〕李銳：〈清華簡《繫年》與葛陵簡楚史問題考〉（待刊稿）。轉引自吳雯雯、蘇建洲、賴怡璇合著：《清華二繫年集解》，頁 902。
〔註 147〕吳雯雯、蘇建洲、賴怡璇合著：《清華二繫年集解》，頁 900、901、902。

〔十六〕奠（鄭）大割（宰）惏（欣）亦记（起）禍（禍）於【一三一】奠=
（鄭

清華簡整理者：奠（鄭）大割惏，即太宰欣。《韓非子·說難》：「若夫齊田恒、宋子罕、魯季孫意如、晉僑如、衛子南勁、鄭太宰欣、楚白公、周單茶、燕子之，此九人者之為其臣也，皆朋黨比周以事其君，隱正道而行私曲，上逼君，下亂治，援外撓內，親下以謀上，不難為也。如此臣者，唯聖王智主能禁之，若夫昏亂之君，能見之乎？」〔註148〕

蘇建洲：此事僅見於《韓非子·說難》記載，今據〈繫年〉可知事情發生在前三九八年，楚悼王三年。〔註149〕

〔一七〕鄭）子旆（陽）用滅

清華簡整理者：鄭子旆用滅，《六國年表》：楚悼王四年「敗鄭師，圍鄭，鄭人殺子陽」。鄭子陽之滅，又見於《楚世家》、《鄭世家》，《呂氏春秋·首時》、《適威》，《淮南子·氾論》、《繆稱》及《韓非子·說疑》等。〔註150〕

白光琦：楚敗鄭，鄭殺子陽。〈繫年〉在悼王三年，而《六國年表》當悼王二年，可見《六國年表》不是采自楚國史料，疑出鄭史，鄭國史料應是《六國年表》的重要來源之一。〔註151〕

蘇建洲：關於鄭相子陽之死，古書有如下記載：「周安王四年，前398年，鄭殺其相駟子陽。(《史記·六國年表》)、（鄭繻公）二十五年，鄭君殺其相子陽。(《史記·鄭世家》)、（悼王）四年，楚伐周。鄭殺子陽。(《史記·楚世家》。引按：「周」乃「鄭」之誤。又依《繫年》的年代排列，前398年為楚悼王三年。)、子陽極也好嚴，有過而折弓者，恐必死，遂應猘狗而弒子陽。(《呂氏春秋·適威》)、鄭子陽之難，猘狗潰之；齊高國之難，失牛潰之；眾因之以殺子陽、高國。(《呂氏春秋·首時》)、鄭子陽剛毅而好罰。其於罰也，執而無舍。舍人有折弓者，畏罪而恐誅，則因猘狗之驚以殺子陽。此剛猛之所致也。(《淮南子·

〔註148〕清華大學出土文獻研究與保護中心編，李學勤主編：《清華大學藏戰國竹簡（貳）》下冊，頁199。
〔註149〕吳雯雯、蘇建洲、賴怡璇合著：《清華二繫年集解》，頁902。
〔註150〕清華大學出土文獻研究與保護中心編，李學勤主編：《清華大學藏戰國竹簡（貳）》下冊，頁199。
〔註151〕白光琦：〈由清華簡《繫年》訂正戰國楚年〉，簡帛網：http://www.bsm.org.cn/show_article.php?id=1659，2012-03-26。

氾論訓》）、子陽以猛劫。（《淮南子・繆稱訓》，高誘注「尚刑而劫死」）、若夫周滑之、鄭王孫申……皆思小利而忘法義，進則掩蔽賢良以陰暗其主，退則撓亂百官而為禍難。皆輔其君，共其欲，苟得一說於主，雖破國殺眾，不難為也。……有臣如此者，皆身死國亡，為天下笑。故周威公身殺，國分為二；鄭子陽身殺，國分為三。……故曰諂諛之臣，唯聖王知之，而亂主近之，故至身死國亡。（《韓非子・說疑》）」《墨子閒詁》引蘇時學云：「據《史記・鄭世家》云：哀公八年，鄭人弒哀公而立聲公弟丑，是為共公。三十年，共公卒，子幽公已立。幽公元年，韓武子伐鄭，殺幽公，鄭人立幽公弟駘，是為繻公。二十七年，子陽之黨共弒繻公，是三世弒君之事也。」又楊寬先生說：「《韓非子・說疑》王孫申，王先慎《集解》云：鄭無王孫，王當為公之誤。公孫申當為子陽之臣，韓非稱之為諂諛之臣，思小利而忘法義，掩蔽賢良，撓亂百官，皆輔其君而供其欲，以致君主身死國亡。駘子陽當為鄭相，且為別封之君。《呂氏春秋・適威》高注云：「子陽，鄭君，一曰鄭相。」《首時》高注又云：「子陽鄭相，或曰鄭君。」其證一。《呂氏春秋・觀世》子陽遺子列子粟，其妻曰：「君過而遺先生食。」列子曰：「君非自知我也。」其證二。《韓非子・說疑》云：「周威公身殺，國分為二；鄭子陽身殺，國分為三。」以周威公與鄭子陽相提並論，其證三。子陽既為一別封之君，子陽雖見弒，而其黨之勢固甚強，因而割據以相抗，國分為三。其後三年「子陽之黨」終至「共弒繻公」（見《鄭世家》、《六國表》）而後已。《墨子・魯問》載魯陽文君曰：「鄭人三世殺其父，天加誅焉，使三年不全，我將助天誅也。」蘇時學《墨子刊誤》云：「父當為君。」是時鄭君被殺者，有哀公、繻公，至幽公則為韓所殺，非鄭人所弒。魯陽文君言鄭人三世殺其君者，並子陽數之也。子陽於是年見殺，其後三年繻公又見弒，其分裂內亂首尾正三年，此魯陽文君所以謂之「三年不全」歟？（《戰國史料編年輯證》，頁 207～208）」此外，楊寬在《戰國史》一書中還提到「子陽身殺」是因為鄭國貴族公孫申「思小利而忘法義，掩蔽賢良」，而子陽卻是講究「法義」的「賢良」的領袖人物，因而遭遇禍難了。因為極嚴厲的執行法令，折弓者犯了死罪，反對法義和賢良的公孫申便趁機煽動折弓者趁著瘋狗擾亂的當兒把子陽殺死，因而引起「子陽之黨」的分裂和鬥爭，經過三年的分裂鬥爭，「子陽之黨」取得了勝利，殺死了鄭繻公。韓非曾把「太宰欣取鄭」和「田成子取齊」、「司城子罕取宋」

相提並論（〈說疑篇〉），太宰欣可能是子陽之黨的領袖。子陽之黨雖取得勝利，但沒能完成政治改革，鄭國不久就被韓國滅亡了（《戰國史》，頁 171～172）。楊福平編寫的《鄭國史話》頁410對「子陽身殺」與「太宰欣取鄭」的描述，估計是根據楊寬先生的意見而來的。另，子陽可能是「罕氏」，童書業先生說：《韓非子·說疑》：「鄭子陽身殺，國分為三。」疑子陽是鄭國「七穆」中「罕氏」後裔，世掌鄭政，亦幾於有國。所謂「太宰欣取鄭」，太宰欣亦是罕氏後裔，或即「鄭子陽」，或為子陽之黨。太宰是執政官的統稱，而不是實職。證據是《左傳·昭公元年》中趙武稱鄭子皮為「冢宰」，冢宰就是太宰，而子皮的實職為所謂「當國」，鄭六卿之首。（《春秋史》，頁239）。晁福林亦認為子陽是鄭卿「罕氏」後裔（《先秦社會型態研究》，頁211）。童書業認為「太宰欣」即「鄭子陽」，根據〈繫年〉來看是不對的，而認為是子陽之黨則是對的。古書多次言及七穆中「罕氏」最後滅亡，如：《左傳·襄公二十六年》：叔向曰：「鄭七穆，罕氏其後亡者也。子展儉而壹。」《左傳·襄公二十七年》：文子曰：「其餘皆數世之主也。子展其後亡者也，在上不忘降。印氏其次也，樂而不荒。樂以安民，不淫以使之，後亡，不亦可乎？」「子展」即公孫舍之，是罕虎子皮的父親。《左傳·襄公二十九年》：「鄭子展卒，子皮即位。於是鄭飢而未及麥，民病。子皮以子展之命，餼國人粟，戶一鍾，是以得鄭國之民。故罕氏常掌國政，以為上卿。宋司城子罕聞之，曰：『鄰於善，民之望也。』宋亦飢，請於平公，出公粟以貸。使大夫皆貸。司城氏貸而不書，為大夫之無者貸。宋無飢人。叔向聞之，曰：『鄭之罕，宋之樂，其後亡者也！二者其皆得國乎！民之歸也。施而不德，樂氏加焉，其以宋升降乎！』」根據史實比對，前三九六年鄭國繻公被弒，這是子陽之黨所為，太宰欣無疑是其中一員，可見子陽滅亡在先，鄭太宰欣起禍在後。但是〈繫年〉簡文云：「鄭太宰欣亦起禍於【一三一】奠﹦（鄭，鄭）子陽用滅，亡遂（後）於奠（鄭）。」意思是說鄭太宰欣在鄭國引起禍害，鄭子陽因此滅亡，「罕氏」從此在鄭國絕後。但是子陽死後，「子陽之黨」殺死了鄭繻公，接著迎立鄭幽公之弟－姬乙，即鄭康公，他是鄭國最後一任君主。除非「子陽之黨」沒有與子陽同族氏者，至少太宰欣不當是罕氏，否則便不當說「亡後於鄭」了。我們曾考慮「亡後於鄭」是「後亡於鄭」之誤寫，是呼應上舉《左傳》所說罕氏後亡，但終覺不妥。目前的意見傾向於認為〈繫年〉所

述內容與傳世史書記載不同，應是當時傳聞異詞所致。這在當時應不少見，比如第十四章談到晉國郤克被齊頃公母親蕭同侄子所笑，三傳的內容便有所不同，而《史記》承《傳》而來，「乃復乖迕若是」（梁玉繩《史記志疑》語），便可見一般。詳見第十四章的注釋。〈六國年表〉云此事在楚悼王四年（前398年）。簡文則是「悼哲王即位。……明【一二八】歲晉賵余率晉師與鄭師以入王子定。……明歲，【一二九】郎莊平君率師侵鄭，鄭皇子、子馬、子池、子封子率師以交楚人，楚人涉沬，將與之戰，鄭師逃【一三〇】入於蔑。楚師圍之於蔑，盡逾鄭師與其四將軍，以歸於郢，鄭太宰欣亦起禍於【一三一】鄭，鄭子陽用滅，無後於鄭。」可見此事確實發生在悼王三年，公元前三九八年。〔註152〕

另，茲將李銳意見揭示如下：「〈繫年〉敘事緊密，如果以楚聲王在位僅四年計，則楚悼王（即簡文中的悼哲王）元年是400BC，楚悼王二年（399BC），『晉賵余率晉師與鄭師以入王子定。魯陽公率師以交晉人，晉人還，不果入王子』，這合于《六國年表》同年所記的『王子定奔晉』；『明歲』，楚悼王三年（398BC），『鄭太宰欣亦起禍于鄭，鄭子陽用滅』，合于《六國年表》同年所記『鄭殺其相駟子陽』。看來楚聲王在位有可能只有四年，而《史記》記為六年，如此則楚聲王元年推遲三年所造成的變動，當去掉兩年，只剩下一年了。前面已經說過，一年的差別常見。因此以楚聲王元年為周威烈王二十二年，問題已經解決了一半。」（〈清華簡《繫年》與葛陵簡楚史問題考〉待刊稿）。〔註153〕

〔十八〕亡逡（後）於奠（鄭）。朙（明）戠（歲），楚人歸（歸）奠（鄭）之四牆（將）軍與亓（其）萬民於奠（鄭）

清華簡整理者：明歲，楚悼王即位第四年。楚人歸鄭之四將軍與其萬民於鄭，可參《六國年表》楚悼王三年「歸榆關於鄭」。〔註154〕

蘇建洲：此年當是楚悼王四年，前三九七年。「歸榆關于鄭」當是前三九九年，楚悼王二年，與此處所論「楚人歸鄭之四將軍與其萬民於鄭」似無關係。〔註155〕

〔註152〕吳雯雯、蘇建洲、賴怡璇合著：《清華二繫年集解》，頁903～906。
〔註153〕吳雯雯、蘇建洲、賴怡璇合著：《清華二繫年集解》，頁907。
〔註154〕清華大學出土文獻研究與保護中心編，李學勤主編：《清華大學藏戰國竹簡（貳）》下冊，頁199。
〔註155〕吳雯雯、蘇建洲、賴怡璇合著：《清華二繫年集解》，頁907。

【語譯】

蘇建洲:「楚聲王四年,宋休公田、鄭伯駘皆朝見楚國。楚聲王率領宋休公田在榆關建城、設置武陽城(作為與晉國作戰的準備)。秦國在雒陰打敗晉國軍隊,作為楚國的援軍。楚聲王過世,楚悼王即位。鄭國人侵討榆關,楚國陽城桓定君率駐守榆關的楚國與上國的軍隊跟鄭國交兵,兩國在桂陵發生戰爭,結果楚軍失敗,景之賈與舒子共被擄獲而死。隔年(楚悼王二年),晉賄余率領晉國軍隊與鄭國軍隊護送周王子定回周國。此時楚國魯陽公率領軍隊與晉人交兵,晉人歸國,護送周王子定的事情沒有結果。隔年(楚悼王三年),楚國郎莊平君率領軍隊侵伐鄭國,鄭國皇子、子馬、子池、子封子與楚人交兵,楚人渡過沬水,將與鄭人戰鬥,(鄭國戰敗)逃回蔑地。楚軍包圍蔑地,盡降鄭國軍隊與皇子、子馬、子池、子封子四位將軍後,班師回鄩郢。此時,鄭太宰欣在鄭國引起禍害,鄭子陽因此滅亡,「罕氏」從此在鄭國絕後。隔年(楚悼王四年),楚人將鄭國四位將軍與人民放回鄭國。」〔註156〕

附錄五　鄭國世系

桓公 → 武公 → 莊公 → 昭公 → 厲公 → 昭公 → 子亹 → 子嬰 → 厲公 → 文公 → 穆公 → 靈公 → 襄公 → 悼公 → 成公 → 公子繻 → 成公 → 釐公 → 簡公 → 定公 → 獻公 → 聲公 → 哀公 → 共公 → 幽公 → 繻公 → 康公〔註157〕

附錄六　音韻表

韻部表〔註158〕:

	之	支	魚	侯	宵	幽
甲類	職	錫	鐸	屋	沃	覺
	蒸	耕	陽	東		冬

〔註156〕吳雯雯、蘇建洲、賴怡璇合著:《清華二繫年集解》,頁 873、874。

〔註157〕杜建民:《中國歷代帝王世系年表》,齊魯書社,1995-02,頁 9～23、孫佔銓、孫天元:《中國歷史圖譜》,吉林文史出版社,2010 年 2 月,頁 7～10。佚名:《鄭史編年輯錄》,公共出版書,2007 年 7 月,頁 1～46、百度百科:https://baike.baidu.com/item/鄭國/3680?fr=aladdin。

〔註158〕王輝:《古文字通假字典》,北京:中華書局,2008 年 2 月,頁 18。

乙類	微	脂	歌			
	物	質	月			
	文	真	元			
丙類	緝		盍			
	侵		談			

聲母表〔註159〕：

喉		影						
牙		見	溪	群	疑		曉	匣
舌	舌頭	端	透	定	泥	來		
	舌面	照	穿	神	日	喻	審	禪
齒	正齒	莊	初	牀			山	
	齒頭	精	清	從			心	邪
唇		封	滂	並	明			

〔註159〕王輝：《古文字通假字典》，頁18。